KB234082

여친을 빼앗은
꽃미남 미소녀가
어쩐지 나까지
노리고 있다
illustration.
사나다 케이스이
후쿠다 슈토

"내가 정말 원하는 건······
너야, 소타."
"내가 정말 원하는 건."

"그, 좀 부끄럽지만……
사실은 이런 스타일도 꽤 좋아해.
모델 일을 시작한 뒤로는
눈에 띄게 입을 일이 줄었지만."

"그럼 바로 촬영 시작할까?
……아하하, 너무 긴장했다.
좀 더 어깨 힘 빼도 되는데?"

CONTENTS

kanojo wo ubatta ikemen bishoujo ga
nazeka oremade nerattekuru

여친을 빼앗은 꽃미남 미소녀가
어째선지 나까지 노리고 있다
illustration.
사나다 케이스이
후쿠다 슈토

커버 그림, 본문 일러스트 | **사나다 케이스이**

프롤로그

〈……미안해요, 소타 군.〉

다른 좋아하는 사람이 생겼어요——.

고등학교 입학 후 한 달 정도가 지난 어느 날 방과 후.

나는 사귀던 여자친구에게서 충격적인 커밍아웃을 당하고 말았다.

"마, 말도 안 돼……. 거짓말이지, 에나?!"

예고 같은 것은 전혀 없었다. 바로 어제만 해도 방과 후 사이좋게 데이트를 했을 정도였으니까.

그런데 오늘 와서 왜 갑자기 전화를 하나 했더니, 다른 좋아하는 사람이 생겼다고?

아닌 밤 중에 홍두깨라는 게 이런 상황이 아닐까.

"뭐, 뭐야. 하하하! 갑자기 그런 농담을 다 하고, 에나도 은근 장난스러운 구석이 있다니……."

〈미안해요. 하지만 농담도 아니고, 모, 몰카 같은 것도…… 아니에요.〉

전화기 너머로 들리는 그녀의 목소리는 어쩐지 떨리고 있었다.

아니, 잠깐…… 진짜야?

갑자기 그런 말을 들으니 무슨 반응을 해야 할지 전혀 모르겠다.

사람들이 정신없이 오가는 역 앞 광장에서, 나는 귀에 스마트폰을 댄 채로 우두커니 서 있었다.

"무, 무슨 소리야?! 혹시 내가 에나를 엄청 화나게 할 만한 잘못이라도 했어? 뭐가 문제인지 알려줘! 어떻게 해서든 내가 고칠게! 그러니까……."

〈──으음. 열변을 토하는 와중에 미안한데.〉

느닷없이 전화기 너머로 허스키한 여성 목소리가 들려왔다. 에나의 목소리가 아니다.

화들짝 놀라 나도 모르게 귀에서 스마트폰을 떼자 화면이 영상 통화 모드로 전환되었다.

"……어?"

그것에 응하자, 화면의 저편에는 당연하게도 내 여자친구가 있었다.

사토모리 에나. 내 인생에서 처음 생긴 여자친구. 이런 상황이 아니었다면 이대로 즐겁게 수다라도 떨지 않았을까.

하지만 그것보다 먼저 내 시선을 사로잡은 것은, 그녀 옆에 서 있는 한 여자였다.

〈오, 연결됐나? 안녕, 남친 씨. 잘 보여?〉

그렇게 말하며 화면 너머에서 손을 흔들고 있는 그 소녀는 나도 아는 사람이었다.

약간 청명한 색감에 부드럽게 웨이브 진 긴 단발머리. 나른한 눈빛임에도 또렷하게 드러난 두 눈동자는 에메랄드처럼 맑은 비취색 눈동자. 화장기 같은 것은 전혀 없는데도 선명한 이목구비와 중성적인 얼굴.

요컨대 어쨌든 얼굴이 예쁘고 투명감이 느껴지는 분위기 있는 미소녀다.

"미…… 미즈시마 시즈노?!"

〈오~, 날 알고 있네?〉

알고 있냐니, 이 학교에선 모르는 녀석이 없을 정도로 유명인사 아닌가.

미즈시마 시즈노── 고등학생과 동떨어진 반듯한 생김새에 문무 양도 우등생. 몸매도 훌륭하고 실제로 잡지 모델 같은 것도 하고 있다는 모양이다.

그런 그녀의 인스타 계정에는 10대들을 중심으로 한 수만 명의 팔로워가 있다나 뭐라나. 그야말로 어린 세대의 우상이라고 할 수 있는 존재였다.

쿨뷰티 계열의 보이시한 외모나 언동으로 인해 남자는 물론 여자들에게서도 '잘생겼다' '남친 삼고 싶다' 등등의 절대적인 지지를 받고 있다.

"왜, 왜 네가……?"

그래. 우리와는 사는 세계가 전혀 다를 것 같은 그런 카리스마 여고생이, 대체 왜.

왜 에나랑 같이 있는 거야?

〈으음~. 뭐, 말하자면…… **이런 거지.**〉

그렇게 말하며, 꽃미남 미소녀 미즈시마가 옆에 있는 에나의 어깨를 꽉 끌어안았다.

"무슨?! 서, 서, 설마……!"

〈그래, 뭘 숨기겠어. 네 여자친구가 말한 '다른 좋아하는 사람'이라는 게 바로 나랍니다~.〉

〈그, 그러지 마세요, 시즈노…… 부끄럽잖아요.〉

어깨를 안자 에나가 금세 볼을 붉혔다.

맙소사! 남자친구인 나도 아직 제대로 포옹해본 적이 없는데!

〈그렇게 된 거니까…… 저에 대해서는 이제 이…… 잊어주세요, 소타.〉

"에, 에나? 나는……!"

말을 더듬거리면서도 냉정하게 쳐내는 그녀에게 나는 매달리는 심정으로 호소하려 했다.

〈대화 다 끝났어? 그럼 우린 이제부터 데이트라. 슬슬 끊을게. 잘 있어, 남친 씨…… 아니, 이제 전 남친인가?〉

"야, 야! 잠깐만——."

뚜, 뚜, 뚜…….

전화는 자비없이 뚝 끊겼다.

악몽을 꾼 건가 싶은 마음으로, 나는 멍하니 서 있을 수밖에 없었다.

사쿠하라 소타, 15살.

고등학교 1학년 봄.

인생 첫 여자친구를, 같은 학교의 인기 모델인 꽃미남 미소녀에게 빼앗겼다.

"——대체 뭐냐고요ㅇㅇㅇㅇㅇㅇㅇㅇㅇㅇㅇㅇㅇㅇㅇ?!?!"

제1장 빼앗긴 나와 빼앗은 그 녀석

내가 에나와 만난 것은 중학교 3학년 가을의 일이었다.

그렇지만 그녀의 존재는 이 학교의 중등부에 입학한 직후부터 알고 있었다. 누가 뭐래도 에나는 우리 학년 사이에서는 어느 정도 유명했기 때문이었다.

일단 머리가 좋았다. 에나는 학년 중 성적 상위 40명만 들어갈 수 있다는 특별 진학반, 통칭 '특진반'에 소속된 우등생이다. 정기고사 성적 순위에서도 항상 학년 5등 안에 들었다.

다음으로는 집안이 좋았다. 그녀는 우리가 사는 이 항구도시에서 대대로 무역상을 경영하고 있는 오래된 가문의 태생이라고 한다. 물론 만화 같은 곳에 나오는 재벌 수준은 아니라고 해도 이른바 좋은 집안의 자제였다.

그리고 무엇보다 외모가 좋았다. 윤기 나는 길고 검은 머리에 그와 대비되듯 눈처럼 흰 피부. 긴 속눈썹 아래로 들여다보이는 연보라색 눈동자가 청순하고 차분한 분위기의 그녀와 잘 어울렸다. 그야말로 '청초'와 '가련', '천상여자'라는 단어를 체현한 것 같은 미소녀였다.

그럼에도 자신의 집안이나 미모를 과시하는 일은 일절 없었고, 오히려 누구에게나 존댓말로 대하는 바른 인격까지 갖추고 있었다.

그녀와 가까워지고 싶은 남자는 같은 학년 안에서만 따져 봐도 상당할 것이다.

'나처럼 음침한 애는 졸업할 때까지 제대로 말할 기회조차 없겠지.'

하지만 그런 내 예상과는 달리 그 기회는 갑작스럽게 찾아왔다.

그것은 중학교 3학년 11월, 우리 학교에서 매 가을마다 개최되는 문화제에서 벌어진 일이었다.

당시 우리 반에서는 15분 정도의 자체 제작한 영화를 만들어 상영하기로 결정했다. 그리고 반에서 유일한 영화연구부 부원이었던 내가 반강제적으로 각본과 다른 잡일을 떠맡게 되었다.

심지어 주제는 '청춘 로맨스'. 확실히 말해 나와는 인연이 너무 먼 주제였다.

그래도 아싸 나름대로 필사적으로 청춘 로맨스 영화를 공부해 어렵사리 각본을 써낸 결과.

우리 영화는 학년에서 1등, 중등부 전체에서도 상위권에 들 정도의 집객률을 기록할 수 있었다.

다만 호평을 받은 이유의 대부분은 히로인을 연기한 여자아이가 남자애들에게 인기가 많은 치어리더부 아이였기 때문이었다. 상영 후의 설문조사에서도 '히로인인 여자아이가 귀여웠다'라는 감상뿐이라 솔직한 심정으로 맥이 빠졌다.

하지만.

"이 영화의 각본을 쓴 사람이 당신인가요?"

그런 외중 딱 한 사람, 그렇게 말하며 나를 찾아온 여자가 있었다.

그것이 에나였다.

들어보니 에나는 나와 똑같이 영화를 감상하는 것이 취미였고, 휴일에 혼자서 영화관에 방문하는 일도 자주 있다고 했다.

그래서, 라고 해야 할까. 에나는 다른 손님들과는 달리 내가 고심해서 만든 이야기의 구성이나 스토리에도 관심을 가져주었고, 그것을 '재미있다'라고 말해 주었다.

그때까지 아무런 접점도 없었는데, 영화를 좋아하는 동지라는 이유만으로 우리는 완전히 가까워졌고, 문화제를 계기로 그 후로도 자주 둘이서 대화를 나누게 되었다.

"그러고 보니 이번 주 토요일이죠? 그 신작 애니메이션 영화 개봉일."

"아아, 그거 말이지? 재미있을 것 같긴 한데, 그 감독 작품은 뭐랄까 좀 '대놓고 청춘!', '감정 폭발' 같은 느낌이잖아? 손님도 진짜 커플들뿐일 거고, 나 같은 아싸가 혼자 보러 가기엔 장벽이 좀 높달까. 하하하……."

"그, 그럼, 저기…… 둘이서 가는 건 어때요?"

"어?"

"차, 참고로 말하자면 이번 주 토요일엔 저, 아무 예정도, 없어요……."

“……으음. 그렇다면 저기…… 같이 보러 갈래? 토요일.”

“……! 네! 좋아요!”

이윽고 학교가 겨울방학에 들어설 무렵에는 함께 영화를 보러 갈 정도의 사이가 되어 있었다.

이때부터는 아마 우리들도 서로 눈치채고 있었을 것이다.

영화를 좋아하는 동지, 좋아하는 작품에 대해 마음껏 대화할 수 있는 동료.

하지만 더는, 그것만으로는 부족하다는 것을.

이 관계가 끝날지도 모른다는 걸 알면서도, 한 걸음 더 내딛고 싶었다.

이제는 두 사람 중 어느 쪽이 먼저 그 한 걸음을 내디뎌도 이상하지 않았다.

그랬기에 나와 에나의 관계가 ‘마음이 잘 맞는 친구’에서 ‘연인’으로 발전하는 데까지는 그렇게 오랜 시간이 걸리지 않았다.

──그것이 불과 몇 달 만에 종언을 맞이할 덧없는 사랑이 될 거라고는, 물론 이때의 나는 꿈에도 몰랐지만.

※

사립 호미나토 학교는 시내에서도 괜찮은 진학교로 유명한 중고 통합교다.

‘자유로운 교풍’과 ‘세계로 뻗어나가는 인재육성’을 모토로 하고 있어 커리큘럼이나 학교 행사 같은 것들도 학생들의 자주성을 존중해 주고, 국제 지향적인 것들이 많았다.

그런 교양 있는 학교인 만큼 학생들도 남자나 여자나 레벨이 높은 사람들이 많았다. 이 녀석도 저 녀석도 좋은 태생이 겉모습에도 드러나는 것인지 미남 미녀의 비율이 높은 것이다.

그러나 당연하지만 일부에는 예외도 존재했다. 그런 반짝반짝한 남녀들이 반짝반짝한 스쿨라이프를 보내고 있는 반대편에서 흑백의 청춘을 보내고 있는 녀석들도 있다.

예를 들면 그래, 지금 이 1학년 4반 교실 구석에서 썩은 동태눈을 하고 좀비 같은 신음소리를 내고 있는 남자. 이 녀석이 딱 좋은 예가 아닐까.

……뭐, 내 이야기지만.

"이런…… 뭐랄까, 상심이 컸겠네."

바로 앞자리에 앉은 같은 반 친구 히구치가 책상에 엎어진 나를 보고 손을 맞잡으며 말했다.

내가 에나에게 차인 소식을 듣고 뱉은 첫마디였다.

"그런데 내가 보기엔 별로 안 좋은 분위기도 아니었는데. 왜 차인 거야? 혹시…… 강제로 야한 짓을 하려다가 미움받은 건가?"

"뭐, 뭐라고?!"

나도 모르게 큰 소리를 지르며 일어나버렸다. 교실에서 담소를 나누던 반 아이들의 시선이 동시에 내게 쏠렸다.

"아, 아하하하…… 죄송합니다. 네…….."

경련이 이는 어색한 웃음과 함께 고개를 숙인 나는 목소리를 죽이고 히구치에게 반박했다.

"내가 그런 짓을 했을 리가 없잖아!"

오히려 정반대다. 중3 겨울방학이 끝났을 무렵 사귀기 시작하고 지난 4개월, 나는 에나와 아주 건전한 교제를 하고 있었다.

물론 나도 혈기왕성한 남자 고등학생이니 **그런 것**에 관심이 없는 것은 아니었다.

하지만 누가 뭐래도 상대는 좋은 집안의 아가씨다. 나 같은 완전 서민 나부랭이가 어설프게 손을 댔다간 무슨 벌이 날아들지 알 수 없었다. 남자들에게 인기가 많은 것에 비해 그동안 에나에게 스캔들이 없었던 것도 분명 그러한 이유 때문일 것이다.

그렇지 않아도 그녀는 청초한 우등생이다. 사귄 지 얼마 되지 않았는데 너무 달라붙는 건 싫어할 것 같아서 손을 잡은 적도 거의 없다.

그녀가 싫어할 만한 일은 최대한 하지 않으려고 노력했다.

"그럼 왜 차였어?"

"그건…… 말하기 싫어."

나도 모르는 사이에 그녀가 바람을 피우고 있었고, 심지어 그 상대는 여자였다…… 그런 한심한 소릴 할 수 있을 리가 없다.

아니, 최근에는 동성 간의 연애도 드물지 않다고 하고, 하물며 상대가 그 꽃미남 미소녀 미즈시마라고 하면 더더욱 납득은 갔다. 하지만, 그렇다 해도 남자로서 한심한 꼴이 아닐 수 없었다.

아아, 정말이지, 난생처음 여자친구가 생겼다고 혼자 들떠 있던 내가 바보 같다.

"분명 이대로 두 번 다시 여친도 못 만들고 혼자 쓸쓸히 죽어가겠지, 난……."

"에이, 그럴까? 소타는 옛날부터 본질은 상냥하고 좋은 녀석이니까 좋아할 여자애들도 꽤 있을 것 같은데. 너무 부정적인 거 아냐? 왜, 초등학교 때 갔던 소풍에서도……."

"아~ 그래그래. 칭찬해 줘서 고맙다. 하여간 인기 많은 남자는 빈말도 잘한다니까."

히구치와는 초등학생 때부터 함께 어울렸지만 옛날부터 여자아이에게 인기가 있던 것은 언제나 이 녀석 쪽이었다. 흔히 말하는 귀여운 미남상? 특히 연상의 누님들의 지지가 절대적이다. 정말이지 부럽다.

히구치의 위로를 적당히 흘려들으며 자리를 뜬 나는 볼일을 보기 위해 교실을 떠났다.

가장 가까운 화장실이라면 분명 이 시간대엔 붐빌 것이다. 그래서 조금 떨어진 장소에 있는 인기 없는 화장실로 향했다. 이제 곧 HR이 시작할 테니 빠르게 다녀오자.

"하아~. 이렇게 될 줄 알았다면 처음부터 혼자인 편이 좋

있을 텐데…….”

그런 푸념을 늘어놓으면서 손을 씻고 화장실에서 나온 그때였다.

“아, 나왔다.”

“……어?”

밖에서 기다리고 있던 그 인물을 보고 나는 무심코 눈을 동그랗게 떴다.

“좋은 아침, **전** 남친 씨. 아니, 사쿠하라 소타였나?”

“너, 너?!”

내 앞에 서 있던 사람은 바로 어제 내 여자친구를 빼앗아 간 장본인.

카리스마 여고생이자 꽃미남 미소녀, 미즈시마 시즈노였다.

“잠깐 괜찮을까? 하고 싶은 이야기가 있는데. ……단둘이서만.”

※

“미안해, 갑자기 불러내서.”

나를 인적없는 계단참으로 데려오자마자 미즈시마는 그렇게 말했다.

“……갑자기 찾아와서 무슨 용건이야?”

어떤 의미로는 연적인 그녀를 앞에 두자 자연스럽게 내

말도 쌀쌀맞게 나왔다.

그보다 남의 여자친구를 빼앗아 놓고 다음 날 그 전 남친 앞에 태연하게 모습을 드러내다니, 대체 얼마나 뻔뻔한 거야?

"에나 말이야. 아무래도 두 가지 정도 오해가 있는 것 같아서."

미즈시마의 대답에 꿈틀, 내 눈썹이 움직였다.

"오해?"

"응. 아마 넌 내가 에나를 강제로 빼앗았다고 생각할지도 모르지만, 우선 그것부터가 오해야."

미즈시마가 층계참 벽에 기댄 채 팔짱을 꼈다.

옷 자체는 블라우스에 스커트라는 평범한 여자 교복 차림이었지만, 역시나 현역 모델다웠다.

그런 사소한 움직임만으로도, 분하지만 정말이지 한폭의 그림 같이 멋있었다.

……잠깐, 뭘 칭찬하는 거야, 난! 인기 모델이라고 해도 상대는 연적이라고!

"뭐, 뭐가 오해라는 건데?"

"으음, 이걸 너한테 직접 전하는 건 좀 잔인한 것 같지만…… 에나의 마음은 원래부터 너한테서 조금씩 멀어지고 있었던 것 같아."

"뭐?"

"마음이 잘 맞는 것 같아서 사귀어 봤는데, 실제로는 그렇지 않았다'더라. 그래서 널 차고 에나가 직접 나한테 온 거야."

"무슨?! ……아, 아니, 거짓말이지? 난 안 믿어."

그도 그럴 게 바로 그저께까지 둘이 사이좋게 지냈거든?

방과 후에는 거의 매일 같이 놀다 들어갔고, 물론 쉬는 날에는 같이 데이트도 했다. 싸움 한 번 해본 적이 없을 정도다.

에나의 마음이 멀어지고 있었다니, 그런 내색은 한 번도…….

"뭐, 나는 그 애에게 들은 그대로를 말한 것뿐이니까 믿을지 어떨지는 네 자유야."

내 필사적인 부정에도 미즈시마의 말투는 여전히 담담했다.

"확실히 똑같은 특진반이 되면서 그 애랑 여러 이야기를 나누거나 상담을 받는 사이가 됐었다는 건 나도 인정해. 하지만 사귄 지 4개월 된 너에게서 알고 지낸 지 이제 한 달밖에 안 된 나로 고민 없이 갈아탔다는 건…… 역시 그런 게 아닐까?"

우리 학교는 중고 통합교. 중등부 학생들은 에스컬레이터식으로 그대로 고등부로 가는 시스템이다.

거기에 더해 매년 다른 중학교에서 우리 학교로 수험을 쳐서 고등부로 들어오는 '외부 진학생'이라는 녀석들이 있다. 미즈시마도 그중 한 명이다.

그러니까 미즈시마의 말대로 이 녀석과 에나는 한 달 전에 막 알게 된 사이일 것이다.

그런데도 나를 버리고 이 녀석을 택했다는 것은…….

"마, 말도 안 돼…… 에나…….."

아니, 잠깐—— 잘 생각하면 애초에 나 같은 아싸 오타쿠와 4개월 씩이나 사귀어 준 것 자체가 이미 기적 같은 일이 아닐까?

문제없이 지내고 있다고 생각했지만, 사실은 내가 모르는 곳에서 에나를 실망시켰을지도 모른다.

이 4개월 동안 즐겁고 마음이 잘 맞는다고 생각한 건 나뿐이었고.

미즈시마의 말대로 어쩌면 에나 쪽은 이미 감정이 식어버렸을지도…….

"이런, 그렇게까지 슬픈 표정을 지으면 나까지 죄책감이 드는데."

"시, 시끄러워! 너한테만큼은 듣고 싶지 않아! 그보다 굳이 그런 말을 하려고 날 불러낸 거냐? **약탈**한 것도 모자라서 **조롱**까지 하다니 취미 한번 고약하구나! 아주 대단해!"

나는 살짝 젖어가던 눈가를 쓱쓱 닦아내고 미즈시마를 날카롭게 노려보았다.

승부는 진작에 났다는 생각이 들었지만, 적어도 이 정도는 반박하지 않으면 직성이 풀리지 않을 것 같았다.

"하하. 뭐야, 어디 영화에 나오는 대사야?"

하지만 미즈시마는 내가 울분 섞인 비난에도 불쾌한 기색을 보이지 않았다. 그러긴커녕 반대로 빙긋 미소를 지으며 성큼성큼 나에게 다가왔다.

"뭐, 진정해. 오해하는 게 두 가지 있다고 했잖아?"

"뭐?"

후후후, 불온한 미소를 지으면서도 미즈시마는 점점 내 얼굴에 자신의 얼굴을 들이댔다. 향수라도 뿌린 것인지 그녀의 몸에서 금목서 같은 달콤한 향기가 풍겨왔다.

갑자기 지척까지 다가온 그 미모에 동요한 나는 나도 모르게 뒤로 물러났다.

"잠깐, 너! 무슨 속셈이야?!"

나는 마침내 벽까지 내몰렸고, 더는 후퇴할 곳도 없었다.

그런 내 양옆 벽에 손을 대고, 즉 양손으로 벽쿵을 하는 자세로 미즈시마가 내 정면을 가로막고 마주섰다.

미즈시마는 고1 여자치고는 꽤 체격이 좋았다. 내 키와 거의 다르지 않다는 건 적어도 170센티미터는 넘는다는 거겠지. 이렇게 마주하니 박력이 상당했다.

"아마도 넌 내 목적이 에나라고 생각하고 있는 것 같은데, 그것도 오해야."

"무, 무슨 뜻이야……?"

"정말로 내가 원하는 건—— **너야, 소타.**"

문득 정신을 차리고 다시 보니, 미즈시마는 은은하게 볼을 붉게 물들이고 어딘가 몽롱한 표정으로 나를 바라보고 있었다.

평소의 쿨하고 보이시한 모습과는 다른…… 뭐랄까, 사냥감을 몰아붙이는 암표범 같은 얼굴이라고 할까. 그 미즈시마 시즈노가 이런 얼굴을 하는 건 처음 본다.

그보다 이 녀석, 지금 날 이름으로 부르지 않았어?

"이, 이봐, 미즈시마?"

단숨에 분위기를 바꾼 그녀의 모습에 당황스러워하자, 미즈시마는 더더욱 엉뚱한 말을 했다.

"소타. ──나랑 사귀자."

※

"……그 여자, 도대체 뭐가 목적이야?"

복잡한 심정으로 오전 수업을 마친 뒤의 점심시간.

매점으로 이어지는 복도를 걸으며 나는 오늘 아침에 있었던 일을 회상했다.

『나랑 사귀자.』

미즈시마의 입에서 충격적인 대사가 튀어나온 후.

때마침 아침 HR이 시작되는 차임벨이 울려 퍼졌고, 그 자리는 결국 거기서 해산되었다.

떠나면서 미즈시마는 "이 뒤는 나중에 이야기하자"라고 말했지만…… 솔직히 그 녀석이 무슨 생각을 하고 있는지 전혀 알 수 없었다.

진짜 목적은 에나가 아니라 나였다고?

나한테서 에나를 뺏어가 놓고, 이번엔 그 당사자인 나한 테 사귀자고 한다고?

"안 되겠어. 머리가 혼란스러워…… 앗."

그렇게 미간에 깊은 주름을 만든 채 매점에 도착한 나는 차례를 기다리는 학생들의 줄 속에서 낯익은 여자아이의 모 습을 발견했다.

"에나……."

내 시선 앞에서 에나는 친구로 보이는 여자애 두 명과 줄 을 서서 담소를 나누고 있었다.

입가에 손을 얹고 미소를 짓기도 하고, 친구들의 농담에 난감한 표정을 짓기도 하는 등 즐거워 보였다.

아아, 역시 귀여워, 에나는.

어째, 믿겨져? 바로 그저께까지 저 애가 내 여자친구였다 는 게?

"……아."

멍하니 바라보다가 문득 에나와 눈이 마주쳤다.

그녀는 한순간 놀란 얼굴로 눈을 크게 뜨는가 싶더니, 금 세 나에게서 시선을 피해 버렸다.

아무래도 이제 나와는 얼굴도 마주치고 싶지 않은 모양이 었다.

"하아…… 여자애는 무섭구나."

살짝 울고 싶은 기분을 느끼며, 에나 일행이 있는 곳과는 다른 곳으로 터덜터덜 걸어가 줄을 섰다.

슬프게도, 아무리 기분이 우울해도 개의치 않고 허기를 느끼는 것이 한창 자라나는 성장기 남자 고등학생이라는 생물이었다.

"자, 다음 사람!"

이윽고 내 차례가 다가왔고, 매점 아주머니가 주문을 재촉했다.

"으음, 특제 고로케 빵이랑 소라빵 한 개씩 주세요."

"아~ 미안해서 어쩌지! 둘 다 방금 다 팔렸어!"

"네? 아, 그런가요……."

"빵은 쿠페빵이라면 남아 있는데! 어쩔래?"

이모는 빨리 주문을 정하고 다음 학생을 받으려고 했다.

재촉하는 듯한 말에 휩쓸린 나는 순간적으로 "아, 그럼 쿠페빵으로 주세요"라고 대답해 버렸다.

"하필 오늘 같은 날 매진이라니…… 운도 없네."

정말이지 멘탈이 탈탈 털리는 하루다. 나는 먹고 싶지도 않은 쿠페빵을 한 손에 들고 매점을 뒤로 했다.

그리고 어딘가 조용한 장소에서 점심시간을 때우기 위해 학교 건물 안을 서성거리고 있을 때였다.

"얍."

"으헉."

갑자기 등에 무언가가 부딪히는 느낌에 나는 반사적으로 뒤를 돌아보았다.

이, 이 귀에 익은 허스키 보이스는…….

"안녕, 소타. 그새 또 보네."

아니나 다를까, 뒤를 돌아보자 미즈시마였다.

그 손에는 작은 비닐봉지가 들려 있었다. 아까 내 등에 부 딪힌 것은 저 봉투인 듯했다.

"……뭐야. 아직 나한테 할 말이 남았냐?"

"물론 남았지. 아까 이야기, 하다 말았잖아?"

그렇게 말한 미즈시마는 손에 든 비닐봉지를 들어보였다.

그 안에는 매점에서 산 것으로 보이는 빵이나 팩 음료 등 이 들어 있었다.

"같이 점심 먹지 않을래?"

"뭐라고? 내가 왜 너랑……."

"에이~, 그러지 말고. 이거 엄청 귀한 기회인데? 나한테 점심 초대받는 거."

하긴, 인기 모델인데다 카리스마 여고생인 미즈시마 시즈 노 님의 권유다.

보통의 남자였다면, 아니 여자라도 기꺼이 따라갔을 것이 다. 오히려 먼저 나서서 '같이 먹어주세요'라고 부탁하는 녀 석들이 한 트럭이겠지.

하지만 지금 이 여자는 내 여자친구를 빼앗아 간 숙적 이 외에 아무것도 아니다.

같이 사이좋게 점심이라니, 그런 건 절대로 사양이다.

"싫어. 그보다 에나…… 사토모리는 어쩌고. 나 같은 놈보다 '연인'이랑 같이 보내는 게 좋지 않겠어?"

비아냥을 담아 던진 내 말에 미즈시마가 쓴웃음을 지었다.

"에이, 그런 소리 말고. 같이 점심 먹자. 괜찮지, 소타?"

"성가시네, 진짜. 아까부터 소타, 소타, 친근하게 부르지 말라고. 싫다고 했잖아."

"하지만 봐, 이미 네 몫의 특제 고로케 빵이랑 소라빵도 사버렸는데? 네가 좋아하는 거 맞지, 이거?"

"으……."

미즈시마가 비닐봉지 속 내용물을 보여주었다. 안에는 확실히 두 사람 몫의 빵이 들어 있었다.

"……왜 네가 내 취향을 아는 거야."

"전에 에나한테 들었거든."

에나, 미즈시마한테 그런 소릴 한 거야?

음식 취향이 어린애 같다, 라는 푸념이라도 했던 걸까…….

"그러니까, 응? 같이 점심 먹자. 게다가 그런 쿠페빵 하나로는 소타도 배부르지 않을 거 아냐?"

그렇게 말한 미즈시마가 특제 고로케 빵을 내 코끝에 내밀어오자, 본의 아니게 '꼬르륵' 하고 배에서 소리가 나고 말았다.

젠장, 이럴 때 정도는 눈치껏 조용히 있으라고, 내 식욕아!

"후후후. 입으로는 싫다고 하면서 몸은 정직하네, 소타?"

"오해 살 만한 대사 하지 마!"

나는 내밀어진 고로케 빵을 거칠게 받아들었다.

“……먹으면 바로 돌아갈 거야.”

“그럼 결정이다? 아싸!”

내가 마지못해 합석을 승낙하자 미즈시마는 진심으로 기쁜 얼굴로 작게 환호하는 포즈를 취했다.

그러더니 빙글 몸을 돌려 “그럼 갈까?”라고 하며 나를 재촉했다.

어쩔 수 없이 그 뒤를 따라가자, 머지않아 본 교사의 옥상에 도착했다.

“음~, 바람 상쾌하네.”

가장자리에 높은 펜스가 둘러쳐진 넓은 옥상에는 소소한 정원이나 벤치 같은 것도 놓여 있었다.

날씨도 좋고, 지금은 우리 외에는 아무도 없었다. 확실히 여유로운 점심시간을 보내기에는 최적의 장소 같았다.

뭐, 난 딱히 오래 있을 마음은 없지만.

“그래서, 마저 할 얘기라는 게 뭐야?”

곧바로 용건을 끝내고 돌아가고 싶은 마음에 나는 단도직입적으로 물어보았다.

성격 급하네, 라며 어깨를 으쓱한 미즈시마가 산들바람에 흩날리는 자신의 머리를 천천히 쓸어올렸다.

본인은 의식하지 않고 있지만 완벽한 패션 잡지 표지에 나올 법한 포즈가 완성되어 있었다. 하여간 외모만큼은 잘났다니까, 이 녀석.

“대답을 들려줘.”

"'대답'이라니…… 오늘 아침의 **그거** 말야?"

"응, 그거."

"바보 아냐? 누가 그런 거짓말을 진심으로 받아들일 줄 알고."

내가 코웃음을 치자 미즈시마는 의아함이 담긴 얼굴로 고개를 기울인다.

"거짓말?"

"그래, 거짓말."

어렴풋이 알고는 있었다.

사실은 에나가 아니라 나를 노렸다느니, 나랑 사귀고 싶다느니.

그런 건 누가 봐도 재미 삼아 나를 놀려먹기 위한 거짓말이 아닌가.

미즈시마 정도의 고스펙 여자가 나 같은 하찮은 엑스트라 남에게 다가올 만한 이유라면 그 정도밖에 떠오르지 않았다.

"네가 내 여친을 빼앗아 간 건 이제 더는 상관없어……. 아니, 상관없진 않지만. 그래도 에나가 나에게 싫증이 났다면 분명 그건 내가 잘못한 탓이겠지. 내가…… 에나랑 어울릴 만한 남자가 아니었다는 것뿐이야."

아까 에나가 보인 태도에서 이미 그녀의 마음에 내가 있을 자리가 사라졌다는 사실은 충분히 알 수 있었다.

에나가 누구와 사귄다고 해도, 이제 와서 전 남친이 나서서 이래라저래라 말하는 것도 우스운 일이었다.

"그러니까 난 더 이상 너한테 '에나를 돌려달라'고 말할 생
각은 없어. 그 대신 너도 이제 날 좀 내버려 둬. 이딴 패배
자를 괴롭혀봐야 별로 재미도 없을 거 아냐?"

그 말만을 하고 나는 재빠르게 미즈시마에게 받은 특제
고로케 빵을 덥석 물었다.

빵에 스며든 소스의 새콤함이 왠지 평소보다 더 강하게
느껴졌다.

"……풉."

멍한 얼굴로 내 이야기를 듣고 있던 미즈시마는, 이윽고
입가에 손을 대고 킥킥거리며 웃기 시작했다.

"야, 왜 웃는 거야."

여기까지 와서도 아직 날 놀려먹을 셈인 건가?

슬슬 나도 짜증이 치밀었지만, 미즈시마의 입에서 튀어나
온 것은 생각지도 못한 말이었다.

"미안, 미안. 뭔가 굉장히 이상한 방향으로 착각을 하고
있는 것 같아서."

"착각이라고?"

이번에는 내가 의아한 얼굴을 할 차례였다.

눈썹을 한껏 찡그리자 미즈시마가 입을 열었다.

"딱히 소타를 괴롭힐 마음은 전혀 없어."

"뭐? 그럼 대체 무슨 생각으로 나한테 사귀자는 소릴……."

"그야 당연히 내가 소타를 좋아하니까, 겠지?"

미즈시마는 당연하다는 얼굴로 그렇게 말했다.

너무나도 시원스레 내뱉어진 사랑 고백. 순간 무슨 말을 들었는지 이해하지 못한 나는 먹다 만 고로케 빵을 한 손에 들고 석상처럼 굳어 버렸다.

"어라? 소타, 괜찮아?"

내 눈과 코 앞에서 미즈시마의 가느다란 손바닥이 위아래로 흔들거렸다.

헉 하고 정신을 차린 나는 두 걸음, 세 걸음 뒤로 물러났다.

"너, 너 지금 뭐라고……?"

"응? 못 들었어? 난 소타를 좋아해, 라고 했어. 아, 물론 이성으로서 말야."

아니아니아니, 이상하잖아. 절대로 이상해.

학교에서 제일가는 꽃미남 미소녀이자, 인기 모델인 카리스마 여고생이자, 남자든 여자든 얼마든지 원하는 대로 고를 수 있을 것 같은, 그런 미즈시마가.

많고 많은 사람 중 하필이면 이런 엑스트라 캐릭터나 다름없는 나 따위를 좋아한다고?

말도 안 된다. 에나에게 고백받았을 때만큼, 아니, 그 이상의 충격이었다.

"……아직도 날 놀릴 생각이야?"

역시 그 정도의 가능성밖에는 떠오르지 않았다.

하지만 내가 향한 의심의 눈초리를, 미즈시마는 매우 진지한 얼굴로 정면에서 되받아쳤다.

"아니. 아니야."

"그, 그럼…… 진심, 이라고?"

"진심이었어. 처음부터."

솔직히 100퍼센트 믿을 수 있느냐 물으면 대답은 노였다.

늘 마이페이스를 무너뜨리지 않는 이 녀석의 언행이 어디까지가 거짓이고 어디까지가 진심인지 나는 도저히 모르겠으니까.

그렇다고 해서 미즈시마가 거짓말을 하고 있다고 단언할 수 있느냐 물으면 그 역시 대답은 노였다. 그 정도로 지금 그녀의 태도는 진지해 보였다.

"이제 알았지? 그러니까 나랑 사귀어줘."

나를 좋아한다. 그러니 나와 사귀고 싶다.

그런 거라면 말이 앞뒤가 맞았다.

"본인이 먼저 고백해 놓고 겨우 4개월 만에 마음을 바꿔버렸잖아? 에나는."

그 말대로, 설령 내가 부족한 탓이라고 해도.

"하지만 나는 아니야. 정말로 소타를 좋아해. 무슨 일이 있어도, 널 배신하거나 하지 않아."

사실로만 따지자면 에나가 나를 배신했다는 말은 틀리지 않았을지도 모른다.

"그러니까, 응? ——나로 해. 그런 가벼운 여자 말고."

어딘가 마성마저 느껴지는, 유혹적인 미즈시마의 대사에.

"——아니. 당연히 무리지."

나는 단호하게 고개를 저었다.

"……어? 왜?"

내 대답에 미즈시마는 진심으로 놀란 얼굴로 눈을 깜빡였다.

설마 거절당할 거라고는 생각지도 못했다는 얼굴이다. 진짜인가.

"야……. 백 보, 아니 천 보, 아니 그냥 양보할 만큼 다 양보해서 네가 진짜로 날 좋아해서 고백하는 거라고 해도 말이지. 그 말을 듣고 그럼 내가 '그럼 사귀자'라고 말할 줄 알았어?"

"어? 응."

즉답이냐고. 어떻게 그렇게까지 승리를 확신할 수 있지?

"그치만 소타는 지금 솔로잖아?"

"그런 문제가…… 아니, 내가 솔로가 된 건 너 때문이기도 하잖아?!"

아주 진지한 얼굴로 바보 같은 말을 중얼거린 미즈시마가 가슴팍 앞에서 팔짱을 꼈다.

블라우스 너머로도 선명히 드러난 풍만한 굴곡이 쑤욱 들어 올려지는 모습에, 나는 지적을 날리면서도 눈을 어디 둬야 할지 알 수 없었다. 이 녀석, 진짜 고1 맞아……? 가 아니라.

"너한테는 이미 에나라는 연인이 있잖아. 그 상태에서 나

하고도 사귄다면 그건 완전히 바람이지.”

미즈시마의 가슴에서 시선을 피하면서 나는 곧바로 정론을 내밀었다.

그런데도 미즈시마의 의아한 얼굴은 사라지지 않았다.

“괜찮지 않아? 에나는 여자 연인이고 소타는 남자 연인. 봐, 제대로 구분돼 있으니까 문제없잖아. 그리고 애초에 내 진심은 소타 쪽이고.”

“아니, 그 논리는 이상해.”

이 녀석…… 머리도 좋으면서, 혹시 바보 아냐?

아니, 어쩌면 미즈시마 정도의 인싸가 되면 연인을 여러 명 두는 건 지극히 평범한 일인 건가? 그렇다면 나 같은 아싸에게 있어서는 전혀 다른 세계의 이야기다.

“하아…… 이봐, 미즈시마. 조금은 내 입장에서 생각해 보라고.”

확실히 미즈시마는 미인에 인기인에 모두의 우상이 되는 존재였다.

진심으로 하는 말인지 어떤지는 매우 의심스럽지만, 솔직히 그런 그녀에게 ‘좋아한다’라는 고백을 듣고 조금도 기쁘지 않다고 하면 거짓말이겠지.

하지만 그렇다 해도 이 녀석이 내 숙적이라는 사실은 변하지 않았다.

아무리 인기가 많고 얼굴이 예뻐도, 쥐가 고양이를 연애 대상으로 본다는 것은 말도 안 되는 이야기였다.

"다시 말할게. 애초에 바람이 돼 버리는 데다 난 딱히 널 좋아하지도 않아. 그러니까 너랑은 사귈 수 없어. 이해했어?"

내가 단호한 어조로 그렇게 말하자, 그때까지 쿨한 얼굴을 유지하고 있던 미즈시마가 처음으로 불만스러운 듯 미간을 찡그렸다. 평소의 어른스러운 그녀의 모습과는 정반대로 아이처럼 볼을 부풀리고 있다.

"뭐야, 그 반항적인 눈빛은?"

"소타 쪼잔해. 사귀는 것 정도는 상관없잖아."

"쪼잔해서 미안하네요. 이야기는 끝이야? 그럼 난 이만 간다."

그렇게 말하고 내가 옥상 문으로 가려고 하자.

"그럼, **승부**하자."

"뭐? 승부?"

또 영문을 알 수 없는 소리를 해 온다, 이 녀석.

내가 마지못해 뒤를 돌아보자, 미즈시마가 장난스러운 미소를 짓고 있었다.

"한 달."

미즈시마가 새하얗고 가녀린 검지를 휙 들어올렸다.

"딱 한 달만 나랑 '임시'로 사귀어줘. 그리고 한 달 후, 다시 한번 너에게 고백할게. 거기서 네가 오늘과 똑같이 또 내 고백을 거절한다면 네 승리. 그때는 깨끗이 포기할게. 더 이상 끈질기게 달라붙지도 않겠다고 약속해."

거기서 잠시 말을 끊은 미즈시마가 성큼성큼 걸어 내 눈앞까지 다가왔다.

하늘로 치켜들고 있던 검지를 이번에는 교복 위, 내 심장 근처에 톡 갖다 댄다. 마치 총구라도 겨누고 있는 것 같은 느낌이었다.

"하지만 만약 네가 내 고백을 받아준다면 나의 승리. 소타는 순순히 내 연인이 되어줘야 해. 즉, 이건 내가 한 달 만에 소타를 공략할 수 있을지 어떨지에 관한 승부라는 거지."

"아니, 잠깐, 무슨 소리야? 내가 왜 그런 귀찮은 일에 어울려야 하는데?"

애초에 만일 한 달간 '임시'인지 뭔지로 사귄다고 해도, 그걸로 내가 이 녀석의 고백을 받아들인다는 것은 불가능했다.

왜냐하면 좋아하지 않으니까. 처음부터 승부는 이미 났다.

큰 이익이 있는 것도 아니고, 해봤자 시간 낭비에 지나지 않는다.

"어때? 승부해 보지 않을래?"

"거절할게. 나한테는 아무런 메리트도 없는 승부야."

"그렇다면 추가 보상. 네가 이기면—— 내가 뭐든 한 가지 소원을 들어줄게."

미즈시마가 갑자기 내 귓가에 입술을 가까이 대고는 속삭이듯 그렇게 말했다.

지척에서 들려오는 허스키 보이스와 살랑거리는 머리카락에서 풍기는 금목서 향기.

갑자기 귀와 코를 동시에 자극받은 나는 "혜웅?!" 하는,

스스로도 웃음이 나올 정도로 이상한 소리를 내고 말았다.

"너, 너! 자꾸 그렇게 갑자기 다가오지 말라고!"

"미안, 미안. 그보다, 어때? 나한테 뭐든 명령할 수 있는 권리. 충분히 큰 메리트라고 생각하는데."

"뭐든……."

"응, **뭐든**. 야한 거라도 괜찮아. 나 소타가 상대라면 무슨 짓을 당해도 상관없으니까."

미즈시마가 쓸데없이 선정적인 눈으로 나를 올려다보며 반걸음 정도 더 다가온다.

"하, 할 리가 없잖아! 그런 명령!"

그녀의 블라우스 사이로 보이는 깊은 가슴골에서 황급히 눈을 돌린 나는 곧바로 미즈시마에게서 거리를 벌렸다.

"아하하, 빨개졌어. 귀엽네, 소타."

"시끄러워! 어쨌든 난 딱히 너한테 명령하고 싶은 것도 없고, 그런 승부를 받아줄 의리는 없어!"

이번에야말로 작별하기 위해 나는 씩씩거리면서 옥상의 문에 손을 가져갔다.

그대로 문을 밀고 학교 건물에 들어가려던 때였다.

"흐음…… **자신 없어?**"

"……뭐라고?"

도발 섞인 미즈시마의 대사에 무심코 발을 딱 멈추고 뒤를 돌아보았다.

"'귀찮다'느니 '메리트가 없다'느니 이런저런 변명을 하고 있지만, 사실은 겨우 한 달 만에 나한테 공략당할까 봐 불안한 거 아니야?"

"뭐? 그럴 리가……."

"그러고 보니 에나도 그러더라. 소타의 그런 패기 없는 모습이 싫었다고. 아하하, 이제 보니 확실히 엄청난 겁쟁이이긴 하네."

빠직.

내 안에서 어떤 스위치가 켜지는 소리가 났다.

잠깐잠깐, 대체 무슨 소릴 지껄이는 걸까, 이 카리스마 여고생 씨는.

화가 나는 것을 넘어서서 어쩐지 웃음이 나오기 시작하는데?

"하, 하하, 하하하하…… 그렇게까지 들으니까 나도 가만히 있을 수가 없네."

확실히, 여자친구를 빼앗긴 것뿐이라면 몰라도, 걸어온 싸움에서도 도망가버리는 것은 너무 한심한 일이다.

여기서 물러나면 그녀의 말대로 진짜 겁쟁이가 되어버린다.

참새 눈물 정도로 콩알만 하긴 하지만, 나 같은 아싸남에게도 프라이드라는 게 있다고!

"좋아. 네 그 값싼 도발, 받아줄게."

내 대답에 미즈시마가 씨익 입꼬리를 올렸다.

"그렇게 나와야지."

"흥. 그렇게 새침한 얼굴로 웃을 수 있는 것도 지금뿐이라고. 비록 1년을 들인다고 해도 내가 네 고백을 받아들일 일은 절대로 없어. 무슨 일을 꾸미는 건지는 모르겠지만, 이 한 달 동안 어디 한번 실컷 발버둥 쳐보라고!"

"으음. 굉장히 '패배자의 외침' 같은 대사네."

"패배……?! 시, 시끄러워!"

젠장, 한결같이 짜증 나는 녀석이다.

기선을 제압당해 얼굴을 찡그린 나에게 미즈시마는 유쾌한 얼굴로 웃어 보였다.

"그럼―― 앞으로 '연인'으로서 잘 부탁해, 소타?"

이리하여 나와 미즈시마의 한 달간 '승부'의 막이 열렸다.

그러나 이때의 나는 아직 상상도 하지 못했다.

우리의 이 승부가 설마 그런 결말을 맞이하게 될 것이라고는.

제2장 기념스러운(실은 아닌) 첫 데이트

미즈시마와 '임시'로 사귀게 된 그날 밤의 일이었다.

저녁을 먹고 내 방에서 영화를 보고 있는데, 스마트폰에 한 건의 알림이 떴다.

미즈시마에게서 온 채팅이었다. 그러고 보니 점심시간에 반강제로 연락처를 교환했던 일이 떠올랐다.

【내일 데이트하자.】

채팅 앱을 열고 미즈시마와의 대화 화면을 살펴보자 그런 짧고 심플한 메시지가 도착해 있었다.

【갑자기 뭐야.】

【내일은 토요일이고 쉬는 날이잖아? 그러니까 소타랑 데이트하고 싶다는 뜻.】

【데이트라니, 또 갑작스럽게 나오네.】

전날 밤에 말하지 말라고, 전날 밤에. 적어도 나한테 계획이 있는지를 먼저 확인하란 말야.

……뭐, 없지만.

【그나저나 에나는 어쩔 거야? 알고는 있어? 연인을 놔두고 다른 녀석과 휴일에 데이트하겠다는 거잖아, 너.】

【그거라면 괜찮아. 에나한테는 주말에는 모델 일이 있어서 시간을 빼기 어렵다고 말해 뒀으니까. 그 애도 그걸로 납득해 줬어.】

와아…… 이 녀석 진심인가. 그보다 에나도 용케 그 말로 납득했네.

미즈시마와 휴일에 데이트하지 못해도 괜찮은 거야? 나랑 사귈 때조차 '쉬는 날엔 되도록이면 같이 보내고 싶어요'라고 말하던 아이였는데.

뭔가 생각했던 것보다 꽤나 드라이한 교제를 하고 있는 것 같은데…….

묘하게 마음에 걸렸지만 그 이상 깊게 생각하는 것은 그만두기로 했다.

에나는 이미 미즈시마의 연인이다. 전 남친인 내가 이제 와서 둘이 사귀는 방식에 대해 이래라저래라 참견할 자격은 없다.

【아무리 그래도, 그런 거짓말까지 하면서 굳이 나랑 휴일에 만날 필요는 없잖아.】

어이없다는 심정을 담아 보낸 내 채팅에 미즈시마가 바로 답장을 보내왔다.

【그치만 이쪽은 겨우 한 달 만에 널 공략해야 하는 상황이니까. 단 하루도 헛되이 보낼 수는 없어.】

그렇군. 미즈시마 입장에서 보면 확실히 그 말도 일리는 있다. 그래서 이렇게 곧장 데이트 신청을 해왔다는 건가.

아무리 그렇다고 해도 말이다. 뭘 어떻게 하든 내가 한 달 만에 미즈시마에게 공략당할 일은 절대로 없었다. 이것 참, 저 녀석도 정말 필사적이구나.

【그러니까. 하자, 데이트.】

【알았어. 어차피 휴일은 한가하니까.】

솔직히 말해 집에서 하는 일 없이 영화를 보거나 게임하는 게 훨씬 더 좋았다.

하지만 괜히 거절했다가 '도망쳤다'느니 '소심하다'라는 소리를 듣는 것도 싫다.

【잘됐다. 그럼 내일 10시에 사쿠라기초역 앞에서 보자.】

【예이.】

【기념스러운 첫 데이트네?】

【나에게는 기념도 뭣도 아니지만 말이지.】

【또 그런다. 말은 그러면서 소타도 내심 기대하고 있는 거 아냐?】

【자라.】

미즈시마의 성가신 장난을 일축하고 나는 곧장 채팅 앱을 닫았다.

"후우, 이렇게 긴장 안 되는 첫 데이트 전날 밤이 또 있을까."

쓴웃음을 지으면서도, 동시에 나는 인생에서 가장 긴장했던 데이트 날의 기억을 떠올렸다.

4개월 전.

에나와 연인 사이가 된 후 했던 첫 데이트는 지금도 확실히 기억하고 있다.

그때는 둘이서 좀 먼 곳의 영화관까지 다녀왔었다.

나에게 있어서는 진정한 의미의 첫 데이트였기에 처음부터 끝까지 계속 긴장했었다.

자리에 앉은 뒤에도 옆에 있는 에나의 옆모습을 흘끔흘끔 들여다보기 바빠 스크린은 제대로 보지도 못했다.

뭐, 그런 의미에서는 내일은 마음 편히 갈 수 있어서 좋긴 했지만.

※

"……그렇게, 생각하던 때가 나에게도 있었지."

그리고 맞이한 다음 날 토요일.

집합 시간 5분 전에 사쿠라기초역 앞 광장에 도착한 나는, 다른 의미로 긴장해 버리고 말았다.

"저, 저기, 혹시 Sizu 씨 아닌가요?!"

"꺄악, 진짜 실물이야! 실물로 보니까 완전 여신이야!"

"인스타 늘 잘 보고 있어요!

오늘 약속 장소인 역 앞의 작은 시계탑.

거기에는 이미 대충 세봐도 열 명 정도 되는 젊은 여자아이들이 모여 있었다.

그리고 그 중심에 있는 것은…….

"아~, 하하. 이거 난감하네."

아니나 다를까 미즈시마였다. 꺄악 하는 새된 목소리에 둘러싸인 채 곤란한 얼굴로 볼을 긁적이고 있다.

상황을 보아 아무래도 미즈시마의 팬인 여자아이들에게 발견되어 버린 모양이었다.

'숙적'이라는 편견에 가려져 있던 탓에 완전히 잊고 있었다.

그러고 보니 저 녀석, 인기 모델이자 인기 인플루언서였지.

"저기, 같이 사진 좀 찍어주실 수 있나요?"

"사진? 좋아. 아, 하지만 일단 SNS에는 올리지 말아줘."

"오늘 제가 바른 립글로스, 전에 Sizu 씨가 잡지에서 사용했던 거예요!"

"오~, 그렇구나. 응, 잘 어울리네. 귀여워."

몰려드는 여자아이들의 압력에 당황하면서도 싫은 내색 하나 하지 않고 그녀들에게 팬서비스를 해 주고 있는 미즈시마.

달콤한 외모와 부드러운 말로 여자아이들을 함락시켜가는 모습은 그야말로 청초한 미남 그 자체였다.

심지어 저러고도 본인에게는 전혀 유혹할 마음이 없다는 점이 더 질이 나쁘단 말이지.

"……나, 지금부터 저 사이로 들어가야 하는 건가?"

이미 미즈시마와의 약속 시간은 지나 버렸다.

그렇지만, 나에게는 저런 인싸 여자 집단 안으로 돌진할 만한 배짱 따위는 없었다.

눈치 없이 나가봐야 싸늘한 시선만 받고 쫓겨날 미래가 훤히 보였다.

"좋아, 돌아가자!"

저 상태로는 당분간 꼼짝도 못 할 거고, 저 녀석도 나 같은 녀석과의 데이트보단 팬과의 교류를 더 우선하고 싶겠지.

어쩔 수 없지만, 여기서는 내가 조용히 물러나는 것이 최선이었다.

어쩔 수 없는 일이다, 암, 어쩔 수 없고말고. 절대 여러 의미로 귀찮아져서 그런 것이 아니다.

그런 생각을 하면서 나는 빠른 걸음으로 역의 개찰구로 돌아서서 되돌아가려고 했다.

"아, 소타 찾았다. 여기야~!"

하지만 눈 깜짝할 사이에 인파 속에 있던 나를 발견해 버린 미즈시마가, 팬 아이들과의 작별 인사도 서둘러 마치고 이쪽을 향해 종종걸음으로 다가왔다.

칫, 벌써 들켰나.

"소타~."

그보다 이렇게 많은 인파 속에서 남의 이름을 부르지 말아줄래, 부끄러우니까.

"다행이다. 제대로 와 줬네."

그렇게 말한 미즈시마가 흐뭇한 미소를 지으며 다가왔다. 상의는 후드티에 트렌치코트, 하의에는 데님팬츠를 입은 보이시한 차림이었다. 하지만 만약 내가 같은 차림을 한다고 해도 분명 이런 스타일리시한 분위기는 나지 않겠지.

일단 머리에 챙 달린 모자를 써서 눈에 띄지 않게 신경 쓴 것 같긴 한데, 그것도 어디까지 효과가 있을지는 모르겠다.

분하지만 이 녀석, 역시 비주얼은 완벽한 고스펙이다.

"네가 부른 거잖아. 난 딱히 안 왔어도 그만인데."

"그래도 와줬잖아. 소타의 그런 상냥한 점, 역시 좋아."

"……너 좋을 대로 해석하지 마. '승부'에서 도망쳤다는 소릴 듣기 싫은 것뿐이야."

나의 반론에도 미즈시마의 생글거리는 미소는 사라지지 않았다.

정말이지 짜증 나는 얼굴이다.

"그럼 갈까?"

"그래. 아니, 잠깐만. 괜찮겠어? **저 사람들.**"

나는 시계탑 앞에서 아쉬운 얼굴로 서 있는 여자애들을 돌아보았다.

"네 팬이지? 좀 더 있어주고 싶었던 거 아냐?"

"괜찮아. 응원해 주는 건 기쁘지만 나도 오늘은 프라이빗이니까. 게다가 뭐니 뭐니 해도 소타와의 첫 데이트니까. 이쪽을 우선시할 거야."

아, 그러십니까.

뭐, 그렇게 말한다면 외부인인 내가 이러쿵저러쿵 나설 일은 아닌가.

"하아~, 사진으로 보는 것보다 더 멋있었지. Sizu 씨."

"내 말이~…… 근데 말야, 옆에 있는 저 못생긴 남자는 뭐야?"

"매니저인가? 아니, 근데 전혀 업계 사람 같지 않네. 뭔가 밋밋한 게."

"그렇지? 아마 짐꾼으로 불려온 사무소 알바생이겠지, 뭐."

"아무리 그래도 Sizu 씨한테 너무 가까이 붙지 말아줬으면 좋겠는데."

걸어가기 시작한 우리들 뒤에서 팬 여자애들이 무어라 속닥거리고 있다.

시, 시선이 아프다. 그보다 다들 가차 없네……. 뭐, 실제로도 촌스럽고 수수한 아싸가 맞지만.

"……흐음?"

옆을 걷던 미즈시마가 그곳에서 갑자기 멈춰서더니 시계탑의 여자아이들을 힐끔 돌아보았다.

기분 탓인지는 몰라도, 그 순간만큼은 미즈시마의 눈이 웃고 있지 않은 것처럼 보였다.

"미즈시마? 왜 그래?"

의아함을 느낀 내가 말을 걸자 미즈시마는 다시 씨익 미소를 지었다.

"에잇!"

그러더니 다음 순간 갑자기 내 오른팔을 끌어안는다.

"흐억?! 야, 너 뭐 하는……!"

"움직이지 마."

휙 다가와 나에게 몸을 기대는가 싶더니, 어째서인지 자신의 얼굴을 스마트폰으로 찍는 것이 아닌가.

"뭐 하는 거야?"

"잠깐만 있어봐. 이렇게 해서, 이 사진을…… 얍."

"무슨?!"

나는 미즈시마가 조작하던 스마트폰 화면을 들여다보다가 흠칫 놀랐다.

"너 설마, 지금 찍은 사진을 인터넷의 바다에 방류시킨 건 아니겠지?!"

"응, 했어. '오늘은 업무 없어서 외출♪'이라고 적어서."

"응, 이 아니지! 뭘 멋대로 올리는 거야!"

"괜찮다니까. 내 얼굴밖에 안 찍혔어."

"아니, 여기! 내 오른팔이 살짝 찍혔잖아!"

"알아. 일부러 그런 거니까."

그렇게 말한 미즈시마는 기세등등한 얼굴로 시계탑에 있는 팬들에게 시선을 돌렸다.

그곳에서는 바로 게시물을 본 듯한 몇 명이 "이게 뭐야?!" "Sizu 씨, 그런 거였어?!"라며 비명을 지르고 있었다.

망했네.

"아하하하."

"웃을 때냐고! 됐으니까 빨리 여기서 벗어나자!"

이대로 여기에 머물러 있으면 저 여자애들에게 무슨 짓을 당할지 알 수 없었다.

질투에 눈이 먼 광팬에게 찔려 사망한다는 결말만큼은 절대로 사양이다.

태평하게 웃고 있는 미즈시마의 손을 잡고 나는 도망치듯

역 앞의 광장을 뒤로했다.

※

역 앞 광장에서 이동한 우리는 역 근처에 있는 대형 쇼핑몰에 왔다.

휴일인 만큼 시설 안은 쇼핑객들로 넘쳐났다.

이 정도로 인파가 가득하면 쉽게 눈에 띌 일도 없을 것이다.

"어? 이거 봐, 소타. 아까 그 사진, 꽤 반응 폭발인데?"

남의 일처럼 그렇게 말한 미즈시마가 스마트폰을 보여주었다.

화면에는 그녀의 인스타그램 게시물과 그 댓글창이 표시되어 있었다.

〈Sizu 씨, 갱신 완전 오랜만!〉

〈오프 모드인 Sizu 씨도 너무 멋져요!〉

〈이거 팔짱 낀 거 아닌가? 누구랑 있는 거지?〉

〈엥? 옆에 있는 거 누구? 매니저?〉

〈친구한테 전해 들은 목격 정보. 사쿠라기초역 앞에서 남자랑 걷고 있었대.〉

역시나, 라고 해야 할까. 댓글창에는 미즈시마를 향한 칭찬의 말보다도 화면 끝에 찍힌 내 팔을 의심하는 글들이 더 많았다.

"아하하, 완전 웃긴다."

"안 웃기거든?! 너 이거, 자폭하는 수준이라고!"

"그런가? 뭐, 정말 위험하면 우리 매니저가 금방 가라앉혀줄 테니까 괜찮아, 괜찮아~."

대수롭지 않다는 투로 그렇게 말하고는 헤실헤실 웃을 뿐이다. 대책 없이 낙관적인 녀석.

"하아…… 잘은 모르겠지만 말야. 이러면 사무소 사람한테 혼나는 거 아니야? 모델 일에 지장이 생겨도 난 책임 못 진다?"

"오버라니까. 우리는 그렇게 큰 사무소도 아니고, 잡지를 읽을 만한 나이대 여자애들 외엔 나도 어차피 그냥 여고생일 뿐이야. 거물급 탤런트도 아니고, 이런다고 딱히 큰일은 안 일어나."

으음, 그런가?

뭐, 확실히 이렇게 인파 속을 걷고 있어도 아까처럼 미즈시마 주위에 사람이 모여드는 사태는 벌어지지 않았다.

지나가는 길에 그녀 쪽을 돌아보는 사람도 나름대로는 있었지만, 그것도 분명 '지금 그 사람, 엄청 예쁘다' 정도의 감각이었겠지.

"게다가 이번 한 달 동안은 모델 일은 전부 다 쉬기로 했어."

"어? 왜?"

나도 모르게 되묻자, 미즈시마는 당연하다는 투로 대답한다.

“당연한 걸 묻네? 이 한 달 동안에는 되도록이면 소타랑 보내기로 결심했으니까.”

“너, 우선순위가 완전 틀렸잖아…….”

이 녀석, 나를 ‘공략’하는 데 그 정도로 진심이라고?

단순한 장난이나 몰래카메라인 것치고는 조금 공을 과하게 많이 들이는 것 같은데…….

“뭐, 세세한 건 됐어. 오늘은 모처럼 하는 첫 데이트니까.”

생각에 잠긴 내 손을 잡은 미즈시마가 성큼성큼 걸어가기 시작했다.

“야, 야. 잡아당기지 마. 그보다 어디로 가려고?”

내가 그렇게 묻자 미즈시마는 “후후” 하는 의미심장한 미소를 지으며 입을 열었다.

“패션쇼.”

“패션쇼오?”

여전히 의중을 파악하지 못한 채 나는 미즈시마에게 이끌려 에스컬레이터를 올라갔다.

도착한 곳은 쇼핑몰 3층에 있는 대형 의류 매장이었다.

넓은 매장에는 아동복부터 비즈니스 정장까지 다양한 옷들이 진열되어 있었다.

“야, 이런 곳에서 패션쇼 같은 걸 한다고?”

“응, 나 혼자.”

“뭐?”

“난 직업상 다양한 옷들을 입을 기회는 많지만, 기본적으로 보여주는 상대는 여자아이들뿐이거든. 가끔은 또래 남자의 감상도 들어보고 싶어서.”

아하. ‘패션쇼’라는 말의 뜻이 그런 거였나.

다시 말해 이 녀석은 나한테 ‘옷을 함께 골라달라’고 말하고 있는 것이었다.

“아니아니, 잠깐만. 난 패션에 관해서는 완전 아마추어인데? 현역 모델인 너한테 무슨 의견을 말하라는 거야?”

“의견이 아니야. 감상을 달라는 거지.”

“어쨌든 비슷한 거잖아.”

감상이라니 뭐야. 난 뭐가 세련되고 뭐가 그렇지 않은지도 잘 모른다고.

“눈치가 없네, 소타는.”

당황하고 있는 나에게 미즈시마가 어쩔 수 없다는 얼굴로 어깨를 으쓱였다.

“내 말은, 소타의 취향을 알고 싶다는 거야. 여친으로서 말이지.”

“……그런 거였군.”

즉 이것도 나를 ‘공략’하기 위한 작전의 일부라는 건가.

우선은 자신의 복장부터 내 취향으로 맞춰가면서 보다 ‘연인’으로서 의식하게 만들려는 속셈인 것이다.

“오케이, 잘 알았어. 그 도전 받아주마.”

하지만 어설퍼. 어설프다, 미즈시마여.

상대가 에나였라면 몰라도 고작 복장 같은 것에 마음이

흔들릴 내가 아니라고.

카리스마 모델이든 인기 인플루언서이든 상관없다.

설령 네가 어떤 패션을 선보이더라도, 이 사쿠하라 소타가 꼼짝 하나 봐라!

"'도전'이라니, 소타는 뭐랑 싸우고 있는 거야?"

키득키득 웃은 미즈시마가 탈의실 커튼에 손을 가져갔다.

"그럼 지금부터 몇 벌 정도 입어볼게. 맨 마지막에 그중에서 제일 좋았던 걸 골라줘."

"예이."

피팅실에 들어가 커튼을 닫는 미즈시마를 배웅한 뒤 나는 근처에 있던 의자에 걸터앉았다.

하아. 도전을 받아들인다고 하긴 했지만 기다리는 시간은 지루하다.

"그러고 보니 에나랑 이런 곳에 온 적은 없었네."

기다리기 따분한 마음에 나는 조용히 생각을 곱씹었다.

에나랑 데이트했을 땐 거의 같이 영화관에서 영화를 보거나, 커피숍에서 좋아하는 작품에 대해 대화를 나누거나 했었다.

나는 그것만으로도 충분히 즐거웠지만…… 역시 에나 입장에서는 이런 '평범한 데이트'도 하고 싶었을까.

"하아…… 이렇게 세심하지 못한 부분도 잘못이었을까."

"소타~ 거기 있는 거 맞아~?"

한숨을 쉬자 커튼 너머에서 미즈시마가 이름을 불러왔다.

"네네, 여기 있어요."

"다행이다. 그럼 바로 첫 번째 옷을 선보여볼까?"

자아, 대체 뭐가 튀어나올까.

뭐, 설령 어떤 패션으로 나온다 해도 나는 절대로 동요하지——.

"짠."

"푸흡——?!"

차락, 하고 걷힌 커튼 너머.

모델 같은 포즈를 취하며 서 있는 미즈시마의 모습에 나는 무심코 뿜어버리고 말았다.

"수영복이잖아!"

그래. 미즈시마가 몸에 걸치고 있던 것은 코발트블루를 바탕으로 한 시원한 색감의 수영복이었다. 위는 평범한 비키니였지만 아래에는 흔히 말하는 파레오 디자인이다.

"어때? 잘 어울려?"

"아니, 너! 수영복은 좀 아니지, 수영복은! 패션쇼라는 말은 어디로 갔어?!"

"수영복도 옷은 옷이잖아."

"윽…… 그건 그렇긴 하지만……!"

이, 이 여자! 초장부터 태연한 얼굴로 강수를 날리다니!

설마 수영복을 입었을 줄이야, 예상을 넘어서도 한참을 넘어섰다.

'패션쇼'라는 단어를 듣고 멋대로 그 가능성을 제외시켜

버렸다.

젠장, 이 녀석의 작전에 감쪽같이 걸려버리다니!

"후후후. 소타는 이런 거 좋아해?"

등 뒤에서 손을 맞잡은 미즈시마가 당당하게 포즈를 취했다.

딱 보기에도 결이 고와보이는 흰 피부에 너무 굵지도 가늘지도 않은 건강한 팔다리. 잘록하게 들어간 배 주위는 적당히 탄탄하고 불필요한 근육이나 지방은 아예 없다고 해도 과언이 아닐 정도로 없었다.

그리고 무엇보다 눈길을 끄는 것은 푸른 비키니에 감싸인 풍만한 가슴이었다.

교복을 입고 있을 때에도 크기를 확실히 알 수 있는 수준이었지만, 벗으니 더 굉장했다. 묵직한 무게감이 있으면서도 결코 중력에 지지 않고 탄력 있게 올라간 아름다운 거유였다.

전부터 희미하게 느끼고 있었지만…… 이 녀석, 쿨하고 보이시한 얼굴과는 반대로 목 아래부터는 (성적인 의미의) 여성스러움이 너무 높아!

이런 것을 좋아하느냐, 라고?

그건…… 그건, 건전한 남자 고등학생이라면 누구나 좋아하는 게 당연하잖아!

"얼굴이 새빨개. 내 수영복 차림이 그렇게 마음에 들어?"

"마음에 안 들어! 전혀, 조금도, 요만큼도 마음에 안 들어!"

"거짓말. 그치만 소타 지금 엄청 흥분했는데?"

"아, 안 했거든! 만일 흥분했다고 해도, 그건 너한테 한 게 아니라 네 몸에 흥분한 것뿐…… 헉?!"

아, 아뿔싸! 너무 발끈해서 뭔가 엄청난 쓰레기 같은 발언을 해 버린 것 같은데!

황급히 돌아보니 미즈시마는 잠시 어리둥절한 표정을 짓는가 싶더니 진심으로 재밌어하며 웃기 시작했다.

"아하, 아하하하! 대사 완전 웃겨!"

"아, 아냐! 미즈시마의 몸매나 비율이 좋다는 건 인정하지만, 그렇다고 너 자체를 인정했다는 의미는 아니라고!"

"하아~, 그렇구나. 소타는 내 몸에만 관심 있구나~. 결국 나는 몸뿐인 여자인 건가……. 아니, 하지만 그것도 그것대로 괜찮을지도?"

"너야말로 대사가 이상해! 누가 들으면 오해할 말 하지마! 아까부터 이미 뭔가 주위에 있는 여자 손님들 시선이 아프거든! 박히고 있거든!"

주위에서 느껴지는 수상함이 담긴 시선을 견디지 못한 나는 미즈시마를 피팅실로 밀어넣고 커튼을 닫았다.

"됐으니까 이제 옷 좀 갈아입어!"

"미안해. 장난이 좀 지나쳤어. 뭐, 수영복은 반 장난이었고, 다음부터는 제대로 된 모습으로 나올게."

"역시 계속되는 건가……."

솔직히 이미 한계지만…… 그래도, 아직 첫 번째다.

이런 초장부터 백기를 들 수는 없다.

벌써부터 진이 다 빠졌지만, 나는 각오를 다지고 다시 탈의실 앞 의자에 걸터앉았다.

"그럼 쭉쭉 가볼까?"

"조, 좋아! 얼마든지 와라! 아니, 입어라!"

그 후에도 나는 미즈시마의 '패션쇼'에 끝까지 함께 어울렸다.

물론 첫 번째에는 '수영복'이라는 장난을 쳤지만, 그 이후의 미즈시마는 무척 성실한 코디를 선보였다.

역시 모델이라 그런지 무슨 옷을 입어도 그림이 되는 것은 솔직히 굉장했다.

물론 굳이 커다란 셔츠를 입거나, 아래는 스커트가 아닌 팬츠 스타일을 하는 등 미즈시마의 초이스는 대부분 보이시한 것들뿐이었다.

노출도 적고, 어느 것도 첫 번째만큼의 임팩트는 느껴지지 않았다.

'잘 어울리네'라든가 '멋지네' 같은 감상은 들었지만 딱히 이거다 싶은 옷은 없었다.

뭐, 이건 내 패션 센스가 괴멸적으로 빈약해서 그런 것도 있겠지만.

"음, 이것도 소타의 취향이 아닌가?"

그리고 대여섯 벌 정도의 코디를 입어본 타이밍에, 마침내 미즈시마도 고민스러운 표정을 지어보였다.

“역시 여기선 섹시 노선으로 가는 수밖에 없겠어.”

“아니, 그건 이제 됐어.”

또다시 미인계를 쓰려고 하는 미즈시마를 말린 나는 문득 의문스럽게 느끼고 있던 것을 입에 올렸다.

“그보다 아까부터 비슷한 분위기의 옷들만 입고 있지 않아? 남성적인 스타일이라고 할까, 쿨한 계열이나 멋진 느낌으로.”

“그야 뭐, 그게 내…… Sizu의 스타일이니까.”

매장에서 가져온 새 옷을 탈의실 옷걸이에 걸어둔 미즈시마가 당연하다는 투로 그렇게 말했다.

그리고 농담조로, 하지만 어딘가 자조 섞인 말투로 어깨를 움츠리며 중얼거렸다.

“학교 교복은 그렇다 쳐도 내가 하늘거리는 스커트나 리본 달린 블라우스 같은 ‘소녀’다운 모습을 해봤자 별로 안 어울리잖아?”

“그래? 딱히 안 어울린다고 단언할 필욘 없지 않나? 잘은 모르겠지만.”

아무렇지도 않게 말한 내 말에 미즈시마가 의아하다는 얼굴로 눈썹을 찡그렸다.

그러고는 잠시 멍한 표정으로 입을 다물었다가, 다시 쓴웃음을 지으며 손을 내젓는다.

“아니아니아니. 나 항간에서는 ‘남장 여인’이라는 캐릭터로 통하고 있는데? 전혀 나답지 않아. 그런 건…… 모두가 보고 싶어 하는 내가 아냐."

옷을 움켜쥐고 있던 미즈시마의 손에 살짝 힘이 들어갔다.

"그럼 반대로 물어볼게. 왜 소녀다운 옷이 어울릴 거라 생각한 거야?"

"그야 너도 여자니까 여자처럼 차려입은 건 이상한 일이 아니잖아."

이번에야말로 놀랐다는 얼굴로 미즈시마가 눈을 동그랗게 뜬다.

뭐, 뭐야? 내가 그렇게 이상한 말을 했나?

"그렇구나…… 후후, 그런가."

하지만 내 불안과는 달리 미즈시마는 어쩐지 좀 후련해 보이는 미소를 짓고 있었다.

"그렇지. 나도, 여자였지."

"뭐? 그, 그래. 이제 와서 무슨 이상한 소리야?"

"아~ 미안, 미안. 면전에서 그런 말을 들어본 적이 지금까지 거의 없었거든. 조금 신선해서 놀란 것뿐이야."

휙휙 손을 저으며 그렇게 말한 미즈시마는 가슴팍 쪽을 손으로 꽉 움켜쥐었다.

"……으음, 역시 좋아."

그리고 무어라 중얼거리는가 싶더니 나를 향해 척 검지를 세운다.

"좋아, 그럼 다음 옷을 마지막으로 할게."

"그래? 다행이다, 드디어 패션쇼도 끝이구나."

“끝을 말하기엔 아직 일러. 어느 게 제일 좋았는지 소타가 정해줘야 하니까.”

아아, 그러고 보니 그런 규칙이었나. 이런, 아직 아무 생각도 못 했는데.

“그럼 잠깐 매장에 다녀올게. 소타, 눈 좀 감고 있어 줄래?”

“뭐? 왜?”

“됐으니까.”

말이 끝나기가 무섭게 미즈시마는 재빠르게 매장으로 가 버렸다.

뭐라는 거야, 도대체. 뭐, 일단 시키는 대로 해 줄까.

나는 탈의실 앞 의자에 걸터앉은 상태로 두 눈을 꽉 감았다.

그렇게 기다리기를 몇 분.

“소타~, 옷 다 갈아입었어~.”

옷을 다 갈아입은 미즈시마의 그 목소리에 나는 눈을 떴다.

“그럼 연다?”

구호와 함께 탈의실 커튼이 천천히 열렸다.

이어서 커튼 너머에서 나타난 미즈시마는 지금까지 선보인 쿨하고 보이시한 코디와는 완전히 분위기를 풍기고 있었다.

“에헤헤…… 어때?”

조금 어색한지 수줍은 표정을 지어 보인 그녀의 옷차림은 프릴이 달린 블라우스에 멜빵 스커트로, 완전히 여성스러운 패션이었다.

복장에 맞춰 머리 모양도 바꾼 것인지 찰랑거리는 긴 쇼트 헤어 일부를 뒤로 넘겨 반올림으로 묶고 있었다.

뭐랄까, 완전히 정통파 미소녀로 대변신한 느낌이었다.

"오, 오오…… 좋을지도?"

나도 모르게 '귀엽다'라고 생각해 버렸다.

스스로를 속이듯 퉁명스럽게 대답했지만, 목소리가 살짝 뒤집힌 것도 같았다.

젠장, 이게 이른바 '갭 모에'라는 것인가.

'여자다운 모습도 이상하지 않다'라니, 괜히 쓸데없는 소리를 했나 싶어 뒤늦게 후회가 들었다.

"정말? 그, 좀 부끄럽지만…… 사실은 이런 스타일도 꽤 좋아해. 모델 일을 시작한 뒤부터는 확연히 입을 일이 줄었지만."

그렇게 말하는 미즈시마의 목소리는 조금 아쉬워 보였다.

자세한 사정은 모르지만 미즈시마가 이런 여자다운 차림을 거의 하지 않는 이유는, 어쩌면 모델인 Sizu로서의 이미지를 해치지 않기 위함일지도 모른다.

그렇게 생각하면 모델이라는 것도 여러모로 힘든 일인 것 같았다.

"자아, 그럼 소타, 골라줘."

"응? 아아, 어느 게 제일 좋은지 고르라고 했나?"

미즈시마의 질문을 받고 나는 고민에 잠겼다.

"역시 수영복?"

"그건 선정 대상에서 제외야!"

수영복을 언제까지 물고 늘어지는 거야, 이 녀석.

그보다, 새삼스러운 생각이지만 이대로 이 녀석에게 내 취향을 쉽게 알려줘도 괜찮은 것일까.

패션쇼에 어울려준다고는 했지만, 굳이 솔직하게 대답하는 건 적에게 도움을 주는 꼴이 아닌가.

그렇다면 여기서는 일부러 성의 없게 골라볼까.

아니면 전부 다 좋아서 못 고르겠다는 말로 얼버무릴까.

"글쎄. 나는……."

거기까지 말하고 고개를 든 타이밍에, 마치 처음 드레스를 입어본 소녀처럼 행복한 얼굴로 거울을 바라보고 있는 미즈시마의 모습이 눈에 들어왔다.

평소의 어른스러운 분위기와는 달리 그 나이에 걸맞은 여자다움이 엿보이는 그런 그녀를 앞에 두고.

"……그게 제일 좋은 것 같은데."

깨달은 순간, 나는 나도 모르게 그런 대답을 하고 있었다.

※

"후후후~, 소타~."

"야, 성가시게! 달라붙지 마!"

"싫어~."

의류 매장에서 나온 우리는 점심식사를 하기 위해 쇼핑몰의 푸드코트로 향했다.

참고로 패션쇼를 마친 미즈시마는 최종적으로 내가 선택한 여성스러운 코디를 구입했다. 그 자리에서 옷을 갈아입고 그대로 데이트를 계속할 생각인 듯했다.

심지어 그 차림을 하고 점점 더 달라붙으니까 더더욱 마음이 어수선했다.

조금 전까지만 해도 그나마 귀여운 동성 친구 사이로 보일 가능성이 있었는데, 덕분에 지금은 완전히 커플로만 보이지 않을까.

"뭔가 좀 신선하다."

"뭐가?"

"아니, 늘 누구랑 같이 놀러 가면 거의 내가 에스코트하는 경우가 많았거든. 이렇게 누군가에게 어리광을 부려본 적은 없어서."

그렇게 말한 미즈시마가 천진난만한 미소를 나에게 지어 보였다.

"그러니까, 오늘은 마음껏 소타에게 어리광부려야지~."

"흥. 난 특별한 건 아무것도 안 할 거야. 이 데이트는 어디까지나 너와 내 '승부'의 일환이라고. 임시 남자친구로서 최소한의 일은 하겠지만 지나치게 친해질 생각은 없어. 착각하지 마."

"어, 츤데레야?"

"아니야!"

내가 언제 너한테 수줍어했다고.

아니, 뭐 수영복 같은 건 노카운트인 걸로.

"일단은 내 팔에서 좀 떨어져 줘."

"……? 왜?"

"진심으로 모르겠다는 표정 짓지 말아줄래?! 화장실에 가고 싶으니까 풀어달라고."

"아아, 그렇구나. 미안해."

그제서야 겨우 내 팔에서 떨어진 미즈시마는 근처에 있던 대리석 원형 벤치를 가리키며 말했다.

"그럼 난 저기 벤치에서 기다릴게. 기다리는 김에 뭐 마실 거라도 사둘게."

"그러시든가."

건성으로 맞장구를 쳐준 나는 가까운 남자 화장실로 걸음을 옮겼다.

하여간 미즈시마 녀석, 완전히 '사이좋은 커플입니다' 같은 얼굴을 하고선.

내 입장에서 본인이 '숙적'이라는 사실을 잊은 건 아니겠지?

"이런 식으로 앞으로 한 달이라……."

물론 미즈시마는 확실히 미인이고, 저 녀석 수준의 여자가 여자친구라면 남자로서 더 바랄 것은 없겠지. 이대로 맹렬한 어필이 계속된다면, 역시 나도…….

"잠깐! 아니아니아니아니, 그럴 일은 절대로 없어!"

불현듯 떠오른 사념을 떨쳐내듯 나는 화장실 세면대에서 어푸어푸 세수를 했다.

정신 차려라, 사쿠하라 소타. 그렇게 끌려가면 미즈시마의 의도대로 되는 거라고.

비록 이제는 일방통행인 마음이라고 해도, 지금도 여전히 내 마음은 에나에게 있었다.

아무리 상대가 그 미즈시마 시즈노라고 해도 그렇게 간단하게 내줄까보냐.

"후우. 좋아, 진정 완료."

젖은 얼굴을 손수건으로 닦은 나는 심호흡을 한번 했다.

"그건 그렇고…… 저 녀석은 진짜 어디까지 '진심'인 거야?"

지금까지 미즈시마의 언동을 되돌아본 나는 문득 그런 의문이 들었다.

적어도 오늘의 그 녀석은 진심으로 나와의 데이트를 즐기고 있는 것처럼 보였다.

그 녀석에게 있어서 나는 불과 며칠 전까지만 해도 대화할 일조차 없었던, 평범한 학교의 엑스트라남 A일 뿐일 텐데.

이런 이상한 '승부' 이야기를 꺼내 들면서까지 나와 연인이 되려고 하다니…….

도대체 뭐가 저 녀석을 이렇게까지 만드는 것일까.

아니면 역시 나를 놀리면서 즐기는 것뿐일까.

"음, 역시 그 녀석이 무슨 생각을 하고 있는지 잘 모르겠어."

머리를 갸우뚱하며 나는 남자 화장실을 뒤로 했다.

뭐, 지금은 그런 생각을 해도 어쩔 수 없나. 그 녀석이 무슨 생각을 하고 있든 어차피 내가 그 녀석의 고백을 받아들여 연인이 될 일은 없을 테니까.

"음? 뭐야?"

그리고 그제서야 화장실 앞 공간이 소란스러워진 것을 깨달았다.

많은 쇼핑객이 오가는 그곳에서는 몇몇 손님들이 쇼핑하던 발걸음을 멈추고 약간의 무리를 형성하고 있었다.

그 사람들의 중심에 있는 것은, 미즈시마가 기다리고 있겠다고 한 원형 벤치였다.

"그 녀석, 혹시 또 팬들한테 붙잡힌 건가?"

그렇게 태평한 생각을 하며 한숨을 내쉰 나는 사람들 틈에서 원형 벤치로 시선을 향했다.

그곳에는.

"뭐 어때~. 잠깐만 같이 놀자니까."

"우리도 마침 한가했고 말야. 응? 괜찮지?"

"아니…… 저기……."

딱 보기에도 껄렁해 보이는 대학생 같은 남자들에게 둘러싸여 있는 미즈시마의 모습이 있었다.

휴일이라고는 하지만 대낮부터 술이라도 마신 것인지 대학생 형씨들은 꽤 취한 것처럼 보였다.

위태롭게 휘청거리는 걸음으로 친근한 척 미즈시마의 어깨에 함부로 손을 올리질 않나 멋대로 투샷 사진을 찍으려고 하는 등 제멋대로 굴고 있었다.

"우와…… 저 녀석, 뭔가 성가신 일에 엮였네."

확실히 지금 모습의 미즈시마는 본래의 훌륭한 외모까지 더해져 누구라도 한 번쯤은 돌아볼 만한 미소녀였다. 헌팅이 들어온다 해도 전혀 이상한 일은 아니다.

그나저나 저런 패거리랑 엮이다니 저 녀석도 운이 없네.

뭐, 남자들이 말을 걸어오는 일에는 익숙할 테니까 평소하던 대로 여유롭게 잘 대처하겠지.

그렇게 대수롭지 않게 생각하고 있었는데.

"야, 야. 무시하지 말라고~."

"근데 너 몇 살이야? 집이 이 근처야?"

"아…… 그…….''

이게 대체 무슨 일인가.

평소의 태연하고 여유로웠던 태도는 온데간데없이 사라지고, 미즈시마는 완전히 다른 사람처럼 잔뜩 위축되어 있었다.

부들부들 어깨를 떨며 움츠러든 그 모습은 마치 맹수에게 내몰린 작은 동물 같았다.

진심으로 무서워하고 있다는 것을 사람들 속에서도 확연히 알 수 있었다.

"아니. 뭐 하는 거야, 저 녀석?"

평소의 미즈시마라면 저런 사람들이 다가와도 '권유는 고맙지만 오늘은 선약이 있어서. 미안해?'라는 능청스러운 멘

트로 잘 넘겼을 텐데.

나한테는 그렇게 달라붙어 놓고선 사실은 남성 공포증이었습니다, 라는 것도 아닐 거고.

"좋아, 그럼 일단 근처 가게에 갈까?"

"누님, 보니까 우리랑 비슷한 나이지? 사줄 테니까 마시자."

"아, 자, 잠깐!"

미즈시마가 굳어 버린 타이밍을 노렸다는 듯이 취객들은 마침내 그녀의 팔을 잡아 강제로 끌고 가려고 했다.

기어이 불온한 공기가 감돌기 시작했지만, 자초지종을 보고 있던 쇼핑객들 중에서는 누구도 구하기 위해 나서는 사람이 없었다.

'조만간 누군가가 말려주겠지'라고 생각하는 것인지, 모두가 먼 곳에서 바라보며 상황만 살피고 있었다.

'대체 왜 그러는 거야, 미즈시마?'

구경꾼 사이에 섞여든 나는 나도 모르는 새에 주먹을 꽉 쥐고 있었다.

'저딴 녀석들, 너한테는 아무것도 아니잖아?'

세간의 시선으로 보면 지금의 내 행동은 '남자친구'로서는 최악일 것이다.

어쨌든 여자친구가 다른 남자에게 얽혀 있는데도 보다시피 자력으로 어떻게든 하겠지 하고 기다리고 있을 뿐이다. 백 년의 사랑도 식어버릴 천하의 쓰레기다.

하지만 난 진짜 저 녀석의 남자친구도 아니다. 식어서 아쉬울 사랑도 없다.

이대로 저 녀석이 끌려간다면 오히려 성가신 문제가 사라지니 다행일 정도다.

그러니까 굳이 내가 저 녀석을 돕기 위해서 나가는 짓은…….

"아…… 소타…….."

불현듯 인파 속으로 눈을 돌리던 미즈시마와 시선이 교차했다.

언제나 쿨하고 당당한 그 얼굴에, 간절하게 도움을 청하는 표정이 떠올라 있었고.

'쳇…… 대체 왜 그렇게 눈치가 빠른 거야, 넌.'

정신을 차렸을 땐, 나는 혀를 차는 것과 동시에 인파를 헤쳐나가고 있었다.

"미안, **시즈노**! 화장실이 너무 붐벼서 늦었어!"

마음을 굳게 먹고 뛰쳐나간 나는 미즈시마의 팔에서 취객의 손을 떼어냈다.

이어서 이번에는 내 손으로 미즈시마의 손을 잡았다.

"가자."

"……으, 으응."

그러고 나서 취객들에게 휙 등을 돌리고 걷기 시작했다.

"어, 뭐야, 뭐야?"

"잠깐잠깐, 너 누군데?"

갑작스런 상황에 혼란스러워하는 취객들이 황급히 나를

불러 세웠다.

그런 그들의 얼굴을 향해, 나는 최대한 태연한 태도로 입을 열었다.

"──애 **남친**인데요, 할 말 있으세요?"

※

"좀 진정됐어, 미즈시마?"

취객들에게서 도망치듯 쇼핑몰을 나온 우리는, 만일을 위해 몰에서 조금 떨어진 곳에 있는 해변 공원까지 걸어왔다.

휴일이라 그런지 공원 안에도 나름대로 사람들은 있었지만 그래도 시가지보다는 훨씬 조용했다.

적당한 바닷바람도 불고 있어서 기분도 좋고, 잠시 쉬었다 가기에는 최적인 곳이었다.

"응…… 고마워, 소타."

잔디밭 바닥에 앉은 미즈시마는 내가 근처 자판기에서 사온 페트병 물을 한 모금 마시고는 "후" 하고 숨을 내쉬었다. 보아하니 이제 몸의 떨림은 가라앉은 모양이었다.

"음, 역시 아까는 좀 무서웠어."

"……너라면 그런 패거리를 대처하는 방법 정도는 알고 있을 거라고 생각했는데 말야."

"뭐, 분명 평소라면 그렇게 했을 거야."

밀려왔다 나가는 파도 소리에 귀를 기울이며 미즈시마는

조심스레 자신의 무릎을 껴안았다.

"나…… **술 취한 남자**는 안 돼."

"어렵다는 뜻이야?"

"응. 뭐, 비슷해."

묘하게 얼버무린 대답이 마음에 걸렸지만, 그 이상은 깊이 파고들지 않기로 했다.

문무 양도에 카리스마 여고생이자 완벽한 초인이라고 하지만, 생각해 보면 미즈시마도 나와 같은 고등학생이다. 싫어하는 것이나 약점 정도는 어느 정도 있겠지.

아무리 숙적이라고 해도, 그것을 굳이 캐묻는 취미는 나에게 없었다.

"도와줘서 고마워. 아까 소타 멋있었어. 히어로 같더라."

평소 모습으로 거의 돌아온 것 같네. 옆에 선 내 얼굴을 올려다본 미즈시마가 미소를 지어보였다.

'히어로 같다라……'

미즈시마의 순진한 눈빛에도 나는 속으로 자조했다.

"그거 고맙네. 하지만 난 히어로 같은 대단한 사람이 아냐."

"그렇지 않다니까. '정의의 편, 소타맨 등장!' 같은 느낌이었는데?"

"뭐야, 그 빈약해 보이는 히어로는."

한숨 섞인 목소리로 그렇게 말한 나는 미즈시마를 다시 바라보았다.

"글쎄다, '정의' 같은 건 애매하잖아. 그런 것의 편을 드는 녀석이라니, 난 믿을 수가 없는데.”

불쑥 튀어나온 말이었지만, 미즈시마에게는 여전히 의미가 전해지지 않은 것 같았다.

고개를 갸우뚱해 보이는 그녀에게, 나는 물었다.

“예를 들면 말이지. 만원 전철에서 내가 앉은 자리 앞에 할아버지가 서 계시면 넌 어떻게 할 거야?”

내가 묻자 미즈시마는 두말없이 대답했다.

“그야 물론 자리를 양보해 드려야지.”

“그렇겠지. 하지만 그 할아버지가 반드시 그걸 원한다고는 할 수 없어. ‘노인 취급 하지 마’라면서 반대로 불쾌한 기분을 느낄 가능성도 없지는 않지.”

“그건…… 뭐, 그럴 수도 있겠지만. 그럼 소타는 어떻게 할 거야?”

“뻔하잖아. ‘부탁받기 전까지는 움직이지 않는다’야.”

난 딱히 세상의 모든 것에 반항하고 싶어 하는 불량 소년은 아니다.

‘양보를 해 달라’고 그쪽에서 부탁한다면 순순히 자리를 양보할 정도의 상식은 있다고 생각한다.

하지만 아무 말도 하지 않았는데…… 도움을 요청받지 않았는데도 자신의 정의감만을 따라서 누군가를 도우려고 한다? 그런 건 히어로도 뭣도 아닌 단순한 참견쟁이일 뿐이다.

그래, 나는 그걸 알고 있을 뿐이다.

“다시 말하자면 매사 ‘쓸데없이 참견하지 않는다’라는 거지. 히어로 같은 건 픽션 속에 존재하는 걸로 충분해. 이해했어?”

“응, 이해했어. 다시 말해 소타는 픽션 속에 나오는 그런 히어로라는 거지?”

미즈시마가 씩씩하게 고개를 끄덕였다.

나는 나도 모르게 얼굴을 감싸고 하늘을 바라보았다. 이 녀석 전혀 못 알아들었잖아.

“이봐, 내 이야기 들은 거 맞아? 난 히어로 같은 게 아니라고.”

“그럼 왜 아까는 나를 도와줬어? 나 말 안 했는데? ‘도와줘’라고.”

“그, 그건…….”

아픈 곳을 찔러오자 나도 모르게 얼굴을 찡그렸다.

미즈시마의 올곧은 눈동자에서 도망치듯이 나는 시선을 바다로 돌렸다.

“그야…… ‘그런 얼굴’을 보면 어쩔 수 없잖아.”

“어?”

“아무것도 아니야. 진정됐으면 밥 먹으러 가자. 나 배고파.”

“아, 말 돌린다.”

“돌린 적 없어.”

“응? 왜 도와준 거야? 혹시 나라서? 응? 나라서?”

내 얼굴을 들여다보면서 “응? 응?” 하고 집요하게 물어오는 미즈시마.

성가시다. 엄청나게 성가시다. 그리고 얼굴이 가깝다.

"아아! 일일이 물고 늘어지지 마. 그것만은 절대로 아니니까 안심해."

"에이, 쌀쌀맞아. ……뭐, 상관없어. 아까 날 '시즈노'라고 불러줬으니까."

"아니, 그건."

"제대로 '내 남친'이라고 선언해 주기도 했고. 이 정도면 이제 같은 마음이라고 봐도 되지 않을까?"

"절대 아냐. 얘기 비약시키지 마."

하아, 정말이지. 보기 드물게 약한 모습을 보이나 싶더니 또 이거다.

한순간도 방심할 수가 없네.

※

그 후, 나와 미즈시마는 항만을 따라 늘어선 다른 몰의 푸드코트로 이동했다.

둘이서 점심을 먹은 후 오후에도 여전히 계속해서 달라붙으며 어리광부리는 미즈시마를 가까스로 타이르면서 적당히 주변을 돌아다녔다.

여성스러운 옷차림을 한 덕분에 이제는 완전히 초절정 미소녀로 변한 미즈시마는 여전히 행인들의 이목을 끌고 있었다.

그래도 그 후에는 오늘 아침 때처럼 팬 여자애들에게 둘러싸이거나, 아까처럼 질 나쁜 헌팅남이 말을 걸거나 하는 일은 없었다. 오후의 데이트는 실로 평온하게 흘러갔다.

"여러 일들이 있었지만, 오늘은 정말 즐거웠어."

그리고 서서히 해가 저물어가는 시간이 되었을 무렵.

우리는 다시 사쿠라기초역 앞 광장으로 돌아와 있었다. 나는 전철을 타고 돌아가지만 미즈시마는 역 앞 정류장으로 오는 버스로 돌아가기 때문에 오늘은 여기서 해산이다.

"고마워, 소타."

바람에 흩날리는 짧은 머리를 귀에 걸치며 미즈시마가 수줍게 빙긋 웃었다.

"딱히 감사받을 일이 아냐. 말했잖아? 오늘 데이트는 어디까지나 '승부'의 일환이라고. 널 즐겁게 해 주기 위해 어울렸던 게 아냐."

나는 대놓고 쌀쌀맞은 태도로 그렇게 말해 주었다.

옆에서 보면 사이좋은 커플이라고 해도 어디까지나 우리는 연인을 빼앗고 빼앗긴 사이.

극단적으로 갔다면 살인사건으로 발전해도 이상하지 않은 관계인 것이다.

'임시' 연인이 되었다고는 해도 친해질 마음은 조금도 없었다.

"에이, 그럼 소타는 나랑 한 데이트가 즐겁지 않았어?"

"즐거울 리가. 네 팬들에게 쫓기질 뻔하지 않나, 귀찮은 주정뱅이를 상대하질 않나, 오히려 완전 피곤해.”

한결같이 냉정한 태도를 취하는 나를 보더니, 미즈시마가 갑자기 버려진 강아지 같은 눈빛을 한다.

“그렇구나…… 즐겁지 않았구나…….”

읔?! 야, 야! 하지 마. 그런 눈으로 보지 마!

슬픈 동물영화에 약한 날 그런 눈으로 보지 말라고!

“소타가 좋아할 거라고 생각해서 ‘패션쇼’도 그렇고 열심히 계획했는데…… 그렇구나, 즐겁지 않았구나…… 하하, 하하하.”

기어이 미즈시마가 메마른 웃음소리를 낸 타이밍에 내 양심도 욱신거리며 통증을 호소했다.

이 녀석은 내 숙적이고 오늘 데이트도 분명 나를 공략하기 위한 작전 중 하나일 것이다. 정에 휩쓸리면 그거야말로 미즈시마의 의도대로라는 건 알고 있다.

그래도, 이 녀석이 오늘을 위해 여러모로 고민하고 준비해 왔다는 것 역시 사실이었다.

그렇다면 적어도 그것에 관해서는 감사의 말을 해 주는 게 최소한의 예의가 아닐까?

“뭐, 뭐어, 그…… 네가 날 위해 여러 가지 고민해 줬다는 건 잘 알았어. 고맙다. 덕분에 나도 그…… 지루하지는 않았어.”

우울해하는 미즈시마를 차마 보지 못하고, 어느샌가 그런 말을 하고 있었다.

그 순간, 그때까지는 쓸쓸한 얼굴로 눈을 내리깔고 있던 미즈시마가 평소의 능청스러운 태도로 돌변했다.

메말라 있던 웃음소리도 어느새 우스움을 꾹 눌러 참는 끅끅거리는 웃음으로 변해 있었다.

"후후후…… 안 되지. 거기서는 끝까지 외면해야지."

"무슨?!"

"하아~. 너무 쉽네, 소타는. 그래서야 어디 내 고백을 제대로 거절할 수 있겠어?"

"너, 너, 너! 사람을 속였겠다?!"

이 자식! 남이 기껏 예의를 차려서 말해 줬더니 이렇게 나오다니!

전언 철회다. 이 녀석은 역시 강아지 같은 게 아니다. 여우다, 여우!

조금이라도 '너무 심하게 말했나……'라고 생각했던 내 죄책감을 돌려줘!

"아하하, 미안하다니까. 장난 좀 쳐봤어."

"알 바 아냐! 이제 됐어, 더는 네 말 같은 건 두 번 다시 안 믿을 거니까!"

"삐지지 마, 삐지지 마~. 야아~ 하지만 정말로."

휙 등을 돌려 외면한 내 등을 향해, 미즈시마가 느닷없이 안겨 왔다.

"소타는 정말, 상냥해."

조금 전까지만 해도 왼팔에 느껴지던 부드러운 감촉이 이번에는 등으로 밀려왔다.

"으억?! 너! 떨어져!"

"스읍…… 소타 냄새, 마음이 진정돼."

"냄새 맡지 마라?!"

내 등에 얼굴을 파묻은 미즈시마의 숨결이 옷 너머로 전해져왔다.

간지럽기도 하고 민망하기도 해서 나는 허리에 둘러져 있던 미즈시마의 팔을 떨어뜨렸다.

"에엥, 좀 더 피우고 싶었는데. 소타늄."

"싫다고. 왜 내가 굳이 내 냄새를 너한테…… 소타늄은 또 뭐야?!"

이 녀석, 진짜 어디부터 어디까지가 진심인 거야?

오늘 하루 종일 같이 움직였지만, 오히려 미즈시마에 대해 점점 더 알 수 없게 된 기분이다. 한결같이 종잡을 수 없는 녀석이다.

"아. 버스 왔다."

그러는 사이 정류장이 있는 로터리에 시내버스가 들어왔다.

아무래도 미즈시마가 타는 버스인 모양이다.

"그럼, 아쉽지만 오늘은 돌아갈게."

"켁, 빨리 가."

"다음 데이트는 어떻게 할까? 벌써부터 기대된다."

하, 알고는 있었지만 역시 '다음'도 있는 거구나…….

“설마 도망가거나 하진 않겠지? 소타는 겁쟁이가 아니니까?”

“큭…… 마, 말 안 해도 알고 있거든!”

이 녀석이 준비한 ‘(임시)연인’이라는 경기장 위에 정면으로 올라가서, 오늘과 같은 수많은 공격을 견뎌내고, 그런 뒤에 단호하게 고백을 거절해야지만 진정한 ‘승리’라 할 수 있을 것이다.

제안을 받아놓고 이 녀석과 거리를 두고 한 달을 보내겠다는 꼼수 같은 생각은 하지 않았다…… 아주 조금밖에.

“그럼 자세한 일정이 정해지면 다시 연락할게. 잘 가, 소타.”

마지막으로 그렇게 말한 미즈시마는 버스에 올라탔다.

하~아. 정말 여러 의미로 힘겨운 하루였다.

나도 얼른 들어 가서 목욕하고 오늘은 일찍 자야지.

“……생각보다 힘든 한 달이 될 것 같네.”

제3장 호러와 에로는 세트입니다

미즈시마와의 첫 데이트 이후 다음 날인 일요일.

나는 어제의 (주로 정신적인 의미의) 피로를 풀기 위해 아침부터 집에서 뒹굴거리며 쉬고 있었다.

"후아암…… 벌써 10시네."

마지못해 몸을 일으켜 1층 거실로 내려오자 이미 집 안에는 아무도 없었다.

분명 아빠는 평소와 같이 낚시 동료와 낚시, 엄마는 요가 교실, 여동생 스즈카도 아마 친구와 놀러 나갔겠지.

정말이지, 우리 가족들은 하나같이 전부 아웃도어파구나.

낮에는 집 밖에 있는 것이 정상이라고 생각할 정도라 곤란하다. 이 집에서 유일한 인도어파인 나로서는 어딜 가나 입지가 좁았다.

누워 있느라 헝클어진 머리를 긁적이며 나는 냉장고에서 우유를 꺼내 컵에 따랐다.

5월도 이제 막 시작되었는데, 오늘은 전국적으로 여름 같은 따뜻한 날씨라고 한다.

"이런 날에는 역시 에어컨이 도는 실내에서 뒹굴거리는 게 제일이지."

그런 태평한 소릴 하고 있지만.

사실을 말하자면 나는 오늘도 집에서 계속 뒹굴거리진 못

할 거라는 각오를 마친 상태였다.

결국 또다시 미즈시마와의 데이트에 끌려가지 않을까 생각했기 때문이다.

그러나 어떤 이유에서인지 어젯밤부터 오늘 아침까지 미즈시마에게서는 아무런 연락도 없었다.

분명 '소타, 내일도 데이트하자'라는 소릴 들을 거라 생각했는데 연락이 없으니 약간 맥이 빠졌다.

뭐, 연락이 없으면 없는 대로 나는 전혀 상관없다. 오히려 이틀 연속으로 휴일을 망치지 않아 다행이지.

오늘은 어제 못 쉰 만큼 마음껏 집에서 빈둥거려주마!

──딩동!

속으로 그런 생각을 하며 웃고 있는데 갑자기 현관의 인터폰이 울렸다.

뭐지? 택배인가? 요 며칠 동안 뭘 주문한 기억은 전혀 없는데.

"아니면 엄마가 또 건강식품이라도 주문했나?"

나는 거실을 뒤로하고 어슬렁어슬렁 현관으로 향했다.

실내화 슬리퍼에서 샌들로 갈아 신고 체인을 분리해 문을 열었다.

"네네, 누구세……."

거기까지 말하고, 나는 바보처럼 입을 떡 벌린 채 굳어버렸다.

모자와 제복 차림의 택배 기사가 있을 거라고 생각했던

문 너머에는, 이 자리에 있을 리가 없는…… 아니, 있어서는 안 되는 인물이 서 있었기 때문이다.

"안녕, 소타. 와버렸어."

놀랍게도, 문 너머에 서 있던 이는 미즈시마였다.

"와, 소타, 머리 엄청나게 뻗쳤네. 혹시 방금까지 자고 있었어? 근데 좀 귀엽다. 아, 머리카락 얘기하니까 말야."

발랄한 미소를 지으며 주절주절 세상 이야기를 늘어놓기 시작하는 미즈시마.

하지만 이쪽은 그럴 상황이 아니었다.

"소타? 괜찮아? 소타. 왜 그렇게 멍한 얼굴이야?"

"……집을 착각하신 것 같네요."

미즈시마의 대답도 듣지 않고 나는 곧바로 문을 닫으려고 했다.

"아아아, 잠깐잠깐, 닫지 마."

하지만 그것보다도 빨리 미즈시마가 문틈 사이로 구두 끝을 끼워버렸다.

"야, 야! 신발 빼! 위험하잖아!"

"아니, 빼면 그대로 닫을 거잖아?"

"당연하지! 왜 네가 여기 있는데!"

대체 어떻게 된 상황이야? 연락처는 그렇다 쳐도 이 녀석에게 우리 집 주소까지 알려준 기억은 없다고!

"왜냐니, 그야 당연히 소타를 보고 싶으니까 왔지."

"그렇다고 직접 집까지 쳐들어오냐, 보통?! 행동력 한번 대단하네!"

"와아~, 소타한테 칭찬받았다."

"칭찬한 거 아니거든?!"

입씨름을 하는 동안에도 미즈시마는 신발 끝을 넘어서서 이제는 발 전체를 문틈 사이로 구겨넣고 있었다.

"소타~, 들여보내 주라~. 소타아~."

"야, 야! 자꾸 이름 부르지 마! 이웃한테 들리잖아!"

상황이 상황이긴 하지만 그렇다고 이 이상 현관 앞에서 소란을 피우는 것은 좋지 않았다.

아무것도 모르는 인근 주민이 이 상황을 본다면 '사쿠하라 댁 아들이 어린 소녀를 집에 끌어들였다'라고 생각할지도 모른다.

만약 이런 일로 신고라도 당했다간 그런 불명예도 없을 것이다. 그건 절대로 사양이다.

'젠장…… 선택의 여지가 없잖아.'

아주 깊은 한숨을 내쉰 나는 거기서 휙, 문에 싣고 있던 손의 힘을 풀었다.

이 녀석을 순순히 집에 들이는 건 열받지만 어쩔 수 없다. 사회적으로 죽는 것보다는 낫겠지.

"하아…… 알았어. 들어올 거면 빨리 들어와."

"오, 성공이다!"

내가 마지못해 백기를 들자 미즈시마는 작게 승리의 포즈를 취해 보였다.

"실례합니다~."

현관으로 들인 미즈시마를 나는 우선 거실까지 안내했다.

그 인기 모델이자 카리스마 여고생인 미즈시마 시즈노가 우리 집에 있는 모습을 보니 왠지 좀 이상한 기분이다.

뭐, 그런 건 이제 와선 아무래도 상관없지만.

"말해 두겠는데 오래 있게 할 생각은 없어. 집에 들였으니 차 정도는 내주겠지만 마신 뒤엔 바로 가라. 즉시 돌아가. 가급적 빨리 돌아가. 알겠어?"

"얼마나 돌려보내고 싶은 거야?"

미즈시마는 쓴웃음을 짓는가 싶더니 곧 장난스러운 미소를 지어 보였다.

"모처럼 만나러 온 거니까 좀 더 있다가 가고 싶은데."

"싫어. 오늘은 이미 집에서 혼자 뒹굴거리기로 마음먹었다고."

"에이~, 매정하네."

"성가셔. 그보다 애초에 왜 네가 우리 집 주소를 알고 있는 거야?"

"아, 그거 말이지. 글쎄…… 신뢰할 수 있는 연줄에게서 얻은 정보라고만 말해 둘게."

알려줄 생각이 없다는 건가. 흥, 이 여우 녀석.

나는 컵에 따른 차가운 보리차를 성의 없게 식탁에 내려
놓았다.

"어쨌든 오늘은 손님, 하물며 너 같은 녀석을 상대해 줄
시간은 없어. 알았으면 이거나 마시고 빨리 돌아가."

"하지만 오늘은 소타네 집에서 '집 데이트'를 하러 온 건
데? 다시 말해 나를 돌려보낸다는 건 '승부'에서 도망치는
게 되는 건데, 그래도 괜찮겠어?"

"……칫."

그 말을 들먹이면 할 말이 없는 것은 사실이다.

하지만 내가 그렇게 몇 번이고 네 페이스에 휩쓸릴 거라
생각하지 말라고.

"'승부'에서 도망칠 생각은 없어. 하지만 그렇다고 해서
갑자기 집까지 쳐들어오는 건 반칙이지. 적어도 사전에 한
번 정도는 보고해 줘야 하는 거 아냐? 이쪽도 마음의 준비
라는 게 필요하다고."

"확실히 갑자기 와서 좀 놀랐지?"

미안한 기색으로 어깨를 으쓱한 것도 잠시, 곧 미즈시마
의 눈동자가 가늘어졌다.

"하지만 소타와 연인이 되기 위한 거니까. 약간의 반칙 정
도는 할 수밖에 없어. 수단 같은 걸 따지고 있을 시간이 없
는걸. 그러니까 앞으로도 분명 난 똑같은 일을 할 거라 생
각해."

미안해, 라고 말하며 미즈시마가 부자연스러울 정도로 부

드러운 미소를 지어 보였다.

늘 능청스러운 데다 하는 짓의 어디부터 어디까지가 진심인지 알 수 없지만, 그럼에도 가끔씩 이 녀석은 이런 식으로 무척 진지한 눈빛을 한다.

"……왜 그렇게까지 하는 거야."

미즈시마의 분위기에 짓눌린 나는 거의 혼잣말처럼 되물었다.

돌아온 것은 아니나 다를까 평소와 같은 대답이었다.

"그야 당연히 소타를 좋아하니까."

……내가 묻고 싶은 건 어째서 나 같은 걸 그렇게까지 좋아하는가, 하는 부분인데 말이지.

정말 그렇게 물어볼까 하는 생각도 들었지만, 왠지 모르게 그걸 물어도 미즈시마는 제대로 대답해 주지 않을 것 같아서 그만두었다.

애초에 이 녀석이 어떤 이유로 나를 좋아하든 내가 이 녀석의 고백을 거절하는 것에는 변함이 없을 테니까.

"그런 이유니까, 지금부터 '집 데이트' 하자."

"……알았다고. 이젠 너 좋을 대로 해."

거의 반 자포자기한 사람처럼 나는 미즈시마에게 그렇게 말했다.

"집 데이트라고 해 봤자, 이제부터 뭘 할 건데? 집에서 뭔가 한다고 해도 우리 집엔 게임이나 영화 정도 밖에 없어."

"오, 게임은 어떤 거 있어?"

"뭐, 평범한 레이싱 게임이나 대전 게임 같은 거."

"좋네! 그럼 일단 그걸로 하자."

그리하여 나는 미즈시마와 대전 액션 게임으로 놀게 되었다.

미즈시마가 보리차를 마시고 진정된 타이밍에 거실의 대형 TV로 게임을 실행시켰다.

딱히 게임 정도라면 내 방에 있는 TV로도 할 수 있었지만, 이런 대전 장르 게임은 여동생도 자주 플레이하기 때문에 늘 거실 쪽에 자리하고 있었다.

뭐, 웬만하면 미즈시마를 내 방에 들이고 싶지 않다는 이유도 있었지만.

"준비됐어."

"오케이. 좋았어~, 절대로 지지 않을 거야. 해 본 적은 없지만."

"뭐야…… 해 본 적도 없는 거냐고."

"우리 집엔 게임기 같은 건 없거든. 그래도 동영상으로 본 적이 있으니까 할 수 있을 거야."

"흥. 그런 어설픈 수단으로 날 이기려 하다니, 한참은 멀었어."

자랑은 아니지만 나는 게임 실력에는 어느 정도 자신이 있었다.

실제로 온라인 대전에서도 나쁘지 않은 전적을 갖고 있다. 실황 플레이 영상으로 급히 공부한 초보자 따위는 상대도 되지 않을 것이다.

차라리 철저하게 때려눕혀서 지게 만들면 이 녀석도 금세 질려서 돌아갈지도 모른다.

좋았어. 갑자기 의욕이 솟아오르기 시작한다아!

……라고 생각하며 속으로 자만하고 있었는데.

"아깝다~. 앞으로 조금이었는데."

"후우~…… 가, 간신히 이겼네."

그러나 완전 초보자나 다름없던 미즈시마가, 서서히 내 플레이 스킬을 따라잡고 있었다.

처음 몇 게임에서는 물론 일찌감치 결판이 났지만, 횟수를 거듭할수록 실력이 점점 팽팽해졌다.

일방적인 전개가 될 거라 생각했는데, 막상 뚜껑을 열어 보니 꽤 팽팽한 승부가 되고 있었다.

"너 진짜 아까까지 초보였던 거 맞아? 이 한두 시간 사이에 엄청 늘었잖아."

"그래? 그냥 하는 건데. 게다가 결국은 거의 소타를 못 이겼고."

그렇게 말하며 미즈시마는 겸손한 태도를 보였지만, 내가 질 뻔한 상황은 몇 번이나 있었다.

조금이라도 방심했다면 지금쯤 진 것은 내 쪽이었을 것이다.

젠장할, 외모도 좋은데 문무 양도에 게임 센스까지 높다고?

대체 하늘은 이 녀석에게 얼마나 퍼준 거냐. 정말이지 이해가 안 가네.

"근데 좀 피곤하다. 잠깐 휴식~."

"그러게……. 벌써 1시네."

거실 시계로 시선을 향한 나는 무의식적으로 배를 문질렀다.

그러고 보니 오늘 아침은 결국 우유밖에 마시지 못했다. 슬슬 공복으로 있는 것도 한계였다.

나는 TV 앞 소파에서 몸을 일으켜 주방으로 향했다.

아마 찬장 안에 사둔 컵라면이 몇 개 남아 있었을 것이다.

"난 컵라면 먹을 건데. 너도 먹을래?"

내 몫의 식사만 준비하는 건 좀 아닌 것 같아서 미즈시마에게도 말을 걸었다.

"에이, 컵라면 먹으려고?"

"뭐야. 싫으면 딱히 안 먹어도…… 아아, 확실히 현역 모델한테 컵라면 같은 걸 먹이는 것도 좀 이상한가."

"아니, 그 말이 아니라. 모처럼 하는 '집 데이트'인데 둘이서 뭔가 만들자."

말이 끝나기가 무섭게 미즈시마도 주방으로 들어왔다.

"만든다니…… 뭘 만들려고? 미리 말해 두겠는데 난 요리 잘 못 해."

"간단한 거라도 상관없어. 둘이 같이 만드는 것에 의미가 있는 거니까. 냉장고 좀 봐도 돼?"

내가 고개를 끄덕이자 미즈시마는 냉장고의 내용물이나

찬장에 있는 식료품을 간단히 눈으로 훑었다.

"여기 있는 거, 써도 되는 거야?"

"음? 아아, 뭐 딱히 맘대로 써도 상관은 없는데. 대단한 재료는 없어."

"괜찮아. 음, 계란과 베이컨은 있고~…… 오, 파르미지아노 치즈가 있네. 그럼 까르보나라를 만들까?"

필요한 식재료를 척척 준비한 미즈시마는 익숙한 솜씨로 재료 손질을 시작했다.

평소에 요리를 하고 있다는 것을 알 수 있는 자연스러운 몸놀림이었다.

"그럼 나는 소스 쪽을 담당할 테니까 소타는 파스타를 삶아줄래?"

"어, 어어. 알았어."

미즈시마의 지시를 받은 나는 물을 채운 냄비에 불을 붙였다. 물이 끓은 타이밍에 2인분의 건조 파스타와 소금을 넣고 넘치지 않게 주의하면서 면을 삶았다.

"그건 몇 분 삶는 면이야?"

"잠깐만. 음, 포장지엔 '표준 삶는 시간 8분'이라고 적혀 있어."

"그럼 한 7분 지났을 때 불을 꺼줘."

"빠른 거 아냐?"

"그다음에 소스랑 같이 프라이팬에 데울 거니까 좀 일찍 꺼도 괜찮아."

"그렇구나. 알았어."

고개를 끄덕이고, 거기서 난 뒤늦게 정신을 차렸다.

잘 생각해 보니 이상하다. 왜 지금 내가 내 집 주방에서, 내 여자친구를 빼앗은 숙적과 어깨를 나란히 한 채 요리를 하고 있는 거지? 보통 상황이라면 절대로 있을 수 없는 일이었다.

왠지 나도 모르는 사이에 점점 이 녀석이랑 같이 있는 게 익숙해지는 것 같은데……?

거품이 끓어오르는 냄비에서 시선을 떼고, 나는 힐끔 옆에 있던 미즈시마를 들여다보았다.

"흐흥~흥~ ♪"

콧노래를 흥얼거리며 베이컨을 자르고 달걀과 치즈와 후추를 볼에 담아 빠르게 섞고 있는 미즈시마.

그런 그녀의 오늘 옷차림은 상의는 리브 원단으로 된 긴팔 니트, 아래는 통이 넓은 롱스커트 조합.

평소와 같은 보이시한 분위기나 어제 데이트에서 보여준 여고생다운 분위기와는 또 다른, 굳이 말하자면 '옆집에 사는 상냥하고 예쁜 누나' 같은 느낌이었다. 손톱에 칠한 빨간색 매니큐어도 왠지 어른스러운 색기를 풍기고 있었다.

그러고 보니…… 에나가 쉬는 날에 입었던 사복도 이런 느낌의 옷이 많았었지. 단아한 그녀에게 잘 어울리고 귀여웠다.

"왜 그래, 소타? 날 그렇게 빤히 바라보고."

"허? 아니, 딱히? 실력이 좋다고 생각한 것뿐……."

아뿔싸, 나도 모르게 시선이 멈춰 있었다.

당황한 나는 얼굴을 피하면서 둘러댔지만, 때는 이미 늦었다. 미즈시마는 모든 것을 꿰뚫어 본 것처럼 말했다.

"거짓말. 소타, 지금 에나 생각하고 있었지?"

"엑?! 그, 그걸 어떻게……?"

"역시 맞네. 뭐, 확실히 오늘은 에나 같은 느낌으로 코디해 보긴 했어. 하지만 여자친구와 데이트하고 있을 때 다른 여자를 생각했다는 말을 들으니 좀 쓸쓸하네."

그럼 그런 차림으로 오지 말라고. 내가 그렇게 지적하려고 하는데 미즈시마가 톡 하고 내 어깨 위에 자신의 머리를 얹었다.

"이왕 바라봐줄 거라면."

그러고는 꾸욱, 어깨를 밀착시킨 채 내 얼굴을 아래에서 올려다본다.

"나만 생각해 줘."

어딘가 고혹적인 미소를 짓고는 속삭이듯 말하는 미즈시마.

"……매번 하는 짓이 영악하다고, 넌."

입으로는 그런 욕을 하면서도, 나는 제대로 미즈시마의 얼굴을 볼 수 없었다.

※

분하지만 미즈시마가 만들어 준 까르보나라의 맛은 상당히 괜찮았다.

식재료는 우리 집 냉장고에 있던 아주 평범한 것들뿐이었고 조리 절차도 복잡한 건 전혀 없었는데. 이것이 미즈시마의 요리 실력이라는 건가.

용모 단아에 문무 양도에 게임도 잘하는 데다 가정적이라고?

이제 반대로 대체 못하는 게 뭐냐, 이 여자는.

"좋아. 그럼 정리가 끝나면 같이 영화 볼까?"

내가 싱크대에서 설거지를 하고 있는데 미즈시마가 그런 제안을 해 왔다.

보아하니 진짜 오늘 하루 종일 우리 집에 눌러앉을 모양이었다.

그렇다고 해도 영화 감상은 나쁘지 않았다. 보는 동안에는 불필요한 대화를 할 필요도 없고, 한 편만 봐도 두 시간 가까이 때울 수 있으니까.

"오케이, 알았어. 그럼 거기 TV에서……."

그렇게 말하자 미즈시마가 고개를 옆으로 저었다.

"소타의 방에도 있잖아? TV."

……허?

"기껏 왔으니까 소타의 방에서 같이 보고 싶어."

"아니, 그건……."

"안 돼? 혹시 내가 방에 들어가면 안 되는 이유라도 있는

거야? 아, 알았다. 야한 책 놔뒀구나? 괜찮아, 나 그런 거엔
너그러운 편이니까.”

“아냐! 멋대로 이상한 망상하지 마!”

“그럼 딱히 내가 들어가도 상관없지 않아? 거절할 이유는
없지?”

“큭…… 정말 뻔뻔한 녀석이구나, 너.”

이렇게 잔뜩 굳은 표정을 지어봤지만.

결국은 미즈시마의 압박에 져버린 나는 어쩔 수 없이 그
녀를 내 방으로 안내했다.

“와~, 여기가 소타 방이구나.”

“잘 들어. 너무 이것저것 만지지 마. 멋대로 서랍 같은 걸
여는 것도 금지야.”

“엄청 깔끔하다. 좀 의외네.”

“야, 내 말 듣고 있어?”

거리낌 없이 방으로 들어선 미즈시마에게 나는 한숨 섞인
숨을 내쉬며 재차 못을 박았다.

딱히 보인다고 해서 곤란할 만한 것은 없지만, 난 타인이
내 사적인 공간에 들어오는 것을 별로 달가워하는 타입은
아니었다.

그렇기에 지금까지 이 방에 들인 사람은 초등학생 때부터
사귀어온 히구치 정도였다. 하물며 여자아이 중에서는, 여
자친구였던 에나조차 온 적이 없었다.

그런데 설마 이런 형태로 내 ‘처음’을 미즈시마에게 바치

게 될 거라고는…… 조금도 생각해 보지 못했다.

"후후, 소타의 냄새로 가득해."

"기분 나쁜 소리 하지 마. 내 방이니까 당연하지."

소파에 걸터앉은 나는 방의 TV 전원을 켜고 등록해 둔 VOD를 켰다.

"자, 영화 본다고 했지? 쓸데없는 짓 하지 말고 얼른 앉아. 그리고 움직이지 마."

"네네~."

어깨를 으쓱이며 고개를 끄덕인 미즈시마는 "뭐 볼까~"라고 말하며 당연하다는 태도로 내 바로 옆자리에 앉았다.

"……야, 조금 떨어져. 소파가 엄청 좁은 것도 아닌데."

나는 미즈시마에게서 도망치듯이 옆으로 비켜섰지만, 미즈시마는 이번에도 곧바로 내 옆에 딱 밀착해 왔다. 아무래도 떨어질 생각이 없는 듯했다.

그 이상 불평하는 것도 귀찮아진 나는 더 이상 깊게 신경 쓰지 않기로 했다.

영화가 시작되면 조만간 신경도 안 쓰이게 될 것이다.

"그래서, 뭐 볼 거야?"

"글쎄…… 아, 이거 어때? '이혼을 테마로 한 어른의 러브 스토리'래."

"흔히 말하는 치정 로맨스 영화인가. 음, 이런 종류의 영화는 별로 관심 없어서."

"그렇구나. 그럼 이건 어때? '실화를 기반으로 한 감동 애니멀 무비'.”

“기각. 너한테 우는 얼굴을 보일 바엔 차라리 죽음을 택하
겠어.”

“그거, 이런 장르에 약하다고 자백하는 꼴 아냐?”

그런 식으로 서로의 취향 등을 고려해 여러 번의 논의를
거친 결과, 최종적으로는 정석에 가까운 호러 재난 영화를
보는 것으로 결정되었다.

주인공과 히로인 두 사람이 의문의 바이러스가 창궐하며
좀비투성이가 된 세계를 살아간다는, 뭐 흔하디흔한 좀비
영화다.

“나 사실 좀비 영화는 제대로 본 적 없거든. 기대된다.”

“그래? 뭐, 나도 그렇게까지 자세히 아는 건 아니지만.”

“그래! 분위기 있게 커튼도 좀 치고 불도 끄자. ‘홈시어터’
느낌으로!

네네, 이제는 그냥 너 좋을 대로 다 해라.

나는 성의 없게 고개를 끄덕이고 TV 화면 위에 뜬 재생
버튼을 선택했다.

〈젠장! 젠장! 웃기지 말라고, 이 괴물들아!〉

〈에드가, 기다려! 그쪽은⋯⋯!〉

〈으, 으아아아아악?! 이게 뭐야?! 오, 오지 마아아아아!〉

〈에드가!!〉

그렇게 시작된 좀비 영화는 흔한 전개였음에도 박진감 넘
치는 CG와 배우들의 열연으로 초반부터 빠르게 몰입할 수

있었다.

영화가 시작된 뒤부터는 미즈시마도 완전히 조용해졌고, 가끔씩 "와"라거나 "오" 하는 소리를 낼 뿐이었다. 나 역시 꽤 작품 세계에 몰입하느라 어느새 미즈시마가 내 팔에 찰싹 달라붙어 있는 것도 알아차리지 못할 정도였다.

적당하게 고른 작품이었지만, 이제 보니 꽤나 괜찮은 명작을 고른 모양이었다.

〈이봐, 짐. 우리들…… 앞으로 어떻게 되는 걸까.〉

〈모르겠어. 하지만 포기하면 안 돼. 반드시 둘이서 살아서 이 마을에서 탈출하자.〉

〈짐…….〉

〈사라…….〉

하지만 이야기가 중반에 접어들었을 무렵.

이런 종류의 영화에서는 약속이나 다름없는 이른바 '베드 씬' 장면이 시작된 시점에서 내 의식은 급격히 현실로 되돌아오고 말았다.

이런 씬은 혼자서 볼 때는 아무런 문제가 없지만…… 숙적이라고는 해도, 바로 옆에 동갑 여자아이가 있는 상태로 보는 것은 참을 수 없이 불편했다.

그렇게 약간의 어색함을 느끼면서도 계속 감상을 이어가고 있는데, 드디어 주인공들이 한 침대에 쓰러지는 타이밍에 미즈시마가 갑자기 말을 걸어왔다.

"……소타라면 말야, 어쩔 거야?"

“어?”

옆을 돌아보자, 미즈시마는 어느새 영화가 아닌 내 얼굴을 물끄러미 올려다보고 있었다.

어두운 방 안, TV 화면의 은은한 불빛만이 미즈시마의 얼굴을 희미하게 비추고 있었다.

“세상이 모두 큰 혼란에 빠지고, 지금 이 도시에 우리 둘밖에 남지 않게 된다면 말야.”

말을 이으면서 미즈시마가 가늘고 예쁜 손가락을 내 손가락 위에 겹쳐왔다.

“미, 미즈시마……?”

“주위엔 온통 적투성이고, 목숨도 보장할 수 없지만……그렇기 때문에 두 사람 사이에 싹튼 많은 감정들이 보다 강하게 느껴지지 않을까? 신뢰라든가, 유대감이라든가……사랑 같은 것들이.”

속삭이듯 그렇게 말하더니, 마침내 미즈시마는 소파 위에 올라서서 내 위에 올라타듯이 몸을 기대왔다.

필연적으로 나는 소파 위에 뒤로 드러눕는 자세가 되었다.

찰나의 허점을 찔린 나는, 미즈시마에게 주도권을 빼앗기고 말았다.

“그런 상황에서. 만약 내가 이런 식으로 소타에게 다가간다면…….”

미즈시마의 눈동자는 언젠가 학교 계단의 계단참에서 나에게 다가왔을 때와 같은, 사냥감을 몰아붙이는 짐승 같은 눈빛을 띠고 있었다.

"응? ──어쩔 거야?"

올려다보자, 코앞에 있는 미즈시마의 얼굴에서는 평소의 능청스러운 표정이 거짓말처럼 사라져 있었다.

그 입가에 미소는 없었다. 액정의 빛을 반사한 선명한 비취색 눈동자가, 그저 고요하게 내 눈을 바라볼 뿐이다.

"너, 너, 갑자기 무슨 소리를……."

나는 침을 꿀꺽 삼키며 간신히 그렇게 되물었다.

하지만 미즈시마는 아무 대답도 하지 않고, 긴팔 니트의 소매를 잡아당겨 천천히 어깨를 내보였다.

딱 보기에도 결이 좋아 보이는 피부나 가슴골이 천천히, 그러나 확실하게 드러나기 시작했다.

"자, 소타…… 지금이라면 아무도 안 봐."

이상하게 머리를 울리는 달콤한 목소리로 그렇게 말한 미즈시마가, 더더욱 나에게 체중을 실어왔다.

'이, 이 녀석! 눈이 제정신이 아냐……!'

서서히 거리를 좁혀 오는 미즈시마를 나는 필사적으로 제지했다.

하지만 미즈시마는 힘을 빼지 않았다. 아예 온몸의 체중을 실을 기세였다.

"오～, 꽤 버티는데? 하지만 저항해도 소용없어. 이렇게 보여도 나, 꽤 열심히 운동하고 있거든."

"으헉?!"

"순수한 힘겨루기라면 몰라도, 이 자세라면 소타를 누르는 건 쉬워."

방심했다! 완전히 방심했어!

영화 감상 중에는 얌전히 있을 거라고 생각했는데, 설마 이렇게까지 노골적으로 접근할 줄이야!

……아니, 아니지. 처음부터 밀실에 단둘이 있는 이런 상황을 만들어 버린 것 자체가 실수였다.

냉정하게 생각하면, 어떻게든 나를 공략하기 위해 호시탐탐 기회를 노리는 이 녀석이 그런 절호의 찬스를 놓칠 리가 없지 않은가.

"자자, 어차피 이길 수 없으니까 그만 항복해."

"자, 잠깐……!"

내 저항이 무색하게도, 마침내 서로의 숨결이 느껴지는 거리까지 미즈시마의 요염한 입술이 다가왔다.

코를 간지럽히는 달콤한 금목서 향기. 착 달라붙어 있는 부드럽고 따뜻한 여자아이의 몸.

하나같이 건전한 남자 고등학생에게는 자극이 너무나도 강했다. 여기까지 오면 아무리 나라도 사고회로가 끊기기 직전이었다.

나는…… 이 녀석을 좋아하는 것도 뭣도 아니다.

이 녀석은 내 숙적이고, 연인 사이라는 것도 임시 설정에 지나지 않는다.

어쩌면 이 행동도, 단순히 나를 놀리려는 것뿐일지도 모른다.

하지만…… 하지만, 이 녀석 정도의 미소녀에게 이 정도로 열렬한 유혹을 당하면…… 이제, 어쩔 수 없지 않을까? 오히려 여기서 이 유혹을 견뎌낼 수 있는 남자가 대체 몇이나 될까?

조금 정도라면…… 정말, 아주 조금…….

"괜찮아. 소타가 하고 싶은 일, 나는 다 받아줄 수 있어. 그러니까, 에나와 함께 있었을 때처럼, **참지 않아도 괜찮아.**"

갈등하는 나에게 마지막 일격을 던지듯 미즈시마가 고혹적인 미소를 지으며 그렇게 말했다.

——하지만.

"으…… 으어어어어어!"

"엥? 소, 소타?"

그 한마디는, 반대로 무너져가던 내 이성을 단번에 불러들이는 계기가 되어주었다.

어떻게든 몸을 비튼 나는, 재주 좋게 발가락을 움직여 미즈시마의 옆구리를 간지럽혔다.

"히익?!"

사각지대에서 기습을 받은 미즈시마가 작은 비명을 지르며 용수철처럼 몸을 뒤로 젖혔다. 덕분에 겨우 팔의 구속에서 벗어날 수 있었다.

위, 위험했다. 내 다리가 조금만 더 짧았으면 탈출하지 못했을 것이다.

"하아, 하아…… 날 너무 우습게 보면 곤란해, 미즈시마."

어리둥절한 표정을 지어 보인 미즈시마에게, 난 최대한 사악한 미소를 지으며 말해 주었다.

"확실히 나도 건전한 남자 고등학생이야. 남들만큼 야한 것에도 관심은 있어. 하지만, 난 딱히 야한 짓을 하고 싶어서 에나랑 사귀었던 게 아냐. 미안하지만 네 미인계는 나한테 안 통해."

뭐, 늦었으면 아주 위험할 뻔했다는 건 입이 찢어져도 말할 수 없지만.

"……흐음."

분하다는 얼굴이나 못마땅한 얼굴을 하지 않을까 생각했는데.

미즈시마는 감탄한 얼굴로, 그러면서도 약간 낮은 목소리로 그렇게 중얼거렸다.

뭐, 뭐야? 생각했던 반응이랑 달라서 좀 무서운데요.

"흐음, 그래, 그렇구나."

"뭐, 뭐야."

"아니, **이건 확실히 걱정되겠다** 싶어서."

"걱정? 그게──."

무슨 의미야? 라고 내가 물어보려고 한 그때였다.

어두컴컴한 내 방문이 갑자기 누군가에 의해 열렸다.

그 너머에서 나타난 것은, 휙 솟아오른 바보털이 특징인 포니테일의 소녀.

“다녀왔습니다~. 있지, 오빠~ 어제 말했던 참고서——
어?”

노크도 없이 들어와서는 믿을 수 없는 광경을 본 사람처
럼 그대로 얼어붙은 사람은, 내 못난 여동생 스즈카였다.

“어라?”

“스, 스즈카?! 너, 나간 거 아니었……!”

여기서 다시 한번 상황을 정리해 보자.

내 방은 불을 끄고 커튼도 쳐놓은 탓에 빛이라고는 TV 화
면에서 나오는 빛뿐이다.

그런 어두운 방 소파 위에 나는 등을 댄 채 누워 있고, 심
지어 그 위에는 걸터앉은 포즈로 미즈시마가 올라타 있다.

요컨대 아무것도 모르는 제3자가 보면, 우리가 밀실에서
이상한 짓을 하고 있었다는 오해를 사도 어쩔 수 없는 상황
이었다.

“아, 아, 아, 아…….”

“자, 잠깐만, 스즈카! 그게 아냐! 우선 내 말 좀…….”

그리고 실제로, 내 여동생도 그 예에서 벗어나지 않은 모
양이었다.

“오—— 오빠가 방에 여자를 들였어어어어어어어?!”

아아…… 가장 보이고 싶지 않은 장면을, 가장 보이고 싶
지 않은 녀석에게 보이고 말았다…….

※

그 후 여동생의 거센 질문 공세에 두손 두발 다 든 나는 어쩔 수 없이 미즈시마를 소개하는 신세가 되고 말았다.

물론 나와 미즈시마의 관계를 그대로 전하면 귀찮은 일이 벌어질 게 눈에 선했기 때문에 최근에 알게 된 '영화를 좋아하는 동료'이자 친구라는 말로 둘러대긴 했다.

그건 그렇고 설마 스즈카가 이렇게 빨리 돌아올 거라고는 예상하지 못했다.

이럴 줄 알았다면 영화 같은 걸 볼 게 아니라 점심을 먹은 뒤 바로 돌려보내는 건데.

"세상에~! 설마 영화 오타쿠에 아싸에 인도어파에 뭘 해도 안 되는 오빠한테 이런 쿨한 미인 친구가 있었을 줄은 몰랐는데~!"

"미안해, 갑자기 찾아와서."

"그럴리가요! 오히려 언제든지 환영이에요!"

"후후, 고마워. 나도 소타한테 이렇게 사랑스러운 여동생이 있는 줄은 몰랐네. 앞으로 잘 부탁해, 스즈카."

또다시 타고난 카사노바 기질을 발동시킨 미즈시마의 미소에 내 못난 동생은 완전히 함락당하고 말았다. 심장 근처를 누르며 '어, 얼굴이 좋아!' 같은 소릴 하더니 호흡이 점점 거칠어진다.

결국 나는 그대로 꿔다놓은 보릿자루 신세가 되었고, 두 사람은 사이좋게 수다의 꽃을 피우기 시작했다.

그 후에는 완전히 영화를 볼 만한 분위기도 아니게 돼서 미즈시마는 그렇게 한 시간 정도 스즈카와의 대화에 열중했다.

"이런, 벌써 시간이 이렇게 됐네. 아쉽지만 슬슬 가봐야겠다."

해가 점점 저물어 가는 시간이 되어서야 돌아갈 마음이 생긴 듯했다.

'제대로 역까지 바래다줘!'라며 쓸데없는 소리를 내뱉은 스즈카 때문에, 나는 오렌지색으로 물들어가는 하늘 아래 한적한 주택가를 미즈시마와 어깨를 나란히 한 채 걷고 있었다.

"오늘은 고마웠어, 소타. 영화는 끝까지 보지 못했지만 '집 데이트'는 정말 즐거웠어. 여동생과도 꽤 친해졌고."

옆을 걷던 미즈시마가 내 얼굴을 들여다보며 그렇게 말했다.

"소타는 즐거웠어?"

"아니, 즐거웠네 마네를 따질 만한 상황이 아니었던 것 같은데."

"그렇구나. 그럼 다음에 또 올게."

"뭐가 '그럼'이야. 이제 오지 마."

매번 날아가는 내 지적에도 완전히 익숙해진 것일까.

미즈시마는 손이 많이 가는 아이를 보는 눈빛으로 날 바라보더니 어쩔 수 없다는 표정으로 어깨를 으쓱였다.

뭔가 내가 이기적인 놈이 된 것 같은 이 공기는 뭐냐고.
정말이지 억울하다.

"자, 이쯤 왔으면 이제 괜찮지?"

이윽고 가장 가까운 역 앞 광장까지 도착한 나는 개찰구
쪽을 턱으로 가리켰다.

"응. 배웅해 줘서 살았어. 고마워."

"천만에. 그럼 난 이만."

바로 돌아가고 싶은 마음에 나는 거기까지만 말하고는 미
즈시마에게 등을 돌렸다.

아아, 오늘 하루는 거의 대부분의 시간을 날려버리긴 했
지만, 드디어 자유시간이다.

가서 밥을 먹은 다음 아까 봤던 좀비 영화나 이어서 볼까?

"있지, 소타."

갑자기 이름을 부르는 소리가 들려 내가 고개만 뒤로 돌
린, 그 순간.

——쪽.

이제는 익숙한 금목서 향이 훅 끼치더니, 왼쪽 볼에 부드
러운 감촉이 닿았다.

그것이 미즈시마의 키스 때문이라는 사실을 깨닫기까지
몇 초, 나는 완전히 굳어버리고 말았다.

"아, 아쉽다. 입술을 노렸는데. 볼에 해 버렸네."

"무슨, 어? 뭐?! 너…… 뭐야?!"

"뭐냐니, **아까 하려던 걸 이어서** 한 거야. 그래도 뭐, 오

늘은 그 귀여운 얼굴을 본 걸로 만족할까.”

얼굴을 새빨갛게 물들인 채 서 있는 나에게 장난에 성공한 아이 같은 표정을 지어보인 미즈시마는 “그럼, 잘 가”라며 쾌활하게 손을 흔들었다.

그리고 기운차게 떠나가는 그녀의 뒷모습을, 나는 부끄럽기도 하고 억울하기도 한 심정으로 이를 악문 채 배웅할 수밖에 없었다.

제4장 버릴 수 없는 인연

연애에는 '3개월의 법칙'이라는 것이 있다고 한다.

아무리 서로를 좋아해서 사귀기 시작한다 해도 대략 3개월이 지나면 헤어지는 연인이 많다는 법칙이다.

여기에는 연애 초기에 활성화되는 '흥분 호르몬'이라는 물질이 관계되어 있다고 하는데, 자세한 메커니즘은 잘 모른다.

어쨌든 여름방학이 끝나갈 무렵 급격히 늘어난 커플들이 가을 무렵이면 모기처럼 어디론가 사라져버리곤 했던 것은 아무래도 이 법칙의 작용 때문인 듯했다.

그래서 이 이야기를 알게 됐을 땐 나도 에나와의 연인 생활이 3개월 만에 끝나진 않을까 조마조마했었는데.

"받아주세요, 소타 군. 저희들의 3개월 기념일 선물이에요."

다행히 우리들에 한해서는 그 법칙이 해당되지 않았던 모양이었다.

중학교 3학년의 겨울방학이 끝나고 드디어 고등부로 진급한 우리들은, 마침 그 무렵 사귄 지 3개월 된 기념일을 맞이하고 있었다.

그래도 우리 사이는 무척 양호——적어도 나는 그렇게 생각하고 있었다——했었다.

"와, 팔찌네?"

작은 상자를 받아든 뒤 열어보니 안에 가죽 팔찌가 들어 있었다.

제비꽃 색을 바탕으로 한 아주 심플한 디자인. 그렇지만 고급스러움이 여실히 느껴지는 부분에서 어딘지 모르게 에나와 닮았다는 생각이 들었다.

"저기, 네……. 그, 또래 남자아이에게 선물을 주는 게 처음이라, 그거 말고도 더 좋은 선물이 있었을지도 모르지만……."

"그렇지 않아! 진짜 너무 기뻐! 솔직히 나한테는 너무 과분할 정도야. 정말로 마음에 들어. 평생 소중히 간직할게. 가보로 소중하게 모셔두고 매일같이 기도할게."

"그, 그, 그러지 마세요! 마음에 든 건 정말 다행이지만, 그렇게 대단한 물건은 아니니까요……!"

에나는 겸손하게 말했지만, 실제로는 일개 남자 고등학생이 쓰는 물건치고는 꽤 비싼 축에 속할 것이다. 나중에 브랜드 이름을 알아보고 깜짝 놀란 것도 좋은 추억으로 남아 있었다.

게다가 나중에 알고 보니 에나는 이 팔찌를 발견하기 전까지 수십 곳의 매장을 돌아다녔다고 한다. 그런 말을 들으면 가보로 삼고 싶어지는 마음도 어쩌면 당연하지 않을까.

하지만 에나는 황급히 두 손을 저었고, 그다음에는 쑥스러운 얼굴로 검지손가락을 콕콕 맞댔다.

"가, 가능하면 그…… 보관하지 말고, 소타 군 몸에 지니고 있었으면 좋겠, 어요."

"아…… 하하, 그렇지. 모처럼 선물받은 거니까 그렇게 할게."

그렇게 상자에서 꺼낸 팔찌를 팔에 차고 난 뒤 나는 가방 속에 숨겨둔 작은 종이가방을 꺼냈다.

"그럼 이제 내 차례네. 받아, 3개월 기념일 선물."

"네……? 소타 군도 준비해 준 건가요?"

"당연하지. 뭐, 에나가 준 선물에 비하면 그렇게 대단한 건 아니지만."

내가 고른 건 빨간색과 검은색 체크무늬로 된 목줄이었다.

에나는 집에서 소형견을 기르고 있었는데, 전에 산책용 목줄이 많이 낡아서 새로운 걸 찾고 있다는 이야기를 했던 게 떠올라 마침 좋은 타이밍이라고 생각해 골라본 것이었다.

"아니 그, 연인 선물로는 좀 아닌가 싶기도 했는데, 하지만 난 이런 쪽 센스는 거의 꽝이니까. 그래서 어설프게 예쁜 걸 건네주는 것보단 실용적인 게 낫겠다 싶어서…… 미안, 역시 이상했나?"

조심스럽게 묻는 나에게, 에나는 부드럽게 고개를 저었다.

"그렇지 않아요. 고마워요, 소타 군. 정말 기뻐요."

"그, 그래? 응, 그럼 다행이다!"

"네, 디자인도 너무 멋지고 마음에 들어요. 바로 착용해 볼게요."

"응, 응. 바로 착용해 보…… 뭐?"

내가 어리둥절한 얼굴을 한 것도 잠시, 에나는 손에 든 강아지용 목줄을 자신의 목에 끼워 버렸다.

“에, 에나? 그 목줄은 강아지…….”

“와, 딱 맞아요! 어때요, 소타 군? 잘 어울리나요?”

나는 황급히 그녀를 제지하려 했지만, 에나가 너무나도 기쁜 얼굴로 웃으며 그렇게 물어오는 탓에.

“어…… 엄청 잘 어울려!”

그런 말을 내뱉어버리고 말았다.

그것이 계기가 된 것인지는 모르겠지만, 에나는 내가 준 목줄을 상당히 마음에 들어 했다.

그 후로도 에나는 나와 데이트를 할 때는 매번 그 목줄을 차고 왔다.

심지어.

“좋은 아침이에요, 소타 군.”

“아, 좋은 아침, 에나…… 에나?!”

“네! 소타 군만의 에나예요. 그런데, 왜 그렇게 당황하세요, 소타 군?”

“아니, 그…… 그 목줄…….”

결국 에나는 학교에까지 목줄을 차고 등교하기에 이르렀다.

“아아, 이거요? 네. 이 목줄, 마음에 쏙 들었거든요.”

크게 당황하는 내 모습을 개의치 않고, 에나는 진심으로 사랑스럽다는 듯 손가락으로 목줄을 매만졌다.

“이 목줄을 매고 있으면 왠지 마음이 무척 편안해져요. 이

걸 착용하고 있는 동안에는 떨어져 있어도 소타와 이어져 있다는 느낌이 들어서…… 제가 확실한 소타의 사람이라는 기분이 들거든요.”

“그으…… 저기…….”

뭔가 아무렇지도 않게 엄청난 대사를 들은 것 같기도 하지만, 어쨌든 학교까지 목줄을 차고 오면 여러모로 위험할 것 같아서 나는 결국 어쩔 수 없이 에나의 오해를 풀어주기로 했다.

“……그래서 그거, 사실 에나네 집 강아지용으로 생각하고 산 거야.”

“그…… 그런, 거였군요……. 제, 제가 터무니없는 착각을…….”

진실을 안 에나는 역시나 부끄러웠는지 그 이후로 학교에 목줄을 매고 오는 일은 없어졌지만.

그럼에도 ‘모처럼 소타 군에게 받은 선물이니까요’라면서 결국은 자신이 쓰기로 결심한 것 같았다.

데이트를 할 때는 여전히 목줄을 차고 나왔고, 학교에서도 항상 가방 안에 넣고 다니며 그 후에도 여전히 소중히 아껴주었다.

물론 나도 에나에게서 받은 팔찌는 몸에서 떨어뜨리지 않고 착용했었다.

당연하다. 누가 뭐래도 내 첫 여자친구에게 받은 첫 선물이니까.

──그러고 나서 바로, 나와 에나는 한 달 늦게 '법칙'을 증명해 버리고 말았지만.

그때 받은 팔찌를…… 나는 아직 버리지 못하고 있었다.

※

미즈시마가 집에 들이닥쳤던 주말이 가고, 다음 날 월요일 아침.

나는 평소보다 더 우울한 기분으로 오전 수업을 흘려보냈다.

"으으~, 드디어 점심이다. 소타, 오늘은 식당에서……으헉?!"

앞자리에 앉는 히구치가 내 쪽을 돌아보더니 비명을 지른다.

"뭐야, 히구치. 남의 얼굴을 보고 그런 반응을 보이다니 무례하네."

"아니, 그치만 소타 네가 무지하게 우중충한 얼굴을 하고 있으니까. 나도 모르게 놀랐어."

"그 정도로 심해, 나?"

"응, 심해. 눈도 평소보다 50퍼센트 정도는 더 죽어 있고. 대체 무슨 일이야?"

히구치가 약간 기가 질린 얼굴로 물어왔다. 마치 괴한이라도 보는 것 같은 얼굴이다.

들고 보니 오늘 길을 가는 학생들도 평소 이상으로 날 기피하는 것 같다는 생각이 들긴 했다.

그런가…… 그렇게 우울한 얼굴을 하고 있었나, 내가.

뭐, 그렇다면 그 원인은 하나다.

"미안한데 오늘은 패스. 위원회 일이 있어서."

"아아~…… 그렇구나."

그 말에 모든 것을 짐작한 것일까. 확 뒤바뀐 표정으로 나를 안쓰럽게 바라보던 히구치는 내 어깨를 툭툭 쳐주더니 더 이상 아무 말도 하지 않고 교실을 나갔다.

그 뒤를 따라 나도 교실을 나와 특별동 2층으로 향했다. 내가 방문한 곳은 도서실이었다.

하지만 딱히 난 점심시간에도 도서실에 틀어박혀 있는 독서광이 아니다.

여기 온 이유는, 그래. 무엇을 숨기랴. 내가 도서위원이기 때문이다.

물론 내가 직접 입후보한 것은 아니고, 반의 제비뽑기에 의해 정해진 결과였다.

"하아아아…… 가고 싶다."

도서실 문 앞에서 나는 큰 소리로 한숨을 내쉬었다.

딱히 도서위원 역할이 귀찮아서 그런 것은 아니다. 하는 일이라고 해 봐야 접수대에서 책 대여 기록을 표시하거나 반납된 책을 제자리에 돌려놓는 정도다.

그렇다면 뭐가 그렇게 우울하냐고?

'음…… 당연히 있겠지.'

도서실 문을 살짝 열고 나는 그 틈새로 안을 들여다보았다.

아직 점심시간이라 그런지 실내에 학생들은 거의 없었다.

그러나 접수대에는 이미 한 명, 나와 짝인 다른 반 도서위원이 앉아 있었다.

가끔씩 긴 검은 머리를 귀에 걸치며 우아한 동작으로 문고본을 읽고 있는 여자아이.

정적 속에서 혼자 책을 읽고 있는 그 모습은 마치 높디높은 탑에서 사는 공주님, 혹은 깊은 숲 속 건물에서 연구를 일삼는 아름다운 마녀를 연상시켰다.

그렇지만 이대로 넋을 잃은 채 계속 보고 싶은 그 미소녀가, 바로 내 우울감의 정체이기도 했다.

'……에나.'

그래. 내 짝인 도서위원은, 에나다.

내가 4반 도서위원이 되었다는 것을 알고 에나는 자진해서 특진반 도서위원에 입후보했다고 한다. 심지어 담당하는 시간대도 맞춰서 똑같이 해 두었다.

학교에서도 에나랑 지낼 수 있는 시간이 많아졌다며 나도 당시에는 좋아했지만.

그녀에게 차여버린 지금에 와서는 그저 어색한 시간일 뿐이었다.

게다가 지금의 나는 '임시'라고는 해도 미즈시마와 사귀고 있는 사이였다.

어디까지나 '승부' 때문이었고 내 쪽은 전혀 진심도 아니지만…… 사실만 놓고 보면 에나 몰래 부정한 짓을 저지르고 있는 셈이니 그에 대한 죄책감도 조금 있었다.

본심을 말하자면 지금 당장 이대로 돌아가고 싶었다. 완전 가고 싶다. 하지만.

'각오할 수밖에 없겠지…….'

한 번 천천히 심호흡을 한 뒤 나는 마음을 굳게 먹고 도서실 문을 열었다.

문고본을 집중해 읽고 있던 에나가 내 방문을 알아차리고 고개를 들었다.

기분 탓인지 순간적으로 흠칫 어깨를 떤 것처럼 보였다.

"아, 안녕."

어색하지만 어떻게든 내가 먼저 인사를 건네자, 에나도 대답을 돌려주었다.

"……어서 오세요."

청초한 외모를 그대로 닮은 물처럼 맑은 목소리.

듣기만 해도 묘하게 마음이 차분해지는 그 목소리를, 어쩐지 굉장히 오랜만에 듣는 기분이었다.

하지만 결국 사무적인 인삿말만 끝내고 에나는 문고본으로 눈을 돌려버렸다.

으윽…… 알고는 있었지만, 이 차가운 반응은 역시 괴롭다.

아니, 나와 그녀는 이제 연인도 뭣도 아니니까 당연하다고 하면 당연하지만.

무심코 울컥 치밀어오르는 감정을 꾹 참고, 나는 서둘러 접수대 안으로 들어갔다.

"……."

"……."

그리고 찾아온 침묵의 시간. 벌써부터 마음이 꺾일 것 같았다.

그나마 접수 업무라도 끊김 없이 들어오면 조금은 마음이 편해질 텐데.

다행인지 불행인지 도서위원이라는 것은 그렇게 바쁜 직책은 아니었다.

그러니 앞으로 30분이 넘는 시간 동안 나는 나를 찬 전 여친과 거의 단둘뿐인 상태로, 아무런 대화도 없이 앉아 있어야 한다는 뜻이었다.

어? 뭐야, 이거? 새로운 방식의 고문인가?

'이, 이대로는 안 돼! 어색함의 수준을 넘어섰어! 뭔가 나눌 만한 대화 없을까……!'

기어이 침묵을 견디지 못한 나는 최대한 무난한 주제의 대화를 시도했다.

"그, 그러고 보니 에나…… 아니 사토모리는 이미 점심 버거떠?"

꼬였다. 성대하게 혀가 꼬이고 말았다.

'버거떠'는 뭐냐고! 새로 나온 버거냐?!

"……?"

아아~ 이거 봐, 에나도 '얘가 대체 뭐라는 거야?'라는 얼굴을 하고 있잖아!

그야 그런 표정을 지을 수밖에! 왜냐하면 '버거떠'니까!

"미안, 아무것도 아냐."

"……그런가요?"

의아한 표정을 짓던 에나는 곧바로 책으로 시선을 돌렸다.

'하아~…… 얼마 전까지는 평범하게 얘기했었는데.'

마침내 할 일이 사라져버린 나는 천천히 바지 주머니에 손을 찔러넣었다.

내가 꺼낸 것은 제비꽃 색을 바탕으로 한 심플한 디자인의 팔찌.

언젠가 '3개월 기념일' 선물로 에나에게서 받은 것이었다.

'이런 것만 갖고 있어도 소용없는데 말이지…… 하하, 눈물 나네.'

에나에게 보이지 않게 작게 자조한 나는, 거기서 문득 무언가를 깨달았다.

그러고 보니, 아까부터 에나가 책장을 넘기는 소리가 들려오지 않는 것 같은데…….

의아하게 생각한 내가 다시 고개를 들어보니.

"음……?"

그곳에는 여전히 문고본을 탐독하는 에나의 모습이 있었다.

이상하네. 뭔가 시선이 느껴진 것 같았는데…… 기분 탓인가?

의아하게 여기면서도 나는 다시 팔찌에 눈을 떨어뜨렸다.

그리고 어느 정도 시간이 지났을 때 다시 한번 고개를 들어보았다.

'응?'

에나는 역시 책을 읽고 있었는데, 이번에는 순간적으로 머리카락이 흔들린 것이 확실히 보였다.

역시 기분 탓이 아니다. 에나가 아까부터 날 힐끔힐끔 보고 있나?

나는 잠시 고민하다가, 이번에는 에나에게서 얼굴을 돌리지 않았다.

"……기분 탓인가."

그리고 일부러 그녀에게 들릴 정도의 작은 소리로 중얼거렸다.

그 순간.

"앗."

이번에야말로 빙글, 나에게 얼굴을 돌린 에나와 딱 눈이 마주쳤다.

황급히 문고본으로 얼굴을 가리려는 에나.

하지만 그러기엔 무리가 있다고 생각한 것일까. 마침내 에나는 체념한 듯, 껍질 속에서 살금살금 기어 나오는 소라게처럼 문고본 저편에서 얼굴을 내밀었다.

"저, 저기…… 내 얼굴에 뭐라도 묻었어?"

내가 그런 말을 꺼내자 에나는 잠시 머뭇거리다가 입을 열었다.

"……고 있었네요."

"어?"

"그 팔찌…… 아직 갖고 있었네요."

"아…… 아니, 그으, 이건 그러니까……."

설마 에나 쪽에서 먼저 화제를 던질 거라는 생각은 하지 못한 나는 눈에 띄게 당황하고 말았다.

"미, 미안."

"……? 왜, 사과하는 거죠?"

"아니, 그…… 어이없을 것 같아서. 전 남친이 미련 못 버리고 이런 거 갖고 있는 게."

에나는 아무 말도 하지 않았다. 침묵은 긍정, 이라는 뜻일까.

"……어떻게 해도 도저히 버릴 수가 없어서."

이유야 어쨌든 에나와 한 번 더 대화할 수 있다는 것이 기뻐서, 정신을 차리고 보니 내 입에서는 말이 흘러넘치고 있었다.

"나 정말로 에나를 좋아했어. 아니, 지금도 그 마음은 달라지지 않았어."

이제 와서 무슨 말을 해도 소 잃고 외양간 고치는 격이다.

그런 사실은 아플 정도로 잘 알고 있다.

하지만 적어도 에나와 함께했던 시간이 나에게 얼마나 행복했는지, 그것만큼은 말로 꼭 전하고 싶었다.

"에나와 보낸 4개월은 정말 꿈만 같았어. 농담이 아니라 세상이 반짝여 보였어. 에나가 옆에 있어주는 것만으로도 모든 고민이 사라졌을 정도로, 행복했어. 이 팔찌는, 그런 행복한 추억의 상징처럼 느껴져서…… 그래서, 버릴 수가 없었어."

봇물 터지듯 마음속에 담긴 감정들을 토로한 나는, 거기서 뒤늦게 정신을 차렸다.

"아니, 내가 대체 무슨 말을! 이제 와서 그런 말을 들어봤자 어이없지. 미안해, 에나. 지금 이야기는 못 들은 걸로……."

짜악!

내 말이 다 끝나기도 전에, 조용한 도서실에 경쾌한 소리가 울려 퍼졌다.

깜짝 놀라 고개를 들자; 에나가 어째서인지 자신의 두 볼에 양손을 올리고 있었다. 아까 난 소리는 에나가 스스로 자신의 뺨을 때린 소리였던 모양이다.

뭐, 뭐지? 갑자기 왜 그래?

"에나……?"

"……모기가 앉아 있길래요."

"모기? 아니, 하지만 아직 모기가 있을 계절이 아닌……."

"아뇨, 있었어요. 제 뺨에 앉아 있었어요."

새침한 얼굴로 그렇게 말한 에나는 아무 일도 없었던 것처럼 자세를 바로 했다.

어쩐지 더 추궁할 수 없는 압력 같은 것을 느낀 나는 더 이상 아무 말도 하지 못하고 그녀의 옆모습을 바라볼 수밖에 없다.

다만 생각보다 너무 강하게 내려쳤는지 에나의 볼은 희미하게 붉어져 있었다. 어쩐지 좀 아파 보였다.

그런데 자세히 보니 귀까지 빨개져 있는데, 뭐지?

"소…… 사쿠하라, 군."

내가 눈을 깜빡이고 있는데, 이윽고 에나는 무언가 결심한 것 같은 얼굴로 이쪽을 바라보았다.

작은 양손을 가슴 언저리에서 꽉 움켜쥐고, 눈썹도 약간 찡그리고 있다.

예쁜 입술도 꽉 다물려서 어딘지 모르게 조금 애처로워 보였다.

"어? 왜…… 왜 그래?"

내가 그렇게 묻자, 에나는 마침내 결심한 얼굴로 입을 열었다.

"사쿠하라 군, 저——."

하지만 나는 에나의 말을 끝까지 듣지 못했다.

에나의 목소리를 가로막듯 도서실의 미닫이문이 기세 좋게 열리는 소리가 났기 때문이다.

"아, 여기 있었구나."

귀에 익은 그 허스키 보이스에 나는 헉 하고 놀라 돌아보았다.

아니나 다를까 입구에 서 있던 것은 미즈시마였다.

'미, 미즈시마?!'

뜻밖의 손님에 나는 무심코 눈을 휘둥그레 떴다.

한 달 안에 나를 공략하기 위해 하루라도 낭비하고 싶지 않다──미즈시마는 그렇게 말했다.

하지만 천하의 미즈시마도 학교 안에서까지 나에게 달라붙지는 않았다.

'임시'라고는 해도 나와 연인 사이라는 사실이 에나나 학교 아이들에게 알려지는 것은 그 녀석으로서도 피하고 싶은 일일 것이다. 오늘의 미즈시마는 어제나 그저께와는 다르게 나와의 접촉은 최대한 피하는 쪽으로 움직였다.

그래서 나도 학교 안에서는 그 녀석과 얼굴을 마주치지 않아도 된다는 생각에 완전히 안심하고 있었는데.

'하필이면 설마 에나랑 단둘이 있는 타이밍에 마주치다니!'

만약 나와 미즈시마의 관계를 에나에게 들키면 그 순간 끝이었다.

내막이야 어떻든, 자신이 선택한 새 연인이 자신이 버린 전 남친과 몰래 사귀고 있다는 사실을 알게 되면 에나가 얼마나 슬퍼할지.

그건 안 된다. 절대로 안 된다.

에나를 슬프게 하는 일만큼은 절대로 하고 싶지 않았다.

'제발 쓸데없는 말은 하지 말아줘……!'

하지만 그런 내 걱정은 아무래도 기우였던 모양이다.

도서실에 들어온 미즈시마는 나에게 잠깐의 시선도 주지 않고 에나의 곁으로 다가갔다.

"시즈노……."

"아니, 까맣게 잊고 있었지 뭐야. 그러고 보니 에나, 우리 반 도서위원이었지? 같이 점심 먹으려고 했는데 모습이 안 보길래 찾아다녔어."

"미, 미안해요. 오늘이 담당일이라고 말하는 걸 잊고 있었어요."

"아니, 신경 쓰지 마. 먼저 물어보지 않은 내 잘못도 있으니까."

에나가 사과하며 고개를 숙이자 미즈시마가 그 머리를 부드럽게 쓰다듬었다.

그 손길을 쳐낸 것은 아니지만, 에나는 어딘가 불편한 기색으로 몸을 움츠렸다.

"저, 저기, 그렇게 쓰다듬으시면……."

"아하하. 미안, 미안. 에나가 작은 동물처럼 귀여워서 나도 모르게 그만."

내 쪽은 전혀 안중에 없다는 태도로 미즈시마는 에나와 장난을 치며 놀았다.

만에 하나라도 에나가 우리들의 '승부'를 알게 되면 곤란하기 때문에, 그런 의미에서는 나를 대놓고 무시하는 미즈시마의 반응은 정답이었다.

하지만 녀석이 에나와 화기애애한 분위기를 내고 있는 모습을 잠자코 보는 것도 정신 건강상 별로 좋지는 않았다.

솔직히 '야, 미즈시마. 나랑 교대하자'라고 말하고 싶은 마음이 굴뚝 같다.

"그런 것보다 빨리 점심 먹으러 가자, 에나."

한동안 에나와 노닥거리는가 싶더니, 이어서 미즈시마는 그녀의 손을 잡고 도서실을 떠나려 했다.

"네? 하지만 아직 도서위원 일이 남았는데……."

당연히 위원회 일을 빼먹는 것을 우등생인 에나가 좋게 여길 리 없었다.

"잠깐 정도는 빠져도 괜찮아. 아무도 에나가 땡땡이쳤다는 건 모를 거야. 게다가 분명 남은 한 명의 위원이 대신 해 줄 거고. ……그렇지?"

그제서야 미즈시마가 내 쪽으로 시선을 돌렸다.

우두커니 서서 흘러가는 상황을 말없이 지켜보던 나에게 미즈시마가 도발적인 미소를 지어보였다.

"같은 위원회라면 어쩔 수 없는 부분은 있겠지만. 앞으로는 너무 에나한테 다가가지 말아줬으면 좋겠는데? 전 남친 씨?"

전, 이라는 부분을 유독 강조하며 그런 말을 내뱉은 미즈시마는 이번에야말로 에나를 데리고 도서실을 나가버렸다.

과연…… 이런 식의 '전 남친' 공격이라.

이거라면 에나도 나와 미즈시마의 은밀한 관계를 알아차릴 일은 없을 것이다.

"……연기력까지 높다니 저 녀석은 정말 안 가진 재능이 뭐야."

홀로 덩그러니 남겨졌지만, 단번에 어깨의 짐이 내려간 기분이었다.

조금 전까지는 어떻게 되나 싶었는데, 간신히 치정극만은 피할 수 있었다. 다행이다, 정말 다행이야.

꼬르르르륵.

안심했더니 갑자기 배가 고파졌다.

미리 매점해서 사둔 빵을 먹기 위해 가방에 손을 뻗었다.

"……응?"

그러나 어째서인지 도서실 문까지 다시 돌아온 미즈시마와 유리창 너머에서 눈이 마주쳤다.

깜빡하고 못 한 말이라도 있었나 싶어 고개를 갸우뚱한 것도 잠시.

불만스러운 얼굴로 볼을 부풀리며 이쪽을 노려보던 미즈시마는 이윽고 휙 시선을 돌리더니 그대로 떠나 버렸다.

……왜 저러는 거야, 대체?

제5장 꽃미남 미소녀는 승부욕이 강하다

점심 시간이 끝나고 나른한 월요일 수업도 모두 끝난 방과 후.

"얌전히 비키는 게 좋을 거야. 나는 집에 가서 보고 싶은 영화가 있다고."

"후후…… 싫다면?"

내가 평소 하교할 때 지름길로 사용하는 골목에서, 그 미즈시마가 매복을 하고 있었다.

골목은 두 사람 정도가 지나갈 수 있는 폭은 되었지만 저렇게 다리를 크게 벌리고 떡하니 서 있으면 옆으로 빠져나갈 수도 없었다.

도대체 어떻게 이 지름길의 존재를 알았을까. 현지 주민을 제외하면 나 정도만 사용하는 숨겨진 루트였는데.

내 집을 알아낸 것도 그렇고, 탐정이 직업이라고 해도 믿을 정도로 대단한 정보 수집 능력이었다.

"저기 말이지, 무슨 일인지는 모르겠지만 너하고 어울려 줄 만큼 한가하지 않다고."

대놓고 지겹다는 태도를 보이며 그렇게 말했지만, 미즈시마는 대수롭지 않다는 얼굴로 대꾸했다.

"너무하네. 소타랑 방과 후에 데이트하고 싶어서 이렇게 기다렸는데."

"뭐? 무슨 말이야. 데이트하는 건 휴일 한정 아냐?"

"소타야말로 무슨 말을 하는 거야? 난 '휴일에만 데이트 한다'라는 말은 한마디도 안 했는데?"

그렇게 말하고는 어쩔 수 없다는 얼굴로 어깨를 으쓱하는 미즈시마.

뭐야, 남을 무시하는 것 같은 저 태도는. 정말 열받게 하는 여자라니까.

"그러니까 만약 이대로 돌아가면 '승부'에서 도망쳤다, 라는 게 되는데?"

"그러니까, 갑자기 들이닥치는 건 반칙이라고 했잖아?"

"그러니까, 나도 말했잖아? '약간의 반칙 정도는 할 수밖에 없다'고."

내 '그러니까'에 '그러니까'로 맞받아친 미즈시마가 악당 같은 미소를 지어 보였다.

이렇게까지 들으면 나에게는 더는 반론의 여지가 없었다. 게다가.

"왜냐하면 난 진심이니까."

그래, 이 눈이다.

능청스러운 태도였지만, 어딘가 확고한 신념마저 느껴지 는 저 진지한 눈빛.

이 녀석에게는 쉽게 무시할 수 없게 만드는 '박력'이라는 것이 있었다.

"칫…… 정말로 비겁한 여자야, 넌."

“응. 난 원래 비겁해.”

“좋아. 정정당당하게 받아주마, 그 ‘승부’. 너랑 달리 난 비겁한 남자가 아니니까.”

뭐, 바란 건 아니지만 결론이 난 상황에 우리는 골목을 빠져나와 역으로 향했다.

다른 호미나토 학생들과 마주치지 않게 몰래 전철을 타고 찾아온 곳은 시내에 있는 관광지 중 하나, 요코하마 차이나타운이었다.

“와아~ 차이나타운이다~.”

신사의 토리이를 연상시키는 커다란 문을 지나자 미즈시마가 두 손을 높이 치켜들었다.

“차이나타운이라. 어쩐지 꽤 오랜만에 온 느낌이네.”

“어, 그래? 자주 와보지 아깝게.”

들뜬 얼굴의 미즈시마를 힐끔 바라본 나는 문에서부터 쭉 뻗은 대로로 눈을 돌렸다.

요코하마에 있는 차이나타운은 일본 최대를 넘어 동아시아 최대라고도 알려져 있는 곳이었다. 당연히 시내에서도 손에 꼽을 만한 관광명소였고, 그 덕분인지 평일임에도 사람들로 꽤 붐볐다.

다만 옛날부터 이 동네에 살고 있는 입장에서는, 언제든지 올 수 있다고 생각하면 반대로 더 발길이 뜸해지는 법. 온다고 해도 가끔씩 히구치와 함께 단골 중국집에 가는 게 고작이었다.

"소타, 배 안 고파?"

"고픈 것 같기도 하고."

"그래? 그럼 일단 뭐 좀 먹을까?"

미즈시마의 제안으로 우선은 거리를 따라 늘어선 노점을 둘러보기로 했다.

관광객은 물론이고 우리 같은 학생들도 많이 오가는 길가 곳곳에서는 무언가를 찌는 것 같은 연기가 피어오르고 있었다.

"만두, 소롱포, 다 맛있어요!"

"어서 와요! 밤 드셔보세요! 달아요, 달아!"

노점 앞을 지날 때마다 서투른 일본어를 쓰는 상인들이 열렬히 환영해 주었다.

장사의 혼을 불태우는 열정적인 그들의 말을 적당히 흘러넘기며 미즈시마가 가장 먼저 눈길을 돌린 곳은.

"이것 봐, 소타, 엄청 큰 닭튀김이야."

"헉, 완전 크네!"

어느 틈에 사왔는지 미즈시마는 자신의 얼굴이 완전히 가려질 정도로 커다란 튀김을 손에 들고 있었다.

튀김의 대부분을 가리지 못하고 있는 포장지에는 '다지파이'라고 적혀 있었다.

이 녀석, 갑자기 엄청난 곳을 공략했네.

"인스타에서 본 거라 궁금했거든. 정말 이 정도로 크구나."

"이걸 다 먹으려고?"

“아니! 아무리 나라도 혼자선 다 못 먹어. 소타도 도와줘.”

“아, 그러세요……. 그래도 양이 많을 것 같은데?”

미즈시마가 사 온 튀김은 설령 둘이서 반씩 나눠먹는다고 해도 그것만으로 완전히 배가 부를 것 같았다.

길거리 음식을 먹고 싶었다면 적어도 좀 작은 사이즈를 사지.

게다가 당연하지만 꽤 느끼하고 칼로리도 높아 보였다.

난 전혀 상관없었지만, 적어도 현역 모델이 이런 걸 먹어도 되는 것일까.

“살찐다?”

“아, 안 되지. 음식을 앞에 둔 여자아이에게 그런 소릴 하는 건 불법이야.”

“대체 무슨 법에 저촉되길래…….”

“괜찮아. 먹은 만큼 움직이면 문제없어.”

말이 끝나기가 무섭게 미즈시마가 곧바로 다지파이 한 조각을 물어 입에 넣었다.

갓 튀겨 나와 뜨거운지 몇 번씩 후후 하며 입안에서 열을 식힌다.

“……응, 맛있다.”

이윽고 만족스러운 얼굴로 고개를 끄덕이며 미소 짓는다.

먹고 있는 음식은 저렴한 노점 음식인데, 이 녀석이 먹고 있으니 어쩐지 고급스러운 신작 디저트 광고 같은 그림이 완성되었다.

미즈시마의 미소에 홀린 것인지 옆에 있던 다른 관광객들도 모두 다지파이 가게로 발길을 옮기기 시작했다. 흔해 빠진 광고 포스터를 붙이는 것보다 훨씬 더 호객 효과가 좋아 보였다.

역시 인기 모델 Sizu라는 건가.

"있지, 소타. 다른 가게도 둘러보자."

"알았으니까 잡아당기지 마."

그 후 한동안 거대 닭튀김과 씨름한 우리들은——그렇게 말해도 결국 80퍼센트 정도는 내가 다 먹었지만——다시 차이나타운의 먹거리를 찾아 걷기 시작했다.

고기만두에 교자 스프, 튀긴 완탕 등 거리에는 역시 중식하면 흔히 떠올릴 만한 음식들이 많았다.

한편 아까 먹은 다지파이나 설화병이라고 하는 이른바 '대만 음식'을 주로 파는 가게도 이전보다 더 늘어난 것 같았다.

차이나타운인데 왜 대만 음식이 있나 하는 생각도 들었지만, 아무래도 이것이 요즘 유행인 모양이었다.

"어? 오빠, 본 적 있는 얼굴!"

그런 외중, 한 노점 앞을 지나가던 타이밍에 갑자기 누군가가 나에게 말을 걸어왔다.

뒤돌아보니 그곳에는 귀여운 차이나 드레스를 입은 당고머리 소녀가 있었다. 나이는 여동생인 스즈카와 비슷할까? 얼핏 들여다보이는 덧니가 인상적인 애교 많은 여자아이이다.

"역시 맞네! 무슨 일 있어~? 요즘 안 보여서 걱정했어~!"

차이나타운에 사는 주민치고는 유창한 일본어를 구사하는 그 소녀는 붙임성 좋은 미소를 지으며 내 손을 잡더니 그대로 붕붕 흔들었다.

그 순간 옆에 있던 미즈시마의 입에서 믿을 수 없을 정도로 낮은 "뭐야?"라는 목소리가 잠시 들린 것 같았지만, 솔직히 나에게는 그쪽까지 신경 쓸 여유가 없었다.

"자, 잠깐 스톱, 스톱! 누구세요?!"

"뭐야~ 다 알면서! 자주 우리 집에 와서 음식을 먹었잖아?"

"'자주', '우리 집', '요리'? ……소타. 누구야, 얘?"

"히익?! 아, 아니, 그러니까 나도 누군지 잘……."

어느 사이엔가 내 오른팔을 쥐어짤 기세로 끌어안고 있던 미즈시마가 무서울 정도로 상냥한 미소를 지으며, 반대로 얼음장처럼 차가운 목소리로 물어왔다.

무서워라. 꿈에 나올 것 같으니까 그런 얼굴 하지 말아 줄래?

분노의 기색이 여실한 미즈시마의 모습에 겁을 먹으면서도, 나는 다시 한번 차이나 소녀의 얼굴을 바라보았다.

아까는 갑작스러운 상황이라 동요해서 몰랐는데, 자세히 보니 확실히 어디선가 본 것 같은 얼굴이었다.

우리 집에 와서 음식을 먹었다, 라는 말로 유추해 본다면…… 아.

"혹시 '산인카쿠'?"

"맞아~! 완전 오랜만~!"

주먹을 꾹꾹 쥐었다 폈다 하며 미소 짓는 차이나 소녀.

그래, 생각났다. 이 아이, 나와 히구치가 늘 가는 중국집의 간판 아가씨다. 아직 중학생이지만 부모님을 도와 일하고 있다는 이야길 전에 들은 적이 있었다.

그러고 보니 최근 몇 달 정도는 가지 않아서 완전히 잊고 있었다.

한동안 방과 후에는 거의 에나랑 함께 있었으니까, 하하하…… 하하…… 눈물 나네.

"날 잘도 기억하고 있었네."

"물론이지! 단골손님 얼굴은 모두 기억하고 있어! 특히 오빠는 눈이 창샤후(藏沙狐)처럼 귀여워서 잘 기억하고 있어!"

"그, 그래?"

'창샤후'가 뭔지는 모르겠지만, 이런 밋밋한 남자를 붙잡고 귀엽다니 취향 한번 특이하다.

어? 근데 오늘은 왜 이런 곳에서 노점을 하고 있는 거지?

"이 노점도 우리 가게에서 운영하는 곳이야! 요즘 '대만 음식'이 유행이잖아? 그래서 산인카쿠에서도 후추떡 노점을 내기로 했거든! 오늘은 내가 담당이야!"

"아, 그렇구나. 그럼 혹시 그 차림도?"

"맞아! 점원에게는 붙임성이 생명이니까! 그래서 엄마가 물려주신 거야! 에헤헤, 어때? 잘 어울려?"

그렇게 말한 차이나 소녀는 제자리에서 빙글 한 바퀴 돌았다.

“소~타~?”

차이나 소녀와의 잡담이 길어지려는 타이밍에, 오른팔을 강하게 잡아당기는 힘이 느껴졌다.

뒤를 돌아보니 홀로 우두커니 남겨진 미즈시마가 마침내 인내심이 폭발한 것인지 단단히 삐친 표정을 짓고 있었다.

망했다, 이 녀석을 완전히 방치하고 있었어.

귀찮긴 하지만 이대로 내버려 두는 것도 좋지 않을 것 같았다.

“아~, 그럼 우린 슬슬 가볼게. 가게도 다음에 들를게.”

“좋아~! 거기 언니도 언제든 와! 서비스 줄게!”

차이나 소녀의 그런 말에도 미즈시마는 대꾸하지 않고 빠르게 노점을 떠나버렸다.

나도 하는 수 없이 그 뒤를 따라 다시 대로의 혼잡 속으로 발을 들여놓았다.

“이봐, 미즈시마.”

“……”

“야, 왜 그렇게 삐친 건데.”

“뭐? 무슨 말이야? 나 딱히 안 삐쳤는데?”

미즈시마는 이쪽을 돌아보지도 않고, 내 말이 끝나기가 무섭게 그렇게 반박했다.

역시 삐친 거 맞네.

“그냥, 소타는 그런 여자가 취향이구나 생각한 것뿐이야.”

“아니, ‘여자’라니…… 좀 자주 가는 가게의 아는 사람이랑 잠깐 대화한 것뿐이잖아."

"흥, 소타 같은 건 몰라. 난 신경 쓰지 말고 좋아하는 차이나 소녀랑 실컷 놀고 와. 어디든 가버리라지."

"……그럼 이 손은 뭔데."

입으로는 퉁명스러운 말을 하고 있지만, 아까부터 미즈시마는 내 오른손을 꼭 쥐고 있었다.

말과는 달리 '절대로 놓치지 않겠다'는 강한 의지가 느껴졌다.

정말 귀찮은 녀석…….

"웅얼웅얼…… 나도 같은 조건이라면…… 아, 맞다."

거기서 갑자기 무언가가 떠오른 얼굴을 한 미즈시마가 붙잡고 있던 내 오른손을 놔주었다.

"소타, 잠깐만 여기서 기다리고 있어."

"뭐? 야, 야! 어디 가려고?"

미즈시마는 내가 부르는 소리에도 반응하지 않고 빠르게 인파 속으로 사라져 버렸다.

대로 가장자리에 덩그러니 혼자 남겨진 나는 망연자실한 얼굴로 서 있을 수밖에 없었다.

대체 얼마나 마이페이스인 거냐고. 적어도 행선지 정도는 알려줘야 하는 거 아니야?

"칫…… 이대로 그냥 집에 가버릴까."

그렇게 근처 노점에서 산 망고 주스를 마시며 한 20분 정도 기다렸을까.

슬슬 인내심이 한계에 달한 내가 그렇게 투덜거린 순간, 갑자기 등 뒤에서 누군가가 어깨를 두드려왔다.

"니하오! 오빠, 잘생겼다. 한가하면 나랑 재밌는 거 안 할래?"

이 목소리는…… 미즈시마인가.

하여간, 이제야 돌아오셨군.

"뭐가 '니하오'야. 남을 이렇게 기다리게 해놓……고?"

불평 한마디라도 던져줄 심산으로 뒤를 돌아본 나는, 그 자세 그대로 굳어버렸다.

미즈시마의 옷이 조금 전까지 입고 있던 교복이 아닌 전혀 다른 옷이 되어 있었기 때문이다.

"아까 빤히 보고 있었잖아. 소타, 이런 게 취향인 거지?"

"너, 너, 그거…… 차이나 드레스, 야?"

그랬다. 미즈시마가 몸에 걸치고 있던 것은, 꽃무늬 자수가 곁들여진 남색의 차이나 드레스였다.

거의 민소매에 가까운 소매에서 미즈시마의 가느다란 팔이 뻗어나와 있었다. 스커트 부분은 복사뼈 정도까지 오는 길이였지만 대담하게 패인 슬릿 너머로 검은 오버니삭스에 감싸인 늘씬한 다리가 튀어나와 있었다.

"후후, 어때? 처음 입어본 건데 꽤 그럴 듯하지?"

자신감 넘치는 미소를 지은 미즈시마가 허리에 손을 대고는 포즈를 지어보였다.

확실히 몸의 라인이 또렷하게 보이는 이 의상을 입으니 미즈시마가 가진 몸매의 장점이 가감없이 발휘되고 있었다. 그것도 지나치게.

상반신으로 눈을 돌리자 그녀의 모양 좋은 풍만한 가슴이 가슴팍의 옷감을 쭉 잡아당겨 당장이라도 터지기 직전이었다. 솔직히 눈에 굉장히 해로운 광경이다.

그렇다고 하반신으로 눈을 돌리면, 깊은 슬릿 때문에 허벅지를 넘어 그 위까지도 언뜻 보일 정도라 역시 똑바로 바라보기 어려웠다.

다시 말해 좋든 나쁘든 미즈시마와 차이나 드레스와의 궁합은 만점이었다.

으음, 다지파이보다 큰 가슴파이…… 잠깐, 그만그만! 대체 무슨 생각을 하고 있는 거야, 난.

"어, 어떻게 된 거야, 그 드레스는. 설마 샀어?"

나는 마음속의 사심을 들키지 않도록 애써 평정을 가장하며 물었다.

"아니, 렌탈. 바로 저기에 빌려주는 가게가 있길래. 뭐, 소타가 기다리고 있으니까 여유롭게 사이즈를 잴 시간은 없어서 가슴 부분 쪽은 좀 작지만 말야."

수줍은 얼굴을 한 미즈시마는 "뭐 됐어"라며 어깨를 으쓱했다.

"그보다 이렇게 **어울리는** 옷도 입었으니까. 다시 시작해볼까? 차이나타운 데이트."

"어, 어어."

지나친 파괴력에 압도된 나를 보고 완전히 기분이 좋아진 모양이다.

미즈시마는 내 손을 잡아끌며 당장이라도 튀어오를 것 같은 가벼운 발걸음으로 걸어가기 시작했다.

나도 그녀가 끄는 대로 멍하니 그 뒤를 따라갔다.

"야, 저기 봐. 저 차이나 드레스 입은 여자."

"뭐야, 완전 귀여워…… 아니, 완전 야해!"

"몸매 장난 아니다, 진짜 자신감 떨어지네."

그러나 차이나 드레스를 입게 되며 갑자기 주위의 시선이 미즈시마에게 쏠린 것을 깨닫고 뒤늦게 정신을 차릴 수 있었다.

그건 그렇다. 생각해 보면 아직 고등학생이라고는 하지만 이 아이는 현역 잡지 모델이다. 훌륭한 옷맵시와 뛰어난 몸매로 밥벌이를 하는 인종이다.

평범한 학생복이라면 몰라도 이런 식으로 제대로 차려입으면 눈길을 끄는 것은 당연한 이야기였다.

"이, 이봐 미즈시마. 좀 위험한데."

시계를 보자 시각은 오후 6시에 접어들고 있었다.

방과 후 차이나타운으로 들어오는 학생들도 조금씩 늘어나는 시간대다. 그중에는 호미나토 학생이 있을 수도 있고, 그게 아니더라도 미즈시마의 얼굴을 아는 팬과 마주칠 가능성도 있었다.

나와 이 녀석이 함께 있는 모습을 그런 이들이 목격한다면 큰일이었다.

"일단 사람이 좀 적은 골목으로 이동하자."

나는 일단 사람들이 붐비는 곳에서 빠져나가자고 제안했다.

그 순간 미즈시마가 대놓고 수줍은 얼굴로 눈을 내리깐다.

"뭐, 뭐야, 소타……. 골목 같은 으슥한 곳에 날 데려가서 어쩔 셈이야?"

"바보 같은 소리 하지 마! 이대로는 너무 눈에 띄니까 남의 눈을 조금 피하자는 뜻이잖아!"

젠장, 역시 아까 혼자 남겨졌을 때 그냥 돌아갈 걸 그랬다.

히죽히죽 웃고 있는 미즈시마의 뺨이라도 한번 세게 꼬집어 주고 싶었다. 나는 치밀어오른 분노를 가까스로 수습하며 말했다.

"어쨌든 대로에는 사람이 너무 많아. 저기 옆길로 나가서 골목으로 가자."

"알았어~."

그렇게 간신히 인파를 헤치고 대로를 탈출한 우리는 이윽고 차이나타운의 끝자락, 관광객의 수도 별로 많지 않은 좁은 골목길로 들어섰다.

"후. 여기라면 그나마 낫겠지."

"소타, 좀 피곤해 보이네?"

"그래, 피곤해. 누구 씨가 위기감이 너무 없어서 그런 거지만 말야."

그런 비난을 토해낸 나는 피로로 인해 나도 모르게 근처

길가에 놓인 둥근 의자에 앉아 버렸다.

"오빠! 그 의자 우리 가게 거! 멋대로 앉으면 안 돼!"

"헉! 죄송합니다!"

그 순간 서투른 발음으로 날아든 주의에 나는 황급히 자리에서 일어나 뒤를 돌아보았다.

아무래도 내가 앉은 곳은 근처에 있던 점집의 비품이었던 모양이다.

울퉁불퉁한 귀금속을 몸에 두른 주인으로 보이는 아주머니가 나를 노려보고 있었다.

"죄송해요, 몰랐어요……."

"……괜찮아. 그보다 여기서 만난 것도 인연. 오빠, 점 보고 가."

거절은 받지 않겠다는 태도로 아주머니가 나를 불렀다.

어쩌지. 솔직히 점 같은 건 별로 관심 없는데, 폐를 끼친 입장에서 권유를 거절하기도 그렇고…….

"호오, 점이라. 재미있겠다~."

내가 대답하지 못하고 있는데 옆에 있던 미즈시마가 관심을 보였다.

"이왕 온 거 봐달라고 하자. 응? 소타도."

"뭐? 자, 잠깐, 미즈시마……."

미즈시마는 아주머니가 말을 걸기도 전에 잽싸게 둥근 의자 하나를 차지하고 앉았다.

정말이지 이 녀석은 왜 이렇게나 마이웨이인 걸까.

무심코 관자놀이를 누르면서 결국은 나도 거절하지 못하고 그 옆에 걸터앉았다.

"손금에 타로에 산명학…… 오, 천궁도 같은 것도 있네."

미즈시마가 테이블 위에 놓인 메뉴판을 훑어보았다.

확실히 다양한 종류를 다루는 것 같긴 하지만 하나같이 가격이 꽤 셌다.

어떤 점도 기본 금액은 삼천 엔이었고, 가장 싼 손금도 천 엔은 나갔다.

"저기, 역시 관두자. 이 돈으로 차라리 기념품이라도 사는 게 훨씬 낫겠어."

점술가 아주머니가 눈치채지 못하도록 작은 목소리로 미즈시마에게 귓속말을 했다.

무시할 생각은 조금도 없었지만, 그래도 점을 보는 데 이 정도를 지출하기에는 타격이 너무 컸다.

하지만 미즈시마는 조금도 그렇게 생각하지 않는 듯했다.

"본격적으로 해 주는데 이 정도는 보통 아냐?"

"아니, 하지만 돈을 거의 다 썼는데……."

"그럼 일단 여기는 내가 낼게."

미즈시마가 천천히 가방에서 지갑을 꺼내는가 싶더니, 마치 편의점에서 고기 호빵이라도 사는 듯한 모습으로 선뜻 삼천 엔을 지불했다.

"그럼 '궁합점'으로 부탁드려요. 저랑 옆에 있는 이 사람으로."

오오, 역시 인기 모델. 역시 나름대로는 벌고 있나 보네.

"'궁합점' 말이지? 그럼 두 사람 다 이 종이에 이름, 생년월일, 적어."

세 장의 지폐를 받아든 아주머니가 우리에게 작은 용지를 나눠주었다.

시키는 대로 이름과 생년월일을 적자 아주머니는 그것들과 손에 들린 한자로 가득한 도표를 번갈아 바라보았다.

그렇게 한참 동안 말없이 종이와 눈싸움을 하던 아주머니는.

"음, '미즈시마 시즈노' 씨 맞지? 알고 싶은 건 '사쿠하라 소타' 씨와의 궁합이 맞아?"

"네. 어떤가요? 역시 환상의 궁합인가요?"

"응. 궁합이 좋네."

아주머니의 말에 마치 적 장수의 목이라도 친 사람처럼 의기양양한 얼굴을 나에게 지어 보이는 미즈시마.

뭐야, 말이 돼? 나랑? 이 녀석이?

농담이 심하네. 우리는 바로 얼마 전에 알게 된 사이인 데다, 심지어 그 첫 만남도 최악이었다. 어쨌든 연인을 뺏고 빼앗긴 사이니까.

설령 실수로라도 '궁합이 좋다'는 말은 나올 수가 없었다.

이 점술가, 역시 사이비 아냐?

"다행이다, 소타. 우리들 잘 어울리는 커플이래."

"아니, 그럴 리가."

"응? 아니아니, 그거 아냐."

그러나 거기서 점술가 아주머니의 브레이크가 날아왔다.

"궁합 좋은 거 '친구·가족'일 때만. '연인'일 때는 궁합 최악."

"……네?"

삐걱, 하는 소리가 들릴 정도로 미즈시마의 표정이 돌변하더니, 완전히 굳어버린다.

"저와 소타의…… '연인 궁합'이, 뭐라고요?"

"최악."

"뭐, 뭔가 잘못 보신 게 아니라요?"

"나는 점으로는 거짓말 안 해. 최악이라고 하면 최악. 지금 당장 헤어지는 게 좋아."

인정사정없이 현실을 들이대는 점술가 아주머니.

손님을 기쁘게 해 주는 빈말 따위는 하지 않는다는, 점술가로서의 긍지가 그곳에서 느껴졌다.

미안해요, 아주머니. '사이비'니 뭐니 해서…… 당신은 진정한 '프로'였습니다.

"그리고 다음은 '사쿠하라 소타' 씨. 당신한테는 지금 그녀 말고 원래 궁합이 좋은 애가 있어."

"저랑 궁합이 좋은 아이요?"

그 말을 들으니 좀 궁금하긴 했다.

나는 대체 어떤 아이와 궁합이 좋을까?

"응, 그거야. 아주 얌전한 아이. 좋은 집에서 자란 아가씨

스타일. 그리고 또 개를 키우는 집 아이랑 사귀면 운이 좋
아져."

"네?"

얌전하고 좋은 집에서 자란 아가씨에 개를 키우고 있는
집 아이?

'그, 그거 대놓고 에나를 말하는 거 아니야?!'

생각지도 못한 형태로 에나와의 유대감 같은 것을 느낀
기분이라 조금 기뻤다.

그렇지만 뭐…… 그 에나와는 얼마 전에 헤어지고 말았
지만.

"궁합…… 최악…… 소타와 궁합이 좋은 건…… 에나
쪽……."

문득 옆을 보니 어느새 눈에서 빛이 사라진 미즈시마가
헛소리처럼 무어라 중얼거리고 있었다.

"이, 이봐 미즈시마? 유체이탈한 빈껍데기 같은 모습인
데? 돌아와, 미즈시마."

"……후후, 후후후, 후후후후후후."

충격을 심하게 받았는지 결국 미쳐버린 모양이다.

고개를 숙인 채 메마른 웃음소리를 낸 미즈시마가 비틀비
틀 둥근 의자에서 일어났다. 그리고는 점술가 아주머니를
등진 채 그대로 골목 저편으로 걸어갔다.

비틀비틀 휘청이며 걷는 그 모습은 복장까지 더해지니 어
쩐지 강시를 연상시켰다.

"잠깐, 잠깐. 어디 가려고?"

도저히 내버려 둘 만한 상황이 아닌 것 같아 나도 황급히 그 뒤를 쫓았다.

그리고 지금 있던 골목과는 다른 골목까지 온 강시 미즈시마가 향한 곳은.

"……죄송한데 궁합점 좀 봐주세요. 저랑 뒤에 있는 이 사람으로."

"뭐, 뭐 하는 거야?!"

미즈시마, 설마 하던 두 번째 점. 놀랍게도 또다시 점십에 가 있었다.

물론 차이나타운이니 점집이야 셀 수 없이 많겠지만.

첫 번째 결과가 얼마나 충격적이었길래…….

"좋아, '궁합점' 말이지. 그럼 여기에 이름, 생년월일, 적어."

미즈시마가 대금을 내자 역시 아까와 같은 순서로 점이 진행되었다.

그리고 두 번째 점술가가 낸 대답은.

"아~, 이건 틀렸어. 연인으로서의 궁합 최악. 앞으로 절대 잘 될 수 없어."

무자비하게 선고된 2연속 '궁합 최악' 선고.

또다시 미즈시마의 에메랄드빛 눈동자에서 빛이 사라졌다.

"야, 야, 미즈시마. 이제 그만하자."

여기까지 오자 좀 가엾다는 생각이 들어 나는 더 늦기 전에 돌아갈 것을 제안했다.

하지만 미즈시마는 조금도 포기할 마음이 없어 보였다.

"……다음."

"미즈시마……."

그 후 세 번째, 네 번째에서도 역시 나와의 궁합이 최악이라는 결과를 선고받았지만, 미즈시마는 여전히 물러서지 않았다.

그녀의 그런 꺾이지 않는 의지에 어느 사이엔가 나도 동정을 넘어 존경심마저 느끼……

"이봐, 미즈시마. 이걸로 벌써 일곱 번째야. 슬슬 돌아가자."

……는 일은 절대로 없었고, 점으로 돈을 펑펑 쓰고 있는 미즈시마에게 그저 지친 시선을 보낼 뿐이었다.

"으음…… 딱 한 집, 딱 한 집만 더."

계속 최악, 최악이라는 말을 들은 것이 어지간히 충격이었던 모양이다.

평소의 쿨하고 어른스러운 카리스마 여고생은 온데간데없이 사라지고, 지금의 그녀는 장난감을 사주지 않는다고 떼를 쓰는 어린아이 같았다.

설마 그 미즈시마 시즈노에게 이런 승부욕 강한 아이 같은 면이 있었을 줄은 몰랐는데.

게다가, 막말로 고작 노점에서 본 점에서 나와의 궁합이 최악이라는 소릴 들은 정도로 이렇게까지 오기를 부리다니…….

한껏 부루퉁한 표정을 한 미즈시마의 옆모습을 바라보며,

나는 문득 아까 이 녀석이 했던 말이 떠올랐다.

『왜냐하면 난 진심이니까.』

진심으로 나를 좋아하고, 진심으로 나와 연인 사이가 되고 싶으니까.

그러니 설령 노점에서 본 점이라 할지라도 신경을 쓰지 않을 수 없다.

내가 오기를 부리는 이유를 묻는다면, 이 녀석은 또 당연한 표정을 지으며 그런 대답을 내놓을까.

"하여간…… 어디까지 진심으로 하고 있는 건지."

때마침 여덟 번째 점술가에게 녹아웃당한 미즈시마의 뒷모습을 바라보며, 멍하니 그렇게 중얼거렸다.

그리고 드디어 돌아본 점집이 두 자릿수가 된 시점에.

"──죄송해요. 잘 못 들었는데 다시 한번 말해 주실래요?"

"으음…… 언니랑 거기 남자의 궁합은 최악……."

"한, 번, 더. **정확한** 점 결과를 알려주시겠어요?"

더 이상 가만히 있을 순 없다고 생각한 것일까.

미즈시마는 마침내 점술가에게 압력을 가해 원하는 결과를 얻어내기 위한 파워 플레이를 감행했다.

"아, 아니 저기…… 그러니까, 두 사람의 궁합은 최악……."

"점술가님, 저 말이죠. 이렇게 보여도 SNS에서는 좀 유명인이거든요."

"어……?"

"제가 '추천'이라고 공유한 가게는 팔로워들이 몰리는, 그런 일도 있을 정도로는 인기 있어요. 그러니까…… 이 점의 결과에 따라서는 이 가게를 소개해 줄 수도 있는데요?"

마침내 점술가에게 뇌물을 꺼내든 순간, 나는 미즈시마의 머리에 손날을 내리쳤다.

"이건 이제 파워 플레이도 뭣도 아니잖아. 그냥 매수라고, 바보야."

"너무해. 소타…… 뭐, 물론 SNS를 언급한 건 반은 농담이지만 말야."

"거긴 다 농담인 걸로 해."

어깨를 으쓱한 미즈시마는, 그럼에도 여전히 포기하지 않고 신인처럼 보이는 점술가 누나에게 다가갔다.

"그럼 마지막으로 한 번만 더 물어볼게요. 저랑 소타의 궁합은 어떤가요?"

하지만 그 사이에 완전히 겁에 질린 누나는 횡설수설 말을 더듬었다.

"구, 궁합, 최…… 최, 최악인 순간이 많긴 하겠지만…… 나쁘지 않을, 수도……?"

결국은 미즈시마의 압박에 짓눌려 그런 어정쩡한 대답을 입에 담는다.

"정말요?! 아싸! 봐, 들었지, 소타? 역시 우리들 궁합은 좋다니까!"

차이나타운 뒷골목 어딘가에서 그런 허무한 탄성을 내뱉

으며 환호하는 미즈시마.

"으, 응…… 잘됐네."

그런 그녀를 앞에 두자 아무리 나라도 뭐라 더 말할 수 없었기에, 그저 그렇게 말하며 고개를 끄덕여줄 수밖에 없었다.

제6장 어둠의 게임 in 체육 창고

'자유로운 교풍'과 '국제 지향'이 모토인 이곳 호미나토 학교는 의욕적인 이사장의 방침 등으로 인해 타 학교에 비해 연중 행사나 각종 이벤트 같은 것들이 꽤 많았다.

매년 5월에 개최되는 '신입생 환영 스포츠 대회'도 그중 하나였다.

중등부 신입생과 고등부 외부 진학생이 서서히 학교생활에 익숙해질 무렵 선배와 내부 진학생들과의 친목을 다지는 자리를 마련한다. 그런 취지 아래 학생들이 다양한 스포츠 시합을 펼친다.

이로 인해 개최일이 가까워지면 체육수업은 한시적으로 대회를 위한 학급 합동수업이 된다. 여러 반이 뒤섞여 시합을 위한 연습을 하는 것이다.

그렇군. 스포츠를 통한 친목 도모라니 정말이지 건전한 청춘 그 자체다.

하지만 이 세상에는 모든 일에 '양지'와 '음지'가 존재하는 법이다.

동료와 함께 땀을 흘리며 성대하게 이벤트를 즐기는 '양지'의 사람들이 있는 반면, 동료도 없고 관심도 없어 거의 참여하지 못하는 '음지'의 사람도 있다.

예를 들면, 그래. 지금 이 본 교사에 인접한 체육관 한편에서 마지못해 연습에 임하고 있는 패기 없는 남자. 이 녀석이 딱 좋은 예가 아닐까.

……뭐, 이번에도 내 이야기지만.

"소타, 너 혹시 지금 무슨 알바 하고 있었나?"

"응? 뭐야, 뜬금없이."

수요일 4교시. 학급 합동 체육 수업 도중.

함께 농구 패스 연습을 하고 있던 히구치가 느닷없이 그렇게 물어왔다.

"핫…… 딱히 아무것도 안 하는데, 그게 왜?"

나는 기본적으로 집에서 여유롭게 보내는 것을 선호하는 인도어파다.

고등학생이 됐다고는 해도 지금은 적극적으로 돈을 벌고 싶은 이유도 없고, 굳이 방과 후나 휴일을 노동에 할애할 마음도 없었다.

게다가 내가 장기 아르바이트를 하지 않는 이유는 이렇게 보여도 일단은 동아리에 소속되어 있기 때문이기도 했다.

뭐, 지금은 거의 개점휴업 상태라 가끔씩 부실에 얼굴을 내미는 정도지만.

"아니, 사실 지난 토요일에 쇼핑하러 나갔는데, 사쿠라기 초역 역 앞 광장에서 소타를 본 것 같아서."

"뭐? ……푸흡?!"

히구치의 말에 동요한 나머지 날아온 공을 안면에 정통으로 맞고 쓰러졌다.

딱딱한 복합 목재 바닥에 엉덩방아를 크게 찧어버린 나는 코와 엉덩이를 동시에 문질렀다.

"우와, 아프겠다…… 소타, 괜찮아?"

"어, 어어, 괜찮아."

히구치가 내민 손을 잡고 일어나면서도 속으로는 땀을 삘삘 흘리고 있었다.

'보, 보고 있었던 건가……? 그 장면을?'

설마 내가 미즈시마와 함께 있는 모습까지 본 건 아니겠지?

"그, 그래서 토요일에 뭐라고?"

머뭇머뭇 물어보자, 히구치가 어깨를 으쓱이며 다시 말했다.

"아니, 토요일에 역 앞에서 소타를 본 것 같아서. 저녁 무렵이었나? 광장 버스 정류장 근처에서 역 안으로 걸어가는 모습."

그렇다면 내가 미즈시마와 헤어진 후인가. 아무래도 결정적인 장면은 못 본 듯했다.

……방심하고 있었다. 설마 그 자리에 히구치도 있었을 줄이야.

"뼛속까지 인도어파인 소타가 휴일에 돌아다니다니 드문 일이잖아? 그래서 무슨 아르바이트라도 하고 돌아가는 길인가, 아니면 단순히 내가 잘못 본 건가 궁금해서."

그렇군. 거기서 첫 번째 질문으로 이어지는 건가.

하지만 어떻게 대답해야 하나. 미즈시마와 함께 있는 모습을 본 게 아니라면 딱히 그 자리에 있었다는 걸 인정해도 상관은 없을 것 같은데…….

"하지만 뭐, 아르바이트도 아니라면 역시 내가 잘못 본 거겠지?"

내가 대답하지 못하고 있는 사이 결국은 그렇게 결론지은 모양이었다.

히구치는 혼자 납득한 얼굴로 고개를 끄덕이더니 이번에는 놀리는 투로 말했다.

"소타가 휴일에, 심지어 놀러 나간다는 건 내가 초대했을 때나…… 그래, 사토모리랑 데이트할 때 정도였으니까."

"윽…… 너 진짜, 아직 다 낫지 못한 나한테 그런 말 하지 말라고."

그의 말대로, 외출을 싫어하는 내가 거의 매주 휴일마다 외출하게 된 것은 에나와 사귀기 시작한 이후부터였다.

물론 영화관에 가거나 카페에 가는 정도였지만.

그래도 에나와 함께 있는 것만으로도 즐거웠다.

"오. 호랑이도 제 말 하면 온다더니, 사토모리다."

내가 축 어깨를 떨군 순간, 갑자기 히구치가 귓속말을 해왔다.

히구치의 시선 방향을 따라 눈을 돌리자, 마침 체육관 반대편에서 특진반 여자들이 배구 연습 경기를 시작하려 하고 있었다.

호미나토 학교 지정 체육복을 입은 에나는 긴 검은 머리를 하나로 묶고 있었다.

평소에는 가려지기 쉬운 가느다란 목덜미나 뒷덜미가 보여 왠지 심장이 두근거렸다.

역시 에나는 귀엽다. 체육복 차림, 좀 더 가까이서 보고 싶은데.

"어, 미즈시마도 같이 있네? 허어, 저 두 사람 사이좋았구나."

히구치의 말에 고개를 들자 확실히 에나의 옆에는 미즈시마의 모습이 있었다. 아무래도 같은 팀인 모양인지 다른 멤버들과 어울려 화기애애한 얼굴로 대화를 이어간다.

미즈시마 역시 학교 지정 체육복을 입고 있었다. 하지만 여자 중에서도 유달리 큰 키나 몸매가 어우러진 탓인지 마치 저 녀석만 다른 옷을 입고 있는 게 아닌가 싶을 정도로 눈에 띄었다.

체육관에서 훈련하던 남학생들은 물론이고 여학생들의 시선까지 그녀에게 쏠려버렸다.

하루 이틀 일은 아니지만, 역시 미즈시마의 인기는 학교 내에서도 상당한 것 같았다.

만약 임시라고는 하지만 내가 그 녀석과 '연인'이라는 사실을 모두가 알게 된다면…….

안 돼. 반짝반짝했던 남녀들이 무시무시한 남녀가 되어 나에게 달려들 미래밖에 보이지 않았다.

"그러고 보니 사토모리도 미즈시마도 특진반이었나. 저

렇게 나란히 있으니까 청초하고 가련한 공주님과 듬직한 남
장 여자 같은 느낌이라 한 폭의 그림 같네.”

“……아아, 그러게.”

히구치의 말에 적당히 맞장구를 치면서, 나는 대화하는
두 사람의 모습을 멍하니 바라보았다.

※

“그럼 이거 체육 창고까지 좀 부탁할게, 사쿠하라. 문은
나중에 잠글 테니까 그대로 놔두고.”

“……넵.”

4교시 합동체육이 끝나고 학생들도 거의 체육관에서 사
라졌을 무렵.

어지간히 한가해 보였는지, 나는 다른 애들이 채 정리하
지 못한 몇 개의 배구공을 체육 창고에 넣고 오라는 선생님
의 지시를 받고 말았다.

이런 귀찮은 일을 시키다니. 빨리 옷 갈아입고 식당으로
직행하고 싶은데.

“으음, 배구 바구니는…… 저건가?”

체육관 안에 있는 실내 창고에 발을 들인 나는 어둑어둑
한 창고 안쪽으로 나아갔다.

얼마 지나지 않아 잡다하게 놓인 비품 안에서 목적했던
바구니가 눈에 들어왔다.

팔에 안고 있던 공을 집어넣고 두 손을 탁탁 두드렸다.

"이거면 됐겠지. 자, 빨리 돌아가서 점심 먹자."

"과연, 그럴 수 있을까?"

갑자기 등 뒤에서 들려온 그 목소리에 나도 모르게 어깨를 흠칫 떨었다.

조심스럽게 뒤를 돌아보자, 어느 틈에 찾아온 것인지 체육복 차림을 한 미즈시마가 창고 입구를 가로막듯이 서 있었다.

"으음……."

"아아, 괜찮아. 모르는 척 안 해도 돼. 체육관 안에 이제 다른 학생은 없으니까."

주위를 경계하는 내 모습에 미즈시마가 먼저 나서서 그렇게 말했다.

확실히 체육관에 다른 사람의 기척은 없는 것 같았다.

나는 몸의 긴장을 풀고 한숨을 내쉬며 물었다.

"무슨 일이야. 학교 안에서는 되도록이면 접촉하지 않는 거 아니었어?"

"아하하. 뭐, 그렇긴 한데."

주눅 든 기색도 없이 그렇게 중얼거린 미즈시마가 창고 안으로 한 발짝 들어섰다.

"그게 말이지, 요 며칠 동안 소타랑은 매일 방과 후에 데이트를 했잖아?"

"……어디까지나 '승부'의 일환, 이지만 말야."

확실히 요 며칠 우리는 방과 후가 되면 함께 밖으로 나가고 있었다.

수업이 끝나고 집에 가려고만 하면 매번 이 녀석이 매복하고 있었고, 그대로 데이트 비슷한 것에 돌입하는 것이 평소 루틴이었다.

SNS에서 인기 있는 팬케이크 가게에 가거나, 상가에서 아이쇼핑을 하거나, 뭐 그런 식으로 이곳저곳 끌려다녔다.

그리고 당연히 그렇게 길을 걷다 보면 같은 학교의 녀석들과 마주치는 일도 몇 번이나 생긴다. 그럴 때마다 그늘에 숨거나 모르는 척을 하며 지나치곤 했는데, 미즈시마는 그것조차 즐기는 구석이 있었다.

'이건 이거대로 스릴 있어서 재미있는 것 같아'라며 태평한 소릴 하는 것이다.

어쩐지 나만 긴장하는 것 같아서 스스로가 바보 같았다.

"하지만 학교에서는 소타랑 아예 같이 있을 수가 없잖아? 우리들 사이를 에나나 학교의 다른 아이들에게 알릴 수는 없으니까 어쩔 수 없지만…… 너무 참아서 **좀 쌓였어.**"

미즈시마는 마치 입맛을 다시는 것처럼 자신의 입술을 혀로 쓸었다.

"그러니까…… 좀 발산을 해 볼까 하고."

말이 끝나기가 무섭게 미즈시마는 손을 뒤로 돌려 체육 창고의 철문을 철컥 닫아버렸다.

체육관에서 흘러든 불빛이 차단되며, 창고 안의 빛이라고는 벽 상부에 난 작은 창문에서 들어오는 희미한 햇빛밖에 남지 않게 되었다. 완전히 캄캄한 것은 아니지만 시야는 좀 답답했다.

"야, 야! 너 뭐 하는……."

"쉿. 조용히 해, 소타."

내 말을 막아선 미즈시마가 목소리의 볼륨을 줄였다.

미즈시마를 따라 나도 반사적으로 숨을 참은 그때, 더욱 말도 안 되는 일이 일어났다.

철컹철컹, 철컹.

"……허?"

미즈시마의 등 뒤에서, 체육 창고 문의 자물쇠가 잠기는 소리가 들려온 것이다.

이중적인 의미로 아차 싶었던 순간에는, 이미 늦었다.

어이없게도, 학교의 체육 창고에 갇힌다는 만화 같은 상황이 벌어지고 말았다.

게다가 미즈시마와 단둘뿐인 지옥 같은 상황에서.

"저기요오오오오오?! 무슨 짓을 한 거야, 너!"

목소리를 최대한 억누르면서 나는 미즈시마를 추궁했다.

"난 아무 짓도 안 했는데? 내가 문을 잠근 것도 아닌데, 그런 소릴 들어도 곤란해."

"거짓말! 무조건 노린 거잖아!"

이 녀석 성격상 아까 내가 선생님한테 부탁받는 모습을 어딘가에서 몰래 보고 있었겠지.

그러니 창고 안에서 나를 붙잡아둔 상태에서, 선생님이 열쇠를 닫으러 올 타이밍을 가늠해 문을 닫은 것이 틀림없다. 모든 것은 이 상황을 만들어내기 위해서.

"후후후…… 단둘, 뿐이네?"

자신도 갇혔으면서 진심으로 즐겁다는 표정을 지은 미즈시마가 조용히 나를 올려다보았다.

"농담이 아니라고. 이런 장소에서 너 같은 놈이랑 같이 있을 수 있겠냐! 난 교실로 돌아갈 거야."

"그거, 추리물이었다면 사망 플래그 대사인데?"

"시끄러워! 저, 잠시만요! 아직 안에 사람이——."

아직 그렇게 멀리 가지는 않았을 것이다. 내가 자물쇠를 잠근 사람을 향해 소리치려고 하는데.

"잠깐만."

"뭐야, 왜 말리는데? 너도 여기서 나가지 못하면 곤란하잖아?"

"도움을 요청하는 건 상관없어. 하지만 지금 이 상황을 어떻게 설명하려고?"

"윽? 그, 그건……."

성적 우수에 문무 양도, 학업과 모델업을 양립하고 있는 완벽 초인 미즈시마 시즈노.

학교의 모든 이들의 우상인 카리스마 여고생인 그녀가, 남학생과 단둘이 어두컴컴한 체육 창고에 있었다…… 그런 소문이 나면 어떻게 될까.

당연히 학교의 아이돌 주위에 드리운 '남자의 존재'에 한 바탕 큰 소동이 벌어질 것이다.

그뿐이라면 그나마 낫다. 이 상황을 보고 '미즈시마 시즈노의 약점을 잡은 쓰레기 같은 놈이 강제로 그녀를 체육 창고에 가둬두고 난폭한 짓을 하려고 했다'라고 생각하는 녀석이 나올지도 모른다.

그렇게 되면 그다음에 시작되는 것은 호미나토 학생 전원이 나선 '쓰레기' 적출이다.

결국 발각되어 잡혀버린다면 최후에는 그 불쌍한 '쓰레기 놈'은 교정에 있는 아무 은행나무에 내걸리는 신세가 되겠지. 어떻게 생각해도 절망뿐이다.

미즈시마 녀석, 거기까지 계산에 넣어둔 건가?

"말했잖아? 수단을 고를 여유 같은 건 없다고."

"오, 오지 마. 그 이상 나한테 다가오지 마!"

"아하하, 그 표정은 뭐야? 나 지금 공포영화에 나오는 귀신 된 건가?"

문을 등진 채 슬금슬금 다가오는 미즈시마.

좁은 체육 창고 안에 도망갈 장소는 거의 없었고, 기껏해야 미즈시마와 내 사이에 놓인 배구공 바구니를 바리케이드 삼아 쓰는 것 말고는 할 수 있는 게 없었다.

"그렇게 겁먹지 마. 나도 갑자기 덮치거나 할 생각은 없어."

"하! 말은 잘하네. 내가 그걸 믿을 거라 생각해?"

그보다 그 말은 덮칠 생각 자체는 있다는 말 아닌가? 그런 거야?

"진짜야, 진짜. 지금은 소타랑 그저 작은 '게임'을 하고 싶을 뿐이야."

"게, 게임?"

내가 고개를 갸우뚱하는데, 미즈시마가 또 한 번 경악스러운 행동을 벌였다.

"그건 그렇고 여기 좀 덥지 않아? 체육복 벗어야겠다."

"뭣?!"

대체 무슨 생각인지, 느닷없이 체육복 바지에 손을 가져간 것이다.

경악으로 눈을 휘둥그레 뜬 나는, 다음 순간 허둥지둥 바구니 뒤에 쭈그리고 앉았다.

"뭐 하는 거야?! 진짜로 뭐 하는 건데?!"

"어? 아니, 더운 게 불편해서 좀 벗으려고."

"이 상황에서 잘도 그런 소리가 나오는구나! 너한테는 수치심이라는 게 조금도 없는 거야?!"

"난 딱히 소타에게 보여도 하나도 부끄럽지 않은데?"

아무렇지도 않은 투로 그렇게 대답하는 동안에도 바구니의 저편에서는 미즈시마가 체육복 지퍼를 내리는 소리가 들려왔다.

뭐야, 뭐냐고, 이 상황은? 가뜩이나 밀실에 갇힌 위기 상황인데, 심지어 같은 공간에 있는 녀석은 나를 노리는 노출광이라니! 악몽? 악몽인가?

"좋아, 탈의 완료. 이제 이쪽 봐도 돼, 소타."

"될 리가 없잖아! 누구 좋자고 네 속옷 차림 따위를 봐야 하는데?"

"속옷 차림이라니……. 소타는 날 뭐라고 생각하는 거야?"

"아직 체포되지 않은 변태녀."

"너무하네. 속옷 차림 아니고, 제대로 옷 입었어."

"아니, 아니, 대체 왜 그렇게 쉽게 들킬 거짓말을……."

"거짓말 아니라니까. 체육복 밑에 하나 더 입고 있었어. 자, 봐봐."

갑자기는 믿기 어려웠지만…… 그렇다고 해서 이대로 있어봤자 아무런 진전이 없다는 것도 사실이었다.

여기서 계속 쭈그려 앉아 있어봤자 창고를 탈출할 방법을 찾는 것은 불가능하다.

미즈시마의 저 여유로운 태도를 봤을 때, 녀석은 분명 뭔가 탈출할 방법을 준비해 뒀을 것이다. 어쩌면 아까 말했던 '게임'이니 뭐니 하는 것도 그와 관련되어 있을지도 모른다.

……에라, 모르겠다!

잠시 망설인 끝에 나는 조심스럽게 바구니 뒤에서 얼굴을 내밀었다.

"허? 너, 너 그거……?"

"짜잔~. 실은 체육복 아래에 호미나토 치어리더부 유니폼을 입고 있었답니다~."

미즈시마의 말대로, 그녀가 몸에 걸치고 있는 것은 호미

golden dolphins

나토 학교의 치어리더 팀 '골든 돌핀스'의 유니폼이었다.

전체적으로 파란색과 노란색의 투톤 컬러를 바탕으로 한 민소매 상의에 플리츠 타입의 미니스커트. 그리고 양손에는 하늘거리는 테이프를 묶은 금색의 폼폼. 흔히 '치어리더 의상'이라 불리는 전형적인 스타일이었다.

다만 그런 옷도 고등학생답지 않은 글래머러스한 몸매를 가진 미즈시마가 입으니 파괴력이 몇 배로 뛰어올랐다. 다리 면적은 평소 교복을 입고 있을 때보다 훨씬 더 많이 드러나 있었고, 상의는 미즈시마의 지나치게 큰 가슴으로 인해 옷자락과 몸 사이의 공간이 크게 벌어져 있었다.

솔직히 속옷 차림만큼이나 눈 둘 곳을 찾기 어려운 차림이었다.

"아까 치어리더부의 아는 애한테 빌렸어. 시원하고 움직이기도 편해서 좋네, 이거. 모델을 하지 않았다면 치어리더부에 들어가는 것도 나쁘지 않았을 것 같아."

자신의 치어리더 의상을 다시 한번 훑어보며 미즈시마가 폼폼을 탈탈 흔들었다.

확실히 이 녀석이라면 치어리더 세계에서도 충분히 톱을 노릴 수 있을 것이다. 다만 이런 모습의 미즈시마에게 응원받는 녀석들은 연습이나 시합에 전혀 집중할 수 없을 것 같지만…….

뭐, 그런 것은 아무래도 상관없다.

"여러 가지 하고 싶은 말은 많은데…… 왜 하필 치어리더 의상이야?"

"그야 물론 앞으로 할 '게임'과 관련되어 있기 때문이지."

"그래, 그거. 그 '게임'인지 뭔지에 대해 설명해 줘."

"알았어. 하지만 규칙은 아주 간단해."

미즈시마는 발 아래 접어둔 체육복 주머니에서 스마트폰을 꺼내 타이머 화면을 보여주었다. 타이머는 5분으로 설정되어 있었다.

"소타는 지금부터 5분 이내에 이 체육 창고에서 탈출할 방법을 찾아. 5분 안에 찾아내면 게임 클리어야."

"……만약 5분 안에 탈출하지 못한다면?"

"내가 소타를 덮칠 거야."

"어둠의 게임이냐?!"

갑자기 덮칠 생각이 없다, 라는 말은 결국 그런 의미였던 거냐고!

하지만 역시 그랬다. 언뜻 밀실로 보이는 이 공간 속에 미즈시마는 탈출할 수 있는 방법을 준비해 두었다는 뜻이었다. 그것이 어떤 방법인지 지금 시점에서는 짐작조차 가지 않지만.

"자, 어떻게 할래? 이 게임, 도전해 볼래? 뭐, 나로서는 이대로 계속 여기에 단둘이 갇혀 있어도 전혀 상관없지만."

"농담하지 마. 한다, 그 게임. 무조건 살아서 여기서 나가겠어!"

"아니, 딱히 클리어 못 한다고 죽는 건 아니야."

미즈시마는 쓴웃음을 지었지만, 나에게 있어서는 그 정도의 위기 상황이었다.

"참고로 탈출 방법이라는 건 물론 5분 이내에 가능한 방법인 거겠지?"

"물론이지. 알아내기만 하면 쉬워."

"그럼 됐어. 얼른 시작하자. 이제 곧 점심시간이야."

"알겠어. 그럼…… 게임 스타트."

구호와 함께 미즈시마가 타이머를 시작했다.

하지만 무식하게 창고 안을 돌아다녀봤자 금방 타임오버가 될 것이다.

일단은 최대한 가능성을 좁혀 나가는 것이 우선이었다.

나는 창고 중앙에 서서 가볍게 실내를 둘러보았다.

일단 정면의 문. 출입구로 보이는 장소는 이곳뿐이지만 잠겨 있으니 당연히 제외다.

다음으로 창문. 정면 문 반대편 벽 상부에 밖으로 이어진 작은 창문이 있었다. 발판을 만들면 어떻게든 닿을 수 있고 사람 한 명 정도는 통과할 수 있는 크기였지만 철창이 박혀 있어 탈출은 불가능하다.

그렇게 되면 나머지는 벽이나 마루나 천장만 남는데, 유감스럽게도 모두 탈출구로 보이는 것은 없다.

으음…… 이렇게 다시 봐도 여전히 밀실로만 보이는데.

"렛츠고, 소타♪ 힘내라, 소타♪ L, O, V, E, 소, 타♪"

"시끄러워! 집중이 안 되잖아!"

남이 진지하게 고민하고 있는데, 옆에서 미즈시마가 폼폼을 흔들며 춤을 추기 시작했다.

빌어먹을. 방해 공작까지 펼치다니 비겁하다, 미즈시마!

"그보다 결국 그 치어리더 의상은 뭐야? 게임하고 무슨 상관인데?"

"응? 그야 당연히 열심히 노력하는 소타를 응원하기 위해서 입은 거지."

"아니, 그런 '당연하지?'라는 얼굴을 해도 안 넘어가."

애초에 자기 손으로 궁지에 몰아넣었으면서 무슨 응원이냐고.

"봐봐, 이러고 있는 사이에 이제 3분밖에 안 남았어! 빨리 탈출 방법을 찾아야지."

"아, 알고 있어! 지금 당장 찾아낼 거니까 잘 보고 있으라고!"

하지만 아무리 의지를 불태운다 한들 탈출구가 저절로 생겨날 리가 만무했다.

그 후에도 단서의 'ㄷ'자도 찾지 못한 채 시간은 째깍째깍 흘러갔다.

"⋯⋯3, 2, 1, 0. 아쉽네, 탈출은 실패야."

"젠장⋯⋯."

"후후. 그럼 약속대로⋯⋯ 소타를, 덮친다?"

맥없이 게임 오버하고 만 나에게 치어리더 의상을 입은 미즈시마가 서서히 다가온, 그때였다.

──똑, 똑.

"……시즈노 씨? 거기 있나요?"

문 밖에서 들려온 그 목소리에 나와 미즈시마는 동시에 눈을 동그랗게 떴다.

'이 목소리는…… 에나?! 왜 이런 곳에 있는 거지?!'

이대로는…… 위험해!

나와 미즈시마의 관계에 대해 그 누구보다 들켜서는 안 되는 사람. 그것은 물론 에나였다.

그런 에나가 만약 이 상황을 보게 된다면? 생각할 필요도 없이 그 순간 끝장이다.

다른 학생이라고 해도 엄청난 위기인데 하필이면 에나가 찾아오다니!

"야, 야, 미즈시마. 설마 이것도 네가 벌인 짓은 아니겠지……?"

"그럴 리가 없잖아. 나도 깜짝 놀랐어."

드물게 당황한 표정을 짓는 미즈시마. 뒤늦게 사태의 심각성을 느낀 나는 식은땀을 흘렸다.

여러 비품이 있다고는 해도 좁은 창고 안이다. 사람 둘이 숨을 수 있을 만한 장소는 거의 없었다.

만약 에나가 체육 창고 열쇠를 가지고 있고 그것을 이용해 안으로 들어와 버리면 상황을 모면하기란 거의 불가능에 가까웠다.

망했다, 망했다, 망했어! 이거 완전히 사망 루트 아니야?!

“소타, 저기야.”

내가 이도저도 못하고 패닉에 빠져있는 사이, 체육복으로 빠르게 갈아입은 미즈시마가 나를 불렀다.

그러더니 창고 안쪽 구석에 놓여 있던 8단 정도의 뜀틀을 가리켰다.

미즈시마가 무슨 말을 하는지 짐작한 나는 뜀틀 상자를 두세 단 들어 옆으로 치웠다.

“소타, 서둘러.”

“으, 응!”

“그리고 이것도 좀 부탁해.”

뜀틀 안에 들어간 나에게 치어리더 폼폼을 던져준 미즈시마가 어긋난 단을 원래대로 되돌렸다.

그와 거의 동시에 철컹, 하고 창고의 철문이 열렸다.

뜀틀 틈새로 밖을 들여다보자, 들어온 것은 아니나 다를까 체육복 차림을 한 에나였다.

그러나 그 손에는 창고 열쇠 같은 것은 들려져 있지 않았다.

어떻게 된 거지? 미즈시마의 책략으로 문은 이미 잠겨버렸는데.

“어? 에나구나. 무슨 일이야, 이런 곳에.”

“아, 시즈노 씨. 역시 여기 있었군요.”

“선생님이 정리를 좀 부탁하셔서. 혹시 찾으러 와준 거야?”

“아, 네. 아직 교실에 돌아오지 않은 것 같아서요.”

"아하하, 걱정시켰네. 미리 한마디라도 해 줬어야 했는데 미안, 미안."

조금 전까지 '게임'이니 '습격'이니 하며 황당한 소리를 한 사람이 맞나 싶을 정도로, 미즈시마는 아무 일도 없었던 사람처럼 평온한 얼굴을 하고 있었다.

이 빠른 태도 변화. 저 연기력에 관해서는 감탄밖에 나오지 않았다.

"그렇다면 저도 뭔가 도와드릴……."

"괜찮아, 괜찮아. 곧 돌아갈 거니까. 에나는 탈의실에서 먼저 옷 갈아입고 있어."

"그, 그럴까요?"

"응응. 나도 바로 따라갈게. 그 후에 같이 식당 가자."

"……알겠습니다. 그럼 먼저 돌아가 있을게요."

미즈시마의 재촉에 에나는 나를 발견하지 못한 채 발길을 돌렸다.

어떻게 되나 조마조마했는데, 아무래도 무사히 넘긴 모양이다.

"……?"

"에나? 왜 그래?"

하지만 창고를 떠나려던 에나가 갑자기 그 자리에서 멈춰 섰다.

그러더니 다음 순간, 왠지 모르게 킁킁거리며 코로 냄새를 맡는다.

"아뇨, 그…… 지금, 딱 한순간이지만 아주 익숙한 냄새가 난 것 같아서……."

"어어?"

그 순간 당황한 미즈시마가 목소리를 높였다.

뜀틀 안에 있던 나 역시 두근, 심장이 뛰었다.

"어, 냄새라니? 무슨 냄새?"

"저기. 그…… 소타, 같은……."

내 심장이 멋진 2단 점프를 선보였다.

내 냄새? 내 냄새라는 게 뭐야? 어떻게 그런 걸 아는 거야, 에나?!

그보다 나 그렇게 냄새가 났었나?! 그건 뭔가 좀…… 충격이다.

"……아뇨, 죄송해요. 분명 기분 탓이겠죠."

하지만 결국은 자신의 착각이라고 생각한 모양이다.

절레절레 고개를 흔든 그녀는 이번에야말로 체육 창고를 떠났다.

"……갔나? 이제 나와도 돼, 소타."

완전히 에나가 떠난 타이밍에 목소리가 들려왔고, 나는 슬금슬금 뜀틀에서 기어 나왔다.

"와, 제대로 식겁했네. 의외로 코가 좋구나, 에나."

후우, 하고 숨을 내쉰 미즈시마가 체육복 너머로 풍만한 가슴을 쓸어내렸다.

그러더니 내가 들고 있던 폼폼을 도로 회수하여 성큼성큼 창고 입구를 향해 걸어갔다.

"아쉽지만 게임은 여기까지네. 지금은 어떻게든 넘겼지만 곧바로 돌아가지 않으면 의심을 살 테니까. 그래도 즐거웠어. 다음에 또 하자, 소타."

그렇게 말하며 종종걸음으로 서둘러 떠나려 하는 미즈시마의 모습에, 나는 "기다려"라고 말하며 불러 세웠다.

"……왜 문이 열려 있었던 거야? 너 뭔가 숨기고 있었지?"

그 밖에도 여러 할 말은 많았지만, 나는 일단 가장 이해할 수 없는 것에 대해 추궁했다.

그에 대한 미즈시마의 대답에, 나는 말 그대로 경악할 수밖에 없었다.

"아, 그거 말이지. 사실 자물쇠 같은 건 처음부터 걸려 있지 않았어."

"뭐? 아니, 잠깐만. 그럴 수가 없는데. 왜냐하면 아까 밖에서 잠그는 소리가…….'

"그거, 내가 등에 숨긴 핸드폰에서 나온 소리야."

"……뭐라고?"

무심코 얼빠진 얼굴을 하는 내 눈앞에서, 미즈시마가 스마트폰을 내밀며 보여주었다.

곧이어 스마트폰에서 흘러나온 소리는, 조금 전 내가 들었던 것과 똑같은 잠금 소리였다.

'아아, 그래……. 처음부터 손바닥 위에서 놀아났다는 건가.'

또다시 미즈시마에게 당했다는 분통함에 나는 그저 이를 악물 수밖에 없었다.

"자, 소타도 빨리 돌아가는 게 좋을걸? 이번에야말로 정말 선생님이 문을 닫으러 오실 테니까 말이지."

안녕, 하고 작별 인사를 남긴 미즈시마는 빠른 걸음으로 체육관을 빠져나가 버렸다.

결심했다. 이제 완전히 결심했다. 저 녀석이 하는 말은 이제 아무것도 믿지 않을 거다!

"하지만 뭐, 일단은 에나한테 들키지 않아서 다행이야…… 어?"

다시 한번 이마의 땀을 닦고 있는데, 그 순간 문득 위화감이 들었다.

그러고 보니 아까 에나는 왜 미즈시마를 '시즈노 씨'라고 부른 걸까?

에나는 분명 지금까지 미즈시마를 이름으로만 불렀던 것 같은데…….

"으음…… 뭐, 상관없나?"

어쩌면 단둘이 있을 때는 그런 식으로 부르고 있는지도 모르지.

애초에 에나가 연인인 미즈시마를 어떻게 부르든 그건 그녀의 자유다. 내가 일일이 신경 쓰는 건 과한 참견이다.

"……식당, 이제 엄청 붐비겠네."

미즈시마의 장난에 놀아난 탓에 이미 점심시간이 시작되

고 말았다.

　부디 빈자리가 있기를 빌면서 나도 터벅터벅 교실로 돌아
갔다.

제7장 두 가지 작전

나는 한 가지 작전을 생각해냈다.

무엇을 위한 작전이냐고? 그것은 당연히 미즈시마와의 방과 후 데이트를 회피하기 위한 작전이다.

어제는 체육 합동 수업 후에 '게임'인지 뭔지에 강제로 참여했고, 방과 후에도 아니나 다를까 매복하고 있던 미즈시마에게 그대로 연행되고 말았다.

아무리 '승부'를 위해서라지만 이런 일이 연일 계속되면 몸이 견디지 못한다.

수업이 끝나면 바로 귀가해 영화나 애니메이션이나 게임을 즐긴다. 가끔은 그런 평화로운 방과 후를 보내도 괜찮지 않을까.

하지만 그냥 단순히 '싫으니까', '귀찮으니까'라는 이유로 거절하게 되면 미즈시마와의 '승부'에서 꼬리를 말고 도망치는 것이 되어버린다.

이 한 달, 미즈시마의 공세를 도망치지 않고 받아낸 다음 다시 한번 녀석의 고백에 단호한 '노'를 외치는 것이 내 '승리 조건'이니까.

그래서 미즈시마와의 방과 후 데이트를 회피하면서 동시에 도망친 것은 아니라는 대의명분을 세울 수 있는 계책을 떠올렸다.

뭐, '작전'이니 '계책'이니 호들갑스럽게 말하고 있긴 하지만, 하는 일 자체는 간단하다.

즉, 방과 후에 미리 다른 일정을 넣어두면 그만이다.

이렇게 하면 비록 미즈시마에게 어떤 불평을 듣더라도 '어울려주고 싶은 마음은 굴뚝같지만'이라는 식으로 아주 자연스럽게 녀석의 권유를 거절할 수 있었다.

"이럴 때는 도서위원인 게 참 다행이야."

그렇다. 마침 오늘은 방과 후에 도서위원 일이 있는 날이었다. 아무리 미즈시마라고 해도 위원회를 통째로 빼먹고 데이트를 우선하라는 말을 하지는 않겠지.

다만 도서 위원 업무는 1시간 정도였으니 그것만으로는 명분이 약했다. 그 정도의 시간이라면 미즈시마는 분명 어딘가에서 시간을 보내면서 나를 기다릴 테니까.

그러니까 거기에 더해 하나 더, 내가 갖고 있는 **카드**를 쓸 생각이었다.

"후후후. 두고 봐라, 미즈시마. 오늘은 네 뜻대로 되지 않을 테니까."

그리고 나는 미즈시마의 공세를 막을 만반의 준비를 갖추며 하루를 보냈다.

다가운 목요일 방과 후. 우선은 예정대로 도서실로 향했다.

"……물론 이쪽은 이쪽대로 마음이 무겁지만."

한숨이 절로 새어 나오는 상황에 나는 우울한 기분을 떨쳐내듯 머리를 저었다.

당연하지만 에나와 함께 일을 해야 한다는 것은 꽤 어색했다.

그럼에도 나는 이미 지금의 솔직한 심정을 그녀에게 전했다.

그것을 어떻게 받아들일지는 이제 에나의 자유다. 미련하고 불쾌하게 여긴다 해도, 애초에 신경조차 쓰지 않았다고 해도 그것으로도 상관없다.

그러니 이제 와서 이런저런 생각을 해도 어쩔 수 없다.

아직 에나를 좋아하는 마음에는 변함이 없지만, 이제부터는 어디까지나 같은 위원회에 소속된 학생으로서 그녀를 대할 것이다.

"좋아, 간다."

약간의 쓸쓸함으로 촉촉해진 눈가를 쓱쓱 문질러 닦은 나는, 애써 평정을 가장하며 도서실로 들어갔다.

"안녕."

"아아, 사쿠하라. 어서 와."

"어…… 아, 안녕하세요. 나카야마 선생님."

접수대에서 나를 맞이해 준 사람은 사서 교사인 나카야마 선생님이었다.

언제나 위원회 학생에게 접수 업무를 맡기고 접수대 뒤 사무실에서 작업을 하고 있는 경우가 많아 분명 오늘도 그럴 것이라 생각했는데.

"음, 오늘은 선생님이 접수대에 계시는 건가요?"

"응, 맞아. 여긴 내가 담당할 테니까 사쿠하라 넌 뒤에서 라벨 붙이기 같은 작업을 좀 해 줄 수 있을까? 사토모리도 먼저 와서 이미 하고 있어."

"그렇군요. 알겠습니다."

그렇다는 모양이다.

뭔가 처음 시작부터 기세가 꺾인 기분이었지만, 나는 다시 마음을 가다듬고 사무실로 발길을 돌렸다.

접수대 뒤에 있는 관계자용 문을 열자 교실 반 정도 넓이의 공간이 드러났다.

그 안쪽에 있는 4인용 긴 테이블에는 이미 한창 작업을 하고 있는 에나가 있었다.

"아, 안녕."

"어서 오세요. 사쿠하라 군."

내가 말을 걸자 에나도 잠시 작업하던 손길을 멈추고 인사를 돌려주었다.

기분 탓인지는 몰라도, 대답하는 데 걸리는 시간이 지난번보다 짧아진 것 같았다.

"그나저나…… 오늘은 사무실에서 하는 작업이네."

"네. 새 책이 몇 권 들어와서요. 책 광고 포스터 제작이랑 라벨 붙이기 같은 걸 부탁받았어요."

어디까지나 사무적인 어투이기는 했지만, 오늘의 에나는 생각 외로 '평범'했다.

지난번과 마찬가지로 조금 어색한 분위기가 될 거라 생각하고 각오하고 있었는데, 조금 맥이 빠졌다.

어쩌면 에나 쪽도 이제는 나를 '단순한 같은 위원회 학생'으로 보고 있는 것일지도 모른다.

좀 쓸쓸하긴 하지만…… 응, 그래. 더는 연인 사이가 아니니까 이걸로 된 거겠지.

"알았어. 그럼 난 라벨을 붙일게. 포스터는 사토모리가 만드는 편이 더 예쁘게 완성될 것 같으니까."

"……알겠습니다. 그럼 그쪽은 부탁드릴게요."

아, 어라? 기분 탓인가? 에나의 얼굴이 잠깐 험악해진 것 같은데…….

혹시 포스터 제작을 하는 게 싫은 건가?

하긴, 작업 내용 자체를 보면 그쪽이 더 힘들 것이다. 하지만 난 글씨도 예쁘지 않고, 그림 실력도 영 꽝이라 제대로 된 걸 만들 자신은 없는데.

"미, 미안해. 라벨 붙이기가 더 나았으려나? 그럼 내가 포스터를 만들게."

분담에 불만이 있었나 싶어 황급히 다시 그렇게 제안했다.

하지만 에나는 어느새 차분한 얼굴로 돌아와서는 곧바로 준비 작업에 들어갔다.

"아뇨, 괜찮아요. 이쪽은 제가 맡을게요."

"그, 그래?"

음, 역시 기분 탓이었나?

고개를 갸우뚱했지만, 그 이상은 고민해 봤자 어쩔 수 없었기에 나도 서둘러 테이블에 앉았다.

그리고 도화지 위에서 슥슥 마커를 움직이는 에나의 맞은편에 앉아 바로 작업을 시작했다.

'……음?'

거기서 문득, 나는 에나의 모습에 지난번과 다른 부분이 있다는 사실을 깨달았다.

옆에서 봤을 때는 긴 머리에 가려져 있어서 알아차리지 못했는데, 오늘의 에나는 목에 초커를 차고 있었다.

아니, 저건 초커가 아니라…… 그래, 목줄이다. 목줄을 차고 있었다.

빨간색과 검은색으로 이루어진 체크무늬 디자인. 입고 벗기 쉬운 버클식 고정장치. 어디에나 있다고 하면 어디에나 있을 법한, 평범한 목줄이다.

'하지만 저 목줄…… **닮았어.**'

그랬다. 내가 에나와의 '3개월 기념일' 때 그녀에게 선물한 것도 딱 저런 느낌의 목줄이었다.

원래는 에나의 애견용으로 생각하고 선물한 것이었는데, 결국은 에나가 스스로 착용하게 된 물건.

나에게 있어서는, 에나가 준 팔찌만큼 추억이 깊은 물건. 말하자면 우리가 연인이었다는 증거나 다름없는 물건이었다.

그렇다면 에나는 왜 그걸 굳이 오늘 착용하고 온 걸까? 우리들은 이제 연인도 뭣도 아니고, 그렇긴커녕 에나에게는 미즈시마라는 새로운 연인이 생겼는데.

그래도 여전히 전 남친이 준 선물을 착용하고 온 것의 의미.

그건 혹시…… 역시 에나도 아직 날……?

'앗! 아니아니, 그건 아니지. 절대로 아닐 거야.'

불현듯 머리에 떠오른 사념을 황급히 떨쳐냈다.

도대체 무슨 착각을 하는 거야, 난. 우리들의 관계는 그날, 미즈시마가 에나를 빼앗아 간 그날 이미 다 끝났다고.

에나도 그렇게 말하지 않았나. 이제 자신에 대한 건 잊어 달라고.

'아직'이라는 가정 따위는 절대 있을 리가 없다. 그러니까 그 목걸이도 분명 우연히 디자인이 비슷할 뿐 다른 물건일 것이다. 설령 내가 준 것이라 하더라도 오늘 이렇게 착용하고 온 이유는 단순한 변덕에 지나지 않을 것이다.

'쓸데없는 망상 좀 그만하자.'

다시 정신을 차린 난 라벨 붙이기 작업을 재개했다.

더 이상 쓸데없는 생각을 하지 않기 위해, 라벨을 책등에 최대한 깨끗하게 붙이는 작업에만 온 의식을 집중했다.

장인이다. 나는 지금부터 이 길밖에 모르는 10년지기 라벨 붙이기 장인이 되는 것이다.

"……크흠."

내가 작업을 시작했을 때, 에나가 작게 헛기침을 했다.

그것에 개의치 않고 나는 계속 라벨 붙이기를 이어갔다.

"……? ……흠, 크흠."

에나의 입에서 이번에는 조금 큰 헛기침이 들려왔다.

무심코 고개를 들어 '괜찮아?'라고 물어볼 뻔했지만, 꾹 눌러 참았다. 나 같은 녀석에게 걱정을 받는다 해도 에나는 별로 기쁘지 않을 것이다. 지금은 모든 신경을 손에 들고 있는 라벨에만 집중하자.

"……."

하지만 그렇게 5분 정도 묵묵히 작업을 진행하고 있을 때.

덜컹. 달그락달그락. 투욱.

"허?"

맞은편에서 포스터를 만들고 있던 에나가, 작업 도구 한 세트를 가지고 내 왼쪽 옆자리로 이동해 왔다.

여기까지 오니 더는 무시할 수도 없어서 나는 무심코 작업하던 손길을 멈췄다.

뭐, 뭐야? 왜 갑자기 내 옆자리에 앉는 거야, 에나?

"……죄송해요. 저쪽 자리에서는 석양이 조금 눈부셔서."

내가 뭘 묻기도 전에 에나가 그런 설명을 덧붙였다.

확실히 사무실 창문에서는 약간 오렌지빛이 도는 햇빛이 들고 있었지만…… 지금까지는 특히 눈이 부시지는 않았던 것 같은데……?

의아하게 생각하면서도 그 이상은 나도 파고들지 않기로 했다.

"그, 그래? 그럼 내가 저쪽에서 작업할게."

"네……?"

"난 눈이 좀 부셔도 괜찮거든. 사토모리의 작업공간이 좁아지면 미안하잖아."

그리고 나 같은 사람이 옆에 있으면 불편할 거고.

그렇게 생각한 나는 에나와 교대하기 위해 자리를 뜨려고 했다.

"아니요, 괜찮아요. 이대로도 작업에 지장은 없으니까요."

"어? 아니, 하지만……."

"굳이 이동하게 만드는 것도 미안하니까 이대로도 괜찮아요. ……이대로도."

"그, 그래?"

뭐, 에나가 이대로도 괜찮다면 나도 굳이 거기에 저항할 이유는 없지.

"……그럼 작업을 다시 시작할까요?"

"으, 응."

솔직히 더는 라벨 붙이기를 할 상황이 아니었다.

당연하다. 이미 끝난 사랑이라고는 해도 바로 옆에 좋아하는 여자가 앉아 있는 것이다. 이 상황에서 무심하게 일을 해낼 수 있는 남자 고등학생이 과연 세상 어디에 있을까.

아무리 의식하지 않으려고 해도 자꾸만 시선이 옆을 향하고 말았다.

'에나…… 역시 옆모습도 귀엽네.'

그런 식으로 내가 힐끔힐끔 곁눈질하고 있는 것을 아는지 모르는지, 에나는 오른손으로 자꾸만 머리카락을 쓸어올리는 동작을 취했다. 그럴 때마다 그녀의 희고 가느다란 목덜미와 체크무늬 목줄이 눈에 들어왔다.

우리 외에 아무도 없는 조용한 사무실. 자신이 좋아하는 여자애가 자신이 선물한 목줄(일지도 모르는 물건)을 착용하고, 자신의 바로 옆자리에 앉아 있다.

이게 뭐야. 뭐야, 이 상황은.

만일 에나가 아직 내 여자친구였다면, 이대로 어깨를 끌어안고 놀라는 에나의 얼굴을 빤히 들여다보다가, 잘하면 그대로 키스할 수도 있을 정도의 상황인데?

'아, 아니지! 안 돼, 진정해라, 사쿠하라 소타! 이성을, 이성을 유지하는 거야!'

속으로는 폭풍우 수준의 대재난이 몰아쳤지만, 나는 강철 같은 정신력으로 어떻게든 포커페이스를 유지했다.

그런데 그런 나에게 또 한 번의 공격이 날아왔다.

"으흠, 음, 흠…… 오늘은 별로 목 상태가 좋지 않네요."

그렇게 말한 에나가 작은 얼굴을 천장으로 향하더니, 드러난 목 언저리를 손으로 쓸었다.

내 시선을 유도하는 것처럼 자꾸만 목 언저리…… 정확하게는 목줄 부분을 만지작거리는 것처럼 보이는데, 내 착각인가?

'이, 일부러 저러는 건 아니겠지?'

여기까지 오니 에나의 행동에 위화감을 느낀 난 생각을

전환했다.

저번 도서위원 때는 그렇게나 나와 거리를 뒀었는데, 오늘의 에나는 묘하게 거리가 가깝다. 마치 나와 연인 사이였던 시절의 에나로 돌아간 기분이었다.

그리고 역시 신경이 쓰이는 건 저 목줄.

학교에는 계속 착용하고 오지 않았는데, 오늘 갑자기 착용하고 왔다. 게다가 기분 탓인지는 몰라도 자꾸만 그것을 나에게 어필하고 있는 것처럼 보이기도 하고…….

'……헉! 서, 설마!'

거기까지 생각한 타이밍에, 문득 내 뇌리에 불길한 가설 하나가 떠올랐다.

'혹시 에나가…… 나랑 미즈시마와의 '관계'를 의심하고 있는 거 아닐까?!'

지금까지 에나 앞에서는 물론 학교 안에서도 실수하지 않기 위해 나와 미즈시마는 철저히 남인 척 행동해 왔다.

그러나 전에 히구치에게 거의 들킬 뻔했을 때처럼, 우리가 학교 밖에서 함께 있는 모습을 에나가 우연히 목격했을 가능성이 아예 없다고는 단언할 수 없다.

만일 에나가 우리의 '승부' 장면을 목격했다면 당연히 이렇게 생각하겠지.

왜 저 두 사람이 같이 있을까.

그리고 그렇게 되면 우리의 관계를 파헤치기 위해 탐색을 시도하는 것은 당연한 귀결일 것이다.

　그렇게 생각하면 오늘 에나의 행동도 여러모로 납득이 갔다.

　이전의 도서위원 일이 있던 날 이후부터 오늘이 되기 전까지, 그 사이에 무언가를 목격하고 나와 미즈시마의 관계를 의심하고 있는 것이다.

　그래서 오늘은 내 일거수일투족을 감시해서 증거를 잡으려고 하는 건지도 모른다.

　그리고 핵심은 저 목걸이다. 저걸 나에게 보여준다는 건, 즉 이렇게 말하고 싶은 게 아닐까?

　『이런 걸 줄 정도로 나에게 푹 빠져 있었으면서, 얼마 전까지만 해도 지금도 좋다느니 뭐니 하면서 매달렸으면서, 그 뒤에서 곧바로 다른 여자를, 하물며 내 연인한테 몰래 손을 대고 있었던 건가?』

　……그거잖아.

　분명 그게 확실하다! 망했다, 정말 그런 거라면 에나 지금 완전 화난 거 아냐?

　어어어, 어쩌지? 이미 에나한테는 전부 다 들킨 건가?

　아, 아니 하지만 아무 행동을 하지 않는 걸 보면 아직 확신하는 단계는 아닌 건가?

　"……사쿠하라 군?"

　"흐엑?! 왜, 왜?!"

　갑작스러운 긴장감에 지배당하고 있던 탓일까, 불시에 나를 부르는 에나의 말에 뒤집힌 목소리가 나오고 말았다.

어, 어쨌든! 위원회 일이 끝나기 전까지, 실수로라도 수상한 티를 내지 않게 조심하자!

"아뇨, 저기, 안색이 좋지 않은 것 같아서요. 어디 아픈 건가 하고."

"그, 그렇지 않은데? 난 원래부터 안색이 좋지 않은 편(?)이고, 기분 탓 아냐?"

하하하하, 하는 내 어색한 웃음소리가 사무실에 울려 퍼졌다.

지난번과는 다른 이유로 빨리 도서위원 일이 끝나기를, 나는 진심으로 그렇게 빌었다.

※

어떻게든 도서위원 일을 끝내자 시각은 오후 4시가 넘어 있었다.

이대로 돌아가고 싶었지만, 지금 정문으로 가면 십중팔구 미즈시마가 기다리고 있을 것이다.

그렇다면 적어도 앞으로 2시간 정도는 학교 안의 '예정'을 채워둘 필요가 있었다.

거기서 사용할 것이 바로 내가 도서위원 외에 하나 더 갖고 있는 **카드**였다.

바로, 부활동이다.

내가 소속되어 있는 동아리는 중등부 때부터 재적해 있는 영화연구부였다. 하지만 부원이 적으면 부비도 적기 때문에 최근에는 제대로 된 영화 한 편 만들지 못하고 있는 상황이었다.

그러니 내가 간다고 해도 활동다운 활동은 못 하겠지만, 그곳에는 어쨌든 여러 영화가 보관되어 있었다. 적당히 한 편을 골라 감상하면 두 시간은 순식간이다.

나는 오랜만에 부실에 얼굴을 내밀기 위해 문과계 부실이 늘어선 특별동 3층 안쪽으로 향했다.

이윽고 도착한 한 부실의 문을 노크하자, 문 너머에서 웅얼거리는 목소리가 들려왔다.

"——〈기적 외에 필요한 것은?〉."

"〈총을 줘. 아주 많이〉."

내가 암호에 답하자 군데군데 녹이 슨 철제 문이 안쪽에서 밀리며 열렸다.

"이게 누구야, 사쿠하라 군이잖아! 오랜만이야! 오늘은 와줬구나!"

내 얼굴을 보자마자 환영인사를 해 온 것은 사다코처럼 긴 검은 머리와 해○포터 같은 둥근테 안경이 인상적인 여학생이었다.

2학년이자 부장이기도 한 미야자와 마코토 선배다.

"오랜만이에요, 부장. 잠깐 시간 때우러 온 것뿐이지만요."

"아냐, 아냐. 그렇다 해도 고마워! 우리 동아리는 가입만 하고 단 한 번도 부실에 오지 않는 유령 부원이 더 많으니까! 자자, 어서 들어와!"

"뭐, 딱히 부활동다운 활동도 못 하고 있으니 어쩔 수 없지~."

"활동 자금이 없으니까. 그리고 겸사겸사 부장의 인망도."

미야자와 선배에 이어 동그란 단발머리를 가진 말랑한 분위기의 여자와 어두운 분위기에 부스스한 머리를 가진 남자가 입을 열었다. 이쪽도 2학년 부원으로 각각 키쿠치하라 우미 선배와 후지시로 아라타 선배다.

"으, 여전히 가차 없네, 너희들……. 뭐, 대체로 맞는 말이긴 하지만."

여전히 개성 강한 선배들이다.

뭐, 이러니저러니 해도 작년에 문화제에서 내가 영화를 찍는다고 했을 때는 다들 도와주고 조언도 해 줬으니 나쁜 사람들은 아니지만.

"활동 자금 말이지…… 부비가 적은 이상, 여기선 역시 각자 아르바이트를 해서 버는 수밖에 없어!"

"미안하지만 난 내가 번 돈은 오직 나를 위해서만 쓰고 싶은 주의라."

"난 아빠가 고등학생 때 아르바이트 하면 안 된다고 해서~."

"뭐야~, 너희들! 좀 더 영화연구부원으로서의 자각을 가지라고!"

대화를 나누는 선배들에게 잠시 시선을 준 나는 부실 선

반에 진열된 DVD 중에서 적당한 작품 하나를 선택했다.

그것을 비치된 PC로 재생시키려고 하자, 키쿠치하라 선배가 내 얼굴을 보고 무언가 떠올랐다는 얼굴로 손뼉을 탁친다.

"아, 그러면~. **그 일**을 사쿠하라 군에게 부탁하는 건 어때~?"

"그 일…… 헉, 그래! 맞아, 우리에게는 아직 사쿠하라 군이 있었어!"

그 순간 부장의 동그란 안경 속 눈동자가 더 동그랗게 커졌다.

그 일? 그 일이 뭔데?

"어? 네? 뭔데요? 제가 뭐요?"

점점 불안해지는 마음에 그렇게 물었지만, 부장은 전혀 듣고 있지 않았다.

이쪽의 질문 따위는 개의치 않고 기세 좋게 내 양어깨를 움켜쥐더니 이런 질문을 던진다.

"사쿠하라 군! 이번 주 토요일에 간단한 **알바** 하나 해 보지 않을래?"

……네?

※

예정대로 부실에서 시간을 때운 뒤 교사를 나오자 시각은 이미 6시 반을 지나고 있었다.

아무리 미즈시마라고 해도 진즉에 포기하고 돌아갔을 것이다. 작전은 대성공이다.

"그건 그렇고…… 히어로 쇼라."

정문으로 향하는 길, 나는 완전히 어둑어둑해진 하늘을 바라보며 중얼거렸다.

이번 주 토요일에 옆동네 상가에서 열리는 현지 히어로 쇼에 출연하는 것.

그것이 부장이 말한 '간단한 알바'의 개요였다.

들어보니 이전 영화 제작 때 촬영에 협력해 준 옆 동네의 상가 회장이 가져온 안건이라고 했다.

얼마 전 갑작스러운 사고로 쇼에 나오기로 했던 연기자 중 한 명이 전치 수개월의 골절을 입었다고.

급히 대역을 찾아야 할 상황이라 영화연구부 안에 괜찮은 인재가 없냐는 이야기가 나온 모양이다. 물론 맡아준다면 그에 상응하는 아르바이트비를 낼 의향도 있다고 했다.

신세를 진 회장에게 받은 의뢰이기도 해서 언제나 예산에 굶주려 있는 우리들의 부장은 두말하지 않고 이를 승낙. 그러나 좀처럼 손을 드는 부원이 없어 대역 찾기는 암초에 부딪히고 말았다.

그런 상황에서 눈에 들어온 것이 오랜만에 유유히 부실을 방문한 반유령부원=나였다는 것이다.

물론 나도 귀중한 휴일을 그런 일에 소비하는 것은 사양이었기에 처음에는 거절하려고 했다.

그러나 거기서 문득 묘안이 떠올랐다.

'아르바이트라는 대의명분이 있으면 휴일에도 미즈시마와의 데이트를 피할 수 있지 않을까?'

그런 이유로 '하겠습니다'라고 고개를 끄덕인 것이 바로 조금 전의 일이었다.

"……하하. 아르바이트라고는 하지만 설마 내가 '히어로'가 되는 날이 올 줄이야."

완전히 운동 부족으로 뭉친 어깨를 돌리면서 나는 쓴웃음을 지었다.

귀찮기는 하지만, 이걸로 토요일은 미즈시마의 권유를 거절할 수 있을 것이다. 아르바이트라는 정당한 이유가 있으니까 그 녀석도 도망쳤다는 소리는 할 수 없겠지.

그것에 대해서는 대환영이었고, 아무런 불만은 없다.

하지만 나 같은 녀석이 '히어로'를 연기한다는 것이 우스워서, 나도 모르게 웃음이 나왔다.

확실히 나는 히어로를 좋아한다. 어렸을 때는 특수촬영 히어로의 광팬이었다. 그야말로 히어로 쇼에도 몇 번이나 갔을 정도로. 그 나이 때의 남자라면 누구나 그랬듯이, 진심으로 히어로가 되고 싶다는 생각을 한 적도 있었다.

그러나 지금은 완전히 포기했고, 어느 사이엔가 그런 동경도 사라지고 말았다.

인상이 나쁜 것까지 더해져 지금의 나는 굳이 말하자면

빌런 쪽에 어울리는 인간이었다.

"'쓸데없이 참견하지 않는다'가 모토인 히어로라니, 들어본 적도 없는데."

그런 내가 연기하는 히어로의 모습에도 어린아이들은 아무것도 모른 채 선망의 눈을 보내오겠지. 뭐라고 할까, 당연하지만 마음이 편치는 않았다.

미안하다, 꼬마들아. 하지만 세상이란 건 원래 그런 거야.

"아, 드디어 왔네."

"으아아아악?!"

속으로 시니컬하게 웃으며 정문을 지나친 순간, 느닷없이 누군가가 말을 걸어왔다.

주위에 아무도 없다고 생각했던 나는 화려하게 놀라며 어깨를 흠칫 떨었다.

"아니, 너무 놀라는 거 아냐?"

벌렁대는 심장을 잡고 뒤를 돌아보자, 정문 옆에서 매복하고 있던 것은 아니나 다를까 미즈시마였다.

"미, 미즈시마? 너 아직 안 돌아갔어?!"

"그치만 아무리 기다려도 소타가 오질 않으니까. 메시지도 몇 번이나 했는데 전혀 읽지도 않고. 정말, 어디서 뭘 하고 있었던 거야~."

불만이 담긴 눈으로 다를 올려다본 미즈시마가 콕콕 내 뺨을 찔러왔다.

그러고 보니 오늘은 이 녀석의 채팅방 알림을 꺼놨었나.

뒤늦게 그 사실을 떠올린 나는 스마트폰을 꺼내 미즈시마와의 채팅 화면을 표시했다.

『소타~ 아직 HR 안 끝났어?』

『정문 근처에서 기다릴 테니까 얼른 와~.』

『소타, 지금 어디야?』

『⋯⋯도망간 거야?』

『소타⋯⋯ 혹시 다른 여자랑 같이 있어?』

읽지 않은 메시지는 경이롭게도 세 자릿수를 기록하고 있었다.

그보다 마지막에는 뭔가 살벌한 내용도 섞여 있다. 무서운데요, 진짜로.

"⋯⋯이 정도면 포기하고 돌아갔겠다."

"싫어. 소타랑 같이 돌아가고 싶으니까. 그것보다 오늘은 왜 이렇게 늦었어? 혹시 나랑 하는 데이트에서⋯⋯ '승부'에서 도망친 거야?"

어딘가 도발하는 듯한 어조로 그렇게 물어오는 미즈시마. 역시 그 부분을 찔러오는구나.

하지만 오늘의 나에게는 '작전'이 있었다. 유감스럽게도 그 도발은 나에게는 효과가 없다고.

"도망친 게 아니라 오늘은 다른 볼일이 있었어."

"볼일이라니?"

"도서위원 일 말야."

"정말? 그럴 가능성도 생각해서 HR 끝난 뒤에 잠깐 들여다봤는데 도서실에는 사서 선생님밖에 없던데?”

이, 이 녀석, 제대로 뒤를 캤구나. 역시 방심할 수 없는 녀석이다.

“오늘은 접수대 뒤쪽 사무실에서 작업했으니까.”

“……그거, 에나랑?”

“음? 아아, 뭐, 같은 시간대니까.”

“단둘이?”

“그야 오늘 업무 담당은 우리들뿐이었으니까.”

“흐음…….”

스윽, 눈을 가늘게 뜬 미즈시마가 다음 순간 무어라 조용히 중얼거렸다.

“……그렇구나, 사무실이라니 머리 좀 썼네.”

“어? 뭐라고?”

“아니, 아무것도 아니야.”

얼버무리듯 미소 지은 미즈시마는 여전히 의심의 손길을 거두지 않았다.

“하지만, 그렇다고 해도 역시 이상한데? 잘은 모르지만 도서위원 일은 기껏해야 한 시간 정도 아냐? 그 후에는 뭐 했어?”

“부활동. 나 이래 봬도 영화연구부원이거든. 요즘 얼굴을 너무 안 내밀어서 이번 기회에 다녀왔어. 오랜만에 선배들 얼굴도 보고 싶었고.”

내가 생각해도 말도 안 되는 말에 속으로 쓴웃음을 지었다.

내가 평소 영화연구부에서 어떻게 지내고 있는지까지는 완전히 파악하지 못한 것인지, 미즈시마는 의아한 표정을 지으면서도 결국은 납득하며 고개를 끄덕였다.

"음, 뭐 그런 거라면 오늘은 어쩔 수 없지."

"이제 이해했어?"

"응. 하지만 다음부터는 동아리 활동을 우선시하는 것도 '도망쳤다'고 판단할 거야. 오늘 오랜만에 얼굴을 내밀었다는 건 한동안은 가지 않아도 괜찮다는 거지?"

"으…… 아, 알았어."

확실히, 반 유령부원인 내가 앞으로도 '동아리 활동'을 이유로 들먹이는 것에는 역시나 무리가 있었다.

이 카드는 아무래도 이번이 마지막 카드였던 것 같다.

그렇게 되면 또 뭔가 작전을 생각해야 할 텐데…….

"좋아. 그럼 오늘은 이미 늦었으니까 적어도 역까지 같이 돌아가자."

마치 처음부터 그랬던 것처럼 자연스럽게 내 팔을 끌어안는 미즈시마.

여러 가지가 닿고 있다. 뭐, 이제 이 정도 스킨십으로는 동요하지 않지만.

"그러고 보니…… 소타. 이제 주말이니까 결정하자. 토, 일요일에 뭐할지."

그리고 학교에서 가장 가까운 역이 드문드문 보이기 시작했을 무렵.

마침내 미즈시마의 입에서 그 대사가 튀어나왔다. 나는 평정을 가장한 채 속으로 피식 웃었다.

'왔다. 그 말만을 손꼽아 기다렸다고.'

부활동이라는 카드는 봉쇄되어 버렸지만, 나에게는 아직 또 하나의 비장의 카드가 있단 말씀!

"아, 그거 말인데, 이번 주 토요일 데이트는 못 해."

"뭐?"

"아, 착각하지 마라? 딱히 너와의 승부에서 도망치려는 게 아니야."

어리둥절한 얼굴의 미즈시마를 손으로 제지한 나는 결정적인 증거를 들이미는 변호사 같은 얼굴로 선고했다.

"토요일엔 알바가 있어서 미안하지만 너한테 시간을 낼 수는 없을 것 같아. 일까지 내팽개치고 여자애랑 놀러 갈 수는 없지 않겠어?"

어떠냐! 아무리 너라도 이 완벽한 대의명분 앞에서는 아무 소리도 못하겠지!

"흐음…… 소타도 알바 같은 걸 하는구나."

내가 승리를 만끽하고 있는데 미즈시마가 또 한 번 의아한 표정을 지으며 물어왔다.

"그거 단기 알바야?"

"응? 응."

"흐음~ 그래? 어떤 알바인데?"

아무렇지도 않게 은근슬쩍 심문하는 미즈시마.

하지만 당연히 가르쳐 줄 마음은 털끝만큼도 없었다. 히어로 쇼의 아르바이트를 한다는 사실을 안다면 이 녀석은 반드시 현장까지 찾아올 테니까. 그렇게 되면 아무 의미가 없다.

"비밀이야."

"에이, 왜 숨겨? 언제 정해진 알바인데?"

"그것도 비밀."

"뭔가 갖고 싶은 거라도 있어?"

"비밀입니다~."

"……육체노동 계열?"

"그러니까 비밀…… 떠보는 질문도 금지야!"

비밀 탐정이라도 되냐! 은근슬쩍 유도심문으로 끌고 가려하다니. 정말 조금도 방심할 수 없는 녀석이다.

"으우, '연인'에게도 말할 수 없는 일이라니. 뭔가 수상해~."

"좋을 대로 생각해. 어쨌든 토요일은 알바가 있으니까 데이트는 다음으로 미루자."

"미룬다니……."

드디어 공격할 수단이 사라졌는지, 미즈시마가 깊은 한숨과 함께 그렇게 중얼거렸다.

뭔가 눈에 띄게 기분이 훅 가라앉은 모습이다.

으, 으음~. 이게 목적이긴 했지만, 이렇게까지 대놓고 실망하니까 죄책감이 너무 강한데.

분명 좀 더 물고 늘어질 거라고 생각했는데, 쉽게 포기하니 묘하게 맥이 빠진다…….

어색한 침묵을 참지 못한 나는 애써 농담조로 손을 흔들었다.

"야, 야야, 겨우 데이트 한번 못한다고 오버가 심하잖아. 그렇게 우울할 일이야?"

"응, 우울할 일이야."

조금의 지체 없이 고개를 끄덕이고, 한층 더 가라앉은 표정을 짓는 미즈시마.

그러자 나도 역시 이 이상 장난을 칠 마음은 들지 않았다.

하아…… 제발 좀 봐달라고.

네가 그렇게 우울한 얼굴을 하고 있으면 나까지 상태가 이상해진단 말야.

"……알바는 토요일뿐이야."

"어?"

"일요일엔 알바가 없어. 그러니까 집에서 뒹굴며 보낼 생각이야……. 아무 예정도 없다면 말이지."

내가 하고자 하는 말을 짐작한 것인지, 미즈시마가 기대에 찬 표정으로 나를 올려다보았다.

이 녀석에게 귀와 꼬리가 있었다면 분명 떨어져 나갈 정도로 정신없이 흔들렸을 것이다.

"후후…… 소타는 분명 악역이라고 해도 마지막에는 주인공을 감싸다가 죽을 타입이야."

시끄러워. 그리고 재수 없으니까 죽는다는 소리 하지 마라.

제8장 청과전대 베지터브 레인저

다가온 토요일 아침 7시 반.

히어로 쇼의 첫 상연은 오전 10시부터. 연기자 집합 시간은 그 1시간 정도 전이었기에 나는 드물게 일찍 일어나서 나갈 준비를 하고 있었다.

집에서 상가까지는 전철과 도보로 30분 정도. 혹시 모를 일을 대비해 8시에 집을 나간다면 현장까지 여유롭게 도착할 수 있을 것이다.

"후암…… 어? 오빠가 이런 시간부터 활동하다니! 별일이네, 좋은 아침!"

졸린 눈을 비비며 거실로 내려온 파자마 차림의 스즈카가 현관에서 신발을 신는 내 모습을 보자마자 눈을 휘둥그레 떴다. 아침부터 입이 시끄러운 동생이다.

"게다가 외출?! 우와, 설마 그건가? 오늘은 설마 오빠가 외출이라도 하는 거 아냐?"

"앞뒤 말이 똑같잖아."

내 외출이 '해가 동쪽에서 뜬다'나 '운석이 떨어진다'와 동급의 이상사태라는 거냐.

"알바하러 가는 거야. 옆 동네 상가까지. 어제도 말했지만."

"심지어 노동?! 그런…… 그런 건 내가 아는 오빠가 아니야!"

정말이지 인위적인 말투로 스즈카가 내 어깨를 붕붕 흔들어댔다.

"알바를 가기 위해 일찍 일어나서 외출을 하다니, 소타 오빠는 그런 짓을 할 사람이 아니야! 돌려줘! 점심 때까지 늘어지게 자다가 결국 한 발짝도 집 밖에 나가지 않고 휴일을 낭비하는, 그런 게으르고 한심한 오빠를 돌려줘!"

"야, 진짜로 때린다?"

오라버니를 무시하는 이 어리석은 동생에게는 언젠가 따끔하게 한마디 해 줘야 할지도 모르겠다.

"……뭐, 연극은 이쯤 하고. 알바 잘하고 와, 오빠. 평소에 조금도 사회에 공헌한 적이 없으니까 가끔은 세상에 도움이 되도록 해!"

"하여간 입만 살아서는…… 하아, 다녀오겠습니다."

서둘러 집을 나온 나는 가까운 역에서 전철에 몸을 싣고 옆 동네의 상점가로 발을 들였다.

광장에서는 이미 스테이지 설치와 관객용 파이프 의자 준비가 시작되고 있었다. 이런 종류의 로컬 이벤트 쇼치고는 큰 규모의 회장이 마련되어 있었다.

폭이 넓지는 않지만 스테이지도 학교 체육관만큼의 단차를 가진 무대로 꽤나 제대로 된 세트였다.

"그럼, 나도 옷을 좀 갈아입을까."

나는 연기자들 대기실을 찾기 위해 걷기 시작했다.

──힘내.

“힉?! 뭐, 뭐야……?”

찰나, 갑자기 등골이 오싹해진 느낌에 황급히 주변을 둘러보았다.

뭔가 지금 어딘가에서 엄청 불길한 기운이 느껴진 것 같은데…….

“……아, 아니 뭐, 하하하. ……설마, 아니겠지.”

※

〈착한 어린이 여러분~~~! 모두 안녕~~~!〉

옷을 갈아입는 것이나 직전의 간단한 협의 등을 끝내고 드디어 상연 시간을 맞이한 상가 광장.

이미 아이들과 그 부모들로 가득찬 관객석을 향해, 사회 진행을 맡은 누나의 밝은 목소리가 넓게 울려 퍼졌다.

다음 순간 그것을 가로막듯이 ‘댕댕댕’하는 불길한 BGM이 흐르기 시작했다. 무대 끝에서 검은색 전신 쫄쫄이를 입은 대여섯 명의 배우들이 등장해 무대 위나 관중석을 돌아다니기 시작했다.

그렇게 악역들이 한바탕 난동을 부린 다음에는 당연하지만 히어로들이 나설 차례였다.

사회자 누나의 선동에 아이들이 일제히 소리를 질렀다.

“““““도와줘요! 베지터브 레인저!!”””””

〈거기까지다! 카빌더!〉

그 후의 전개는 대체로 스탠다드한 히어로 쇼의 흐름과 거의 비슷한 형태로 진행되었다.

청과전대 베지터브 레인저는 흔히 있는 5인조로 구성된 히어로 전대로, 리더인 '베지터브 레드'를 시작해 각각의 컬러와 테마가 되는 청과물이 설정되어 있었다.

참고로 이번에 내가 대역을 맡게 된 역할은 피망이 테마인 '베지터브 그린'이다.

'후우, 하아…… 꽤 힘드네, 이거.'

히어로 쇼라고 해도 어디까지나 로컬 무대였기에 전투 장면도 그렇게까지 화려한 움직임은 필요하지 않았다. 기껏해야 몇 가지 패턴의 펀치와 킥 정도.

그래도 막상 의상을 입고 하려니 이게 꽤 힘들었다. 평소의 운동 부족까지 맞물려, 나는 어떻게든 사전에 협의한 대로 몸을 움직이는 것이 고작이었다.

"끝내준다~! 역시 베지터브 레인저는 멋있어!"

"……아니, 하지만 오늘은 그린의 상태가 별로 좋지 못하네요."

"어? 그런가?"

"네, 그린 팬인 저는 딱 보면 알아요. 평소보다 움직임이 날카롭지 못해요. 옐로우와의 합체 기술인 '녹황색빔'도 어쩐지 호흡이 잘 맞지 않는 것 같네요."

잠깐, 뭐야. 어린애들 사이에 뿌리 깊은 오타쿠가 있잖아. 뭐야, 그린한테 이런 코어팬이 붙어 있는 거야? 완전 부담스러운데요?

최대한 어색해 보이지 않게 몸을 움직여 관객석 쪽으로 시선을 돌렸다.

"……허?"

그리고 마스크 안에서 나도 모르게 소리를 내고 말았다.

봐서는 안 될 것을 보고 말았기 때문이다.

'아…… 알바 내용이나 장소는 분명 말 안 했는데?!'

격하게 몸을 움직여서 흐르는 것과는 전혀 다른 땀방울이 주르륵 흘렀다.

객석의 마지막 칸, 콘크리트 벽에 기댄 채 팔짱을 끼고 무대를 바라보고 있는 한 명의 미소녀. 그녀가 입고 있는 프릴 달린 블라우스나 멜빵 달린 스커트는 모두 분명 낯익은 것들이었다.

그래. 악의 조직 따위보다 훨씬 귀찮은 숙적── 미즈시마 시즈노의 습격이었다.

'왜 네가 거기서 나오는데?!'

카빌더 전투원들과 사투를 연기하면서도 속으로는 제정신이 아니었다.

설마 이런 장소에 녀석이 출몰하다니. 도대체 어떻게 여기를 알아낸 거지?

그냥 우연히 지나가다가 들른 건가? 아니면 원래 베지터브 레인저의 팬이었나? ……아니, 그건 역시 아니겠지.

'젠장할, 기껏 이런 고생까지 감수하면서 데이트를 피했

건만!'

그러는 사이에 정신을 차려보니 전투 장면은 두 번째 단계로 넘어가고 있었다.

카빌더 전투원들이 객석 안에서 랜덤으로 '인질'을 선택해 스테이지 위까지 연행. 절체절명의 위기를 연출한 상황에서 아이들의 응원을 받아 파워업한 베지터브 레인저가 인질들을 구해낸다는 시나리오였다.

〈자아~, 누구를 인질로 삼을까비?〉

사령관 역인 카빌더 A를 비롯해 다른 카빌더들이 차례차례 인질을 선별해 나갔다.

과반수는 물론 아이들이었지만, 균형을 맞추기 위함인지 보호자들 중에서도 몇 명이 끌려나왔……는데.

〈좋아~! 그럼 마지막은 거기 있는 귀여운 아가씨다비!〉

"어? 아아, 나?"

하필이면 객석의 마지막 줄까지 가 있던 카빌더(이하 D)가 완전히 뒤쪽에서 관람 중이던 미즈시마를 점찍고 말았다.

그대로 연행된 미즈시마도 스테이지 위까지 올라왔다.

'잠깐, 잠깐…… 뭔가 또 요상한 전개가 되고 있는데?'

무대 위에 늘어선 카빌더와 인질들. 한편 베지터브 레인저는 관객석에서 그것을 올려다보는 구도였다. 여기서부터는 예정대로 우리들 레인저가 인질을 구출하는 이야기가 진행된다.

하지만 가능하다면 미즈시마의 탈출 담당만큼은 피하고

싶었다.

마스크로 얼굴이 가려져 있어서 소리를 낼 필요는 없다지만, 저 녀석은 묘하게 감이 날카로운 구석이 있으니까. 가까이 가는 것은 위험하다.

만에 하나라도 내가 연기하고 있다는 것을 들키는 것만은 피해야 해!

〈가자, 베지터브 레인저! 카빌더에게서 모두를 구해내자!〉

베지터브 레드의 구령과 함께 빠른 템포의 배경음악이 흘러나왔다. 여기서부터는 누가 어떤 인질을 구하러 갈지 정하지 않은 채로 상황에 따라 애드리브로 대처하게 된다.

그런 이유로 나는 빠르게 스테이지를 향해 나갔고, 미즈시마를 붙잡은 카빌더 D와는 정반대의 방향으로 달려가려고 했다…… 하지만.

"와아~ 도와줘요~ 베지터브 그린~."

놀랍게도 미즈시마는 눈앞을 지나가려던 나 '그린'을 굳이 콕 지명하여 도움을 요청하기 시작했다. 바로 근처에 다른 멤버도 있는데, 미즈시마는 그린 외의 다른 4명에게는 눈길조차 주지 않았다.

"……도망가는 건 아니겠지? 겁쟁이가 아니니까?"

'드, 들켰어?!'

무슨 방법을 쓴 것인지는 전혀 모르겠다.

하지만 아무래도 미즈시마는 내가 오늘날 이 히어로 쇼의 슈트 액터로 참여하고 있고, 심지어 그것이 베지터브 그린 대역이라는 것을 완전히 간파하고 있는 것 같았다.

대체 얼마나 비정상적인 정보수집 능력을 갖고 있는 거야, 저 녀석은!

'큭…… 어쩔 수 없나!'

또다시 미즈시마의 페이스에 휩쓸린 것은 억울했지만, 그렇다고 해서 사사로운 감정 때문에 쇼를 망칠 만큼 무책임한 인간은 아니었다.

각오를 마치고 스테이지에 올라간 나는 카빌더 D와 대치했다.

내가 말없이 파이팅 포즈를 취하자 동시에 카빌더 D도 미즈시마를 등 뒤에 숨기고 임전 태세를 취했다.

"으아앗……!"

그러나 여기서 뜻하지 않은 사고가 발생했다. 근처에서 레드에 의해 날아가는 연기를 하던 카빌더 연기자가 그만 다리가 꼬여 D를 들이받고 만 것이다.

갑작스런 상황에 조금도 대비하지 못한 D가 중심을 잃고 비틀거렸다. 그대로 도미노가 쓰러지듯 D의 몸이 근처에 있던 인질 아이를 향해 쓰러지려 한다.

'앗, 안 돼!'

아이가 서 있는 장소는 무대 끝. 이대로 D가 부딪힌다면 그 기세로 인해 단상에서 추락할 것이다. 잘못 떨어지면 충분히 큰 부상으로 이어질 수도 있는 높이였다.

"위험해!"

순간 D의 몸에서 아이를 보호하듯이 밀어낸 것은 미즈시마였다.

덕분에 아이는 스테이지 위에서 가볍게 엉덩방아를 찧는 정도로 끝났지만, 그 대신이 되며 D에게 부딪힌 미즈시마가 단상에서 튕겨 나갔다.

중력에 이끌려 서서히 몸이 기울어지는 미즈시마.

'아―― 저 녀석, 떨어진다.'

그런 생각이 든 순간, 정신을 차리고 보니 쇼에 대한 것 따위는 머릿속에서 이미 날아간 상태였다.

"……미즈시마!!!"

손을 뻗어도 맞추지 못할 것 같았다. 나는 정신없이 스테이지에서 몸을 날려 미즈시마의 몸을 캐치한 뒤 그대로 내가 깔리는 형태로 지면으로 낙하했다.

철푸덕!

"끄헉?!"

등을 세게 부딪치며 느껴진 둔탁한 통증에 나도 모르게 신음했다.

다만 다행히도 크게 다치지는 않은 것 같았다.

내 몸 위로 엎어진 미즈시마도 어떻게든 무사했다.

"아야야…… 괘, 괜찮아?"

"으, 응…… 놀랐, 어."

그녀도 겁을 먹은 것인지 밀착한 미즈시마의 가슴 부근에서 쿵쿵거리는 빠른 고동이 느껴졌다.

"다친 곳은, 없지?"

"괘, 괜찮아. 소…… 그린이 지켜줬으니까."

안심해서 힘이 빠진 것일까, 위를 향해 드러누운 내 가슴 위로 미즈시마가 힘없이 얼굴을 파묻었다. 이런…… 뭐, 지금만큼은 이대로 놔두자.

"우오오오! 대바악~! 지금 봤어?!"

"그린이 누나를 다이빙해서 캐치했어!"

내가 안도의 한숨을 내쉬는 것과 동시에 관중석에서 자초지종을 보고 있던 아이들에게서 환호성이 터져 나왔다. 아무래도 지금의 사고 역시 쇼의 일환이라고 생각해 준 모양이었다.

하지만 그렇다고 계속 땅바닥 위에 드러누워 있으면 부자연스럽겠지. 쇼는 아직 끝나지 않았으니까. 나도 빨리 무대로 돌아가야 했다.

"미즈시마, 설 수 있겠어?"

"응."

미즈시마와 함께 일어난 나는 그녀를 관중석 끝까지 바래다주었다.

"너…… 너무 위험한 짓은 하지 마."

여러모로 할 말은 많았지만, 일단 나는 그렇게 주의를 주었다.

아이를 돕기 위해서라고는 하지만 그렇게 망설임 없이 자신의 몸을 던지다니.

"무모한 것도 정도가 있지."

"아하하. 하지만 히어로라면 그렇게 했을 것 같아서."

"바보야. 픽션과 현실을 혼동하지 마. 큰 부상이 없었으니 망정이지."

"에이, 소타가 할 말은 아니지."

키득키득 웃은 미즈시마가 마스크 너머의 내 얼굴을 바라보았다.

"무모한 건 피차일반이잖아. 소타도 전에 나를 도와줬으면서."

"뭐? 전에?"

그 말을 듣고 나는 기억의 서랍을 빠르게 뒤적였다.

아아, 그래. 그러고 보니 이 녀석과 처음 데이트한 날 술 취한 사람들에게 휘말릴 뻔한 걸 도와줬었나.

"그리고 지금도. '도와줘'라는 말은 안 했는데 역시 도와줬고."

"아니, 너…… 그건…….."

"'쓸데없이 참견하지 않는다' 아니었어?"

"윽……."

확실히, 아까 내 행동은 조금 **나답지** 않았을지도 모른다.

그렇게 자신의 몸을 희생하면서까지 누군가를 지킨다니, 평소의 나로서는 절대 있을 수 없는 일이다.

하지만…… 이 녀석이 떨어질지도 모른다고 생각했더니 순간적으로 나도 모르게 몸이 먼저 움직이고 있었다.

"……그러네. 나도 깜짝 놀랐어. 전혀 나답지 않은 짓을 했네. 이 옷을 입고 있어서 그런가?"

분명 그럴 것이다. 익숙지 않은 히어로 쇼 알바를 하며 분위기에 휩쓸린 것이 분명하다.

스스로를 타이르듯 그렇게 혼잣말을 한 나는, 이윽고 미즈시마를 객석까지 바래다준 뒤 그대로 단상으로 돌아가기 위해 발길을 돌렸다.

"그렇지 않아── 저기, 소타."

그러나 미즈시마는 부드러운 어조로 그것을 부정하더니 내 어깨를 잡고 나를 불러세웠다.

다음 순간, 내가 "뭐야?"라며 돌아보는 것과 거의 동시에 미즈시마가 마스크 너머로 내 볼에 가볍게 키스했다.

"도와줘서 고마워. **역시 넌 나의 히어로야.**"

"……뭐?"

이, 이 상황에서 이 녀석은 또 이런 짓을!

남을 불러 세울 때마다 키스나 포옹 같은 거 하지 말라고. 뭐야? 미국인이야?

"아~! 누나가 그린한테 뽀뽀했어!"

"꽁냥거린다~!"

미즈시마의 대담한 행동을 본 아이들이 난리 법석을 떨었다.

어쩐지 다른 의미에서 열기가 엄청나게 달아올랐다.

하여간…… 정말 트러블 메이커가 따로 없다니까, 이 녀석은.

※

첫 회에는 예상치 못한 사고가 있었지만, 그 후의 공연은 아주 순조롭게 진행되었다.

쇼의 내용에도 큰 변경은 없었기 때문에, 마지막 두 번 정도는 좀 적응해서 나름대로 잘할 수 있었다.

그렇게 모든 공연이 끝나고 이미 해도 서쪽 하늘로 기울어지기 시작하며 노을이 진 상가에서.

"카페 '올리비에'…… 여긴가."

광장을 뒤로한 나는 길모퉁이에 있는 카페 건물 앞에 와 있었다. 흔히 말하는 체인점이 아닌 개인이 경영하는 노포 카페였다.

딸랑딸랑, 하는 맑은 초인종 소리를 들으며 곧바로 안으로 들어가 보았다.

여유로운 클래식 음악이 흘러나오는 세련된 분위기의 가게 안에는 드문드문 손님이 보였다. 원두의 향긋한 향과 희미한 담배 냄새가 코를 간지럽혔다.

"어서 오세요. 몇 분이십니까?"

카운터 뒤편에서 잔을 닦던 흰머리 흰 수염의 가게 주인이 단골손님으로 보이는 노인과의 대화를 중단하고 정중하게 물어왔다. 실로 '카페의 마스터' 같은 느낌의 마스터다.

“아, 실례합니다. 만나기로 한 사람이 있는데…….”

“소타, 이쪽이야, 이쪽.”

내 말이 끝나기도 전에 창가 박스석에 앉아 있던 미즈시마가 나에게 손짓했다.

테이블에는 이미 절반 정도 줄어든 커피가 놓여 있었다.

“……기다렸지, 라는 말은 안 한다. 나는 조금 전까지 알바였으니까.”

“괜찮아. 난 소타를 기다리는 시간도 좋아하니까.”

내가 미즈시마 맞은편에 앉자 마스터가 곧바로 냉수와 메뉴를 가져다주었다.

“좋아하는 걸로 주문해. 내가 살게.”

“괜찮아, 딱히. 직접 계산할게.”

“에이, 딱딱한 소리 말고. 갑자기 알바하는 곳에 들이닥친 사과의 의미야.”

“난 너한테 빚을 지고 싶지 않아……. 여기요, 비엔나 커피 한 잔 주세요.”

알겠습니다, 하고 인사하고 떠나는 마스터의 등을 배웅한 뒤 나는 단도직입적으로 미즈시마에게 말했다.

“그래서, 누구한테 들었어?”

“응? 무슨 말이야?”

이 녀석…… 다 알면서 시치미를 떼려는 건가.

“내가 오늘 이 상가에서 히어로 쇼 슈트 액터 알바를 한다는 사실 말야.”

그랬다. 내가 알바를 마치고 카페에서 미즈시마와 만난 것은 바로 사정 청취를 위해서다.

참고로 가게 선정은 미즈시마가 했다. 분하지만 꽤 분위기 좋은 가게를 알고 있네.

"무슨 말인지 처음부터 설명해 주실까? 제대로 실토하기 전까지 돌려보내지 않을 거야."

"……."

"'오히려 좋은데?'라는 표정 짓지 마! 전부 말하라니까!"

"농담이야. 딱히 복잡한 이야기도 아니고."

거기서 잠시 말을 멈춘 미즈시마가 커피잔에 입을 가져갔다.

나도 타이밍 좋게 마스터가 가져다 준 비엔나 커피를 한 모금 마시면서 미즈시마의 입이 열리기를 기다렸다.

"소타가 오늘 알바한다는 건 알고 있었지만, 그게 무슨 아르바이트고 언제 어디서 하는지는 나도 잘 몰랐어."

"흐음, 그래서?"

내가 말을 재촉하자 미즈시마는 태연한 얼굴로 황당한 말을 꺼내기 시작했다.

"응, 그래서 어젯밤에 물어봤어. 소타가 오늘 **몇 시에 집에서 나가는지.**"

"뭐? 누구한테?"

"스즈카."

……뭐라고?

나는 일순 멍한 얼굴을 했지만, 그 말에 곧바로 진위를 확인하기 위해 스마트폰을 꺼내들었다.

〈여보세요, 오빠? 무슨 일이야? 알바 벌써 끝났어?〉

"이봐, 못난 여동생아. 묻고 싶은 게 있는데."

〈어? 뭐, 뭔데뭔데? 갑자기 무슨 일이야?〉

능글맞은 태도로 물어오는 여동생의 말에 나는 자초지종을 설명했다.

내 이야기를 조용히 듣고 있던 스즈카는 곧 선뜻 자백했다.

〈아, 들켰어? 아니~ 실은 어젯밤에 시즈노 씨한테 전화가 왔거든~.〉

이 부분은 완전히 금시초문이었는데, 일전 미즈시마가 우리 집에 들이닥쳤을 때 두 사람은 나 몰래 연락처를 교환했다고 한다.

〈'네 오빠가 내일 알바를 한다고 들었는데, 어째서인지 아무리 물어봐도 입을 꾹 다물고 내용을 알려주질 않아'라고 하길래. 오빠~ 아무리 그래도 친구잖아? 왜 안 알려준 거야?〉

"중요한 건 그게 아니잖아. 나한테도 여러 사정이라는 게……."

〈그래서 내가 대신 알려줬어. '저도 무슨 알바인지는 모르겠지만, 8시쯤에는 집을 나가서 옆 동네 상점가에 간다고 했어요'라고 말이지.〉

아니, '알려줬어'가 아니지. 이 녀석에게는 친오빠의 프라이버시를 지켜줘야겠다는 생각은 요만큼도 없는 건가? 미즈시마한테 너무 무방비하잖아.

"……여러 가지 할 말은 많지만, 우선 왜 그걸 나한테 말하지 않았어? 미즈시마한테 전화가 왔다는 얘기는 어제 한마디도 안 했잖아."

나는 분노를 억누르며 물었다.

그런 내 모습을 맞은편에 앉은 미즈시마가 생글생글 웃는 얼굴로 보고 있었다.

왜 웃는 거야, 이 녀석은. 이쪽 보지 말라고.

〈시즈노 씨한테 부탁을 받았거든. 알바하는 곳에 몰래 놀러 가서 놀라게 해주고 싶으니까 오늘 내가 연락했다는 건 비밀로 해 달라고. 세상에 그렇게나 어른스럽고 쿨뷰티한 스타일인데 의외로 장난스러운 면도 있더라~.〉

"그렇구나~?"

나는 째릿 미즈시마를 노려보았지만, 녀석은 위축되는 기색도 없이 어깨를 으쓱할 뿐이었다.

흥, 끝까지 모르는 척 시치미를 떼시겠다.

"……오케이, 사정은 알았어. 집에 가면 각오해라. 그럼."

〈아, 잠깐잠깐! 돌아오는 길에 푸딩 좀 사다주면 안 될까? 그 크림 올라가 있는——.〉

뚝.

스즈카가 뻔뻔하게도 나에게 심부름을 시키려는 순간 나는 곧바로 통화 종료 버튼을 눌렀다.

"……뭐, 들은 그대로야."

남은 커피를 다 마신 미즈시마가 마술의 비밀을 밝히는 사람처럼 그렇게 말했다.

설마 스즈카와 한패였을 줄이야. 이건 역시 예상외였다.

"그것만 알면 나머지는 간단하지. 소타가 도착하는 것보다 조금 빠르게 상점가와 가까운 역에 대기하고 있다가 개찰구에서 나온 소타를 미행하면 끝. 어때, 간단하지?"

"아니, 그건 이제 거의 스토커잖아!"

두려움을 넘어서서 이제는 감탄스럽다, 네 그 행동력에는.

"……일단 이유를 들어볼까. 그렇게까지 해서 내가 있는 곳을 알아낸 이유 말이야."

이미 대답이 정해진 내 물음에 미즈시마는 여전히 능청스러운 미소로 대답했다.

"알바가 있다는 이유 정도로 내가 소타와 보내는 시간을 포기할 리가 없잖아."

응, 알고 있었어. 너는 그런 녀석이라는 걸.

휴일에 갑자기 집까지 들이닥치는 녀석이, 아르바이트하는 장소에 들이닥치지 않을 이유가 없으니까.

완전히 방심하고 있었지만, 이 한 달간은 누가 뭐래도 '승부' 기간이었다. 이 녀석이 틈만 나면 나를 유혹하려고 하는 여자라는 사실을 다시 한번 마음에 새겨둘 필요가 있을 것 같았다.

"후후. 덕분에 오늘은 소타의 멋진 모습도 봤으니까 대만족이야."

"하…… 그것참 잘됐네."

후련한 표정의 미즈시마와는 반대로 나는 오늘 하루의 아르바이트로 인한 피로까지 겹쳐 완전히 녹초가 된 상태였다. 조금만 방심하면 이대로 잠들 수 있을 정도였다.

"자, 그럼 다음은 내일 데이트에 대해서 의논할까?"

"아니, 진짜 너무하네! 좀 봐줘……. 지금은 피곤해서 그럴 상태가 아니라고. 집에 가서 잠깐 쉬고 난 다음에 해도 되잖아?"

"에엥? 벌써 가려고? 좀 더 같이……."

우웅, 우웅, 우웅.

미즈시마가 불만스럽게 입을 연 순간, 그녀의 스마트폰이 진동했다. 누군가에게서 전화가 온 모양이다.

"……매니저다. 미안, 전화 좀 받을게."

내가 말없이 고개를 끄덕이자 미즈시마는 스마트폰을 귀에 가져갔다.

"여보세요, 요시다 씨? 무슨 일이에요?"

요시다 씨, 가 바로 미즈시마의 매니저 이름인 듯했다. 하지만 전화를 받은 미즈시마는 조금 전과는 달리 한껏 귀찮다는 표정이었다.

"응…… 응…… 뭐? 내일? 싫어요. 5월 한 달 동안은 일 안 한다고 했잖아요. 누구 다른 사람한테…… 사장이? 뭐야, 그 사람 진짜 제멋대로라니까."

아무래도 모델 일과 관련해 뭔가 문제가 생긴 모양이다.

그러고 보니 이 녀석, 나를 공략하기 위해 이 한 달간은 일을 쉰다고 했던가.

그쪽 업계 사정은 전혀 모르지만, 미즈시마 정도의 인기 모델이 한 달씩이나 쉰다는 것은 사무소의 입장상 역시 다소 무리가 있지 않을까.

하지만…… 어쩌면 이것은 기회일지도 모른다. 만약 미즈시마가 모델 일을 하게 된다면 당연히 내일 데이트도 무산될 것이다.

내가 아니라 미즈시마의 사정이니까 내가 '도망쳤다'라는 말을 들을 일도 없다.

좋아, 좋아! 이대로 힘내서 미즈시마를 설득해 주세요, 매니저님!

"아니, 내일 하루만이라고 해도…… 아."

속으로 몰래 매니저를 응원하고 있는데, 잔뜩 못마땅한 표정을 짓고 있던 미즈시마가 무언가 떠오른 듯 손가락을 탁 튕겼다. 그리고 맞은편에 앉은 나를 보며 갑자기 즐거운 얼굴로 미소를 지었다.

무슨 일인지는 모르겠지만, 이 녀석이 이런 얼굴을 할 때엔 대체로 좋지 못한 일이 일어났던 것 같은데…….

"……좋아, 알았어요. 제가 갈게요…… 응. 하지만 그 대신 한 가지 조건을 달고 싶어요. ……응, 내용은 나중에 메일로 보내둘게요. 그래도 괜찮으면 나중에 또 연락해요. 끊어요."

삑, 하고 통화를 끊은 미즈시마가 스마트폰을 테이블에
놓았다.

"……일 전화였어?"

"응. 내일 현장에서 모델 한 명이 몸살이 나서 못 오게 됐대.
그러니까 대신 와주지 않겠냐고…… 그래서 말인데, 소타."

테이블에서 몸을 내민 미즈시마가 갑자기 장난스러운 미
소를 지으며 입을 열었다.

"내일 일요일에 알바 하나 안 해 볼래?"

……뭐?

제9장 웨딩드레스를 입은 왕자님

다음 날 일요일.

나는 집에서 가장 가까운 역에서 버스로 20분 정도 떨어진 장소에 있는 작은 언덕 위의 한적한 주택가로 이동하고 있었다.

주택가라고 해도 늘어서 있는 것은 모두 대저택 느낌의 단독주택이나 고급스러워 보이는 맨션뿐이었다. 소위 말하는 부자 동네라는 거겠지.

심지어 거리 곳곳에는 가스등 모양의 가로등과 외국인 묘지, 교회와 벽돌로 된 서양식 건물 등도 보였다. 이 근방은 메이지 시대에 외국인 거주지였다고 하는데, 아무래도 그 시대의 흔적이 남아 있는 듯했다. 거리의 풍경에는 이국적인 정서가 가득했다.

그런데 내가 왜 그런 고급 주택가에 왔느냐고? 그것은 물론 미즈시마가 내게 강제로 떠맡긴 아르바이트 현장이 이곳에 있었기 때문이다.

"오, 벌써 사람들이 모여 있네. 저기인가?"

버스 정류장에서 몇 분 정도 걸어가자 판타지풍 RPG에 등장할 것 같은 근사하고 신성한 분위기의 석조 성당이 눈에 들어왔다.

성당 옆에는 넓은 마당이 있었는데 그곳에는 이미 다양한 촬영 장비와 의상이 담긴 상자 등을 나르는 십여 명의 직원들이 모여 있었다.

"저기, 실례합니다……."

전혀 다른 세상인 것 같은 분위기에 주춤하면서도 나는 조심스럽게 성당 부지 안으로 발을 들였다.

"응? 아아, 거기. 멋대로 들어오시면 안 돼요."

때마침 근처를 지나가던 젊은 여성 직원이 부지 안으로 걸어 들어온 나를 발견하고 주의를 주었다.

"관계자 이외는 출입금지예요. 죄송하지만 나가주세요."

"아니, 저기! 전 오늘 임시 아르바이트로 온 사쿠하라라고 합니다."

가볍게 자기소개를 하고 고개를 숙이자 여성 직원은 잠시 생각에 잠기는가 싶더니 이윽고 "아아!" 하며 손뼉을 친다.

"그러고 보니 오늘 알바생 한 명이 온다고 아까 요시다 씨한테 들은 것도 같네. 그럼 네가 그 알바생이구나? 음, 이름이…… 맞아, 사쿠하라 소타, 라고 했나?"

"네. 저 맞습니다."

"알았어. 그럼 오늘은 잘 부탁해. 촬영 시작까지 아직 시간이 있으니까 일단 직원용 셔츠랑 바지로 갈아입고 와줄래? 자세한 일 내용은 그 뒤에 설명해 줄 테니까."

"네, 넵. 잘 부탁드립니다."

그랬다. 내가 이곳에 온 이유는 미즈시마가 모델 일을 하는 현장에서 오늘 하루 나도 임시 직원으로 일하게 되었기 때문이다.

몸이 아픈 동료의 대역 모델 일을 맡는 대신 미즈시마가 매니저에게 제시한 '조건'이라는 것이 바로 이것이었다. 일을 하는 대신 동급생 1명을 임시 알바생으로 고용해 줬으면 좋겠다고 제안한 것이다.

인기 모델이라고는 해도 일개 여고생이 소속사에게 그런 요구를 해봤자 무시당하지 않을까 싶었는데, 어째서인지 허락이 떨어졌다.

그 결과, 나는 뜻하지 않게 '여성용 패션 잡지 촬영 현장'이라는 희귀하고도 희귀한 아르바이트를 체험하게 되었다.

미즈시마는 '이걸로 일하는 중에도 같이 있을 수 있겠다'라고 말했지만…… 어제도 그렇고 오늘도 그렇고, 설마 이렇게까지 할 줄은 몰랐다. 여전히 수단을 가리지 않는다고 해야 하나, 뭐라고 해야 하나.

그나저나 미즈시마한테 너무 무른 거 아닙니까, 요시다 씨? 당신이 제대로 미즈시마를 설득했다면 지금쯤 난 당당하게 낮잠을 즐기고 있었을 거라고요.

아직 보지도 못한 미즈시마의 매니저를 향해 그런 불평을 쏟아내며, 나는 촬영 직원용 티셔츠와 청바지를 입고 성당 옆의 정원으로 돌아왔다.

그리고 아까 탈의실로 안내해 주었던 여성 직원을 찾아 말을 걸었다.

"옷 갈아입고 왔습니다."

"오, 왔어? 그럼 바로 업무 내용을 설명할게. 설명이라고 해도 부탁하고 싶은 일은 짐을 옮기거나 도로에서 행인 정리를 하는 정도야. 솔직히 말해 그냥 잡일 담당이지."

뭐, 그렇겠지. 단순한 아르바이트, 그것도 고등학생에게 촬영이니 뭐니 하는 주요 업무를 맡기지는 않을 것이다. 그렇다고는 해도 익숙하지 않은 현장임에는 변함없지만.

"……뭐, 대충 설명은 이 정도야. 기본적으로는 주위 직원들한테 부탁받은 일을 해 주면 되니까. 그럼 나머지는 부탁해."

빠르게 설명을 마친 여성 직원은 종종걸음으로 떠나 버렸다.

자아, 당장 미지의 현장에 홀로 던져지고 말았다. 일단 뭐부터 해야 하지? 애초에 중요한 미즈시마는 어디에 있는 것일까.

"어머? 처음 보는 얼굴이 있네."

내가 고개를 갸우뚱하고 있는데, 갑자기 등 뒤에서 누군가가 말을 걸어왔다.

돌아본 곳에 있던 것은, 붉은 기가 도는 짙은 갈색의 긴 머리와 꽃무늬 머리띠가 인상적인, 딱 보기에도 거만해 보이는 분위기의 여자아이였다.

"직원 유니폼을 입고 있는 것 같은데…… 너 누구야?"

"아, 아아, 안녕하세요. 오늘 이 현장에서 아르바이트를 하게 된 사쿠하라라고 합니다."

갑자기 나타난 머리띠 소녀에게 신분을 추궁당한 나는 순간 당황하면서도 인사를 돌려주었다. 나보다 훨씬 더 현장에 익숙해 보이는 소녀의 분위기에 짓눌려 자연스럽게 존댓말이 나오고 말았다.

눈앞에 선 귀여운 원피스를 입은 늘씬한 몸매의 소녀는 아마도 나와 동갑이거나 한 살 아래인 스즈카와 비슷한 나이대로 보였다.

직원용 교복을 입지 않았음에도 아무도 그녀를 쫓아내지 않는 것을 보면 어쩌면 그녀도 오늘 현장에서 일하는 모델일지도 모른다.

"으음, 그쪽은?"

"후지마키 리노, 14살. 현역 중학생 슈퍼모델이야."

"그, 그렇구나."

역시 이 애도 오늘 현장에서 촬영하는 모델이었던 모양이다. 열네 살이면 동생인 스즈카랑 동갑인가. 본인 입으로 '슈퍼'라고 말하는 걸 보니 어지간히도 자신감이 넘치는 모양이네.

뭐, 사실 중학생치고는 어른스럽고 예쁜 얼굴을 하고 있긴 하다.

"그건 그렇고…… 흐음, 그래. 알바란 말이지."

머리띠 소녀, 후지마키가 갑자기 의심의 눈길을 내게 향했다.

"그래서, 목적이 뭐야?"

"……어?"

"'어?'가 아니라. 너, 빈말로도 패션에 관심이 있어 보이는 타입 같지는 않거든. 알바라면 이런 것 말고도 얼마든지 있을 텐데 굳이 이런 현장을 선택했다니, 뭔가 좀 이상하지 않아?"

날카로운 지적에 나는 침을 꿀꺽 삼켰다.

하긴, 나는 여성 패션은커녕 내가 입는 옷조차 관심이 없다. 집콕과 영화 감상을 누구보다 사랑하는 전형적인 아싸 캐릭터다.

미즈시마에게 반강제로 강요받지 않았다면 애초에 이런 상위권 남녀들만이 발을 들일 수 있을 것 같은 현장에 오지도 않았을 인종이었다.

"어쩐지 수상하네. 무슨 목적으로 현장에 침입한 거야?"

"그, 그건, 으음."

"혹시…… 여기 있는 모델 중 한 명의 스토커? 헉, 완전 소름…….."

"아냐아냐아냐! 그건 절대로 아냐!"

있지도 않은 죄를 뒤집어쓰게 생긴 나는 황급히 그녀의 말을 부정했다.

깜짝 놀랐네. 갑자기 무슨 소릴 하는 거야, 이 애는.

"후우…… 누가 들으면 오해할 말 하지 마."

"그래? 그건 실례. 그럼 스토커가 아니면 뭔데?"

이 이상 쓸데없이 속이려고 해 봤자 반대로 의심만 살 것 같았다.

후지마키의 물음에 나는 미즈시마와 미리 의논해 둔 **사정**을 설명했다.

"소개받고 온 거야. 모델 중에 아는 사람이 있는데, 그 친구한테 알바 자리를 찾지 못해 곤란하다고 상담했더니 소개해 줬어. 물론 난 패션 같은 것에는 별로 관심이 없지만, 일당도 높다고 하니까. 그래서 연결해 달라고 했지."

미즈시마는 매니저에게 나를 단순히 '아르바이트를 구하는 동급생' 정도의 존재로 소개한 것 같았다. 우리의 관계를 알릴 수는 없으니 뭐, 당연한 판단이었다.

그보다 이런 구차한 변명을 떠올릴 바에야 차라리 나를 끌어들이지 말고 혼자서 일하면 좋았을 텐데.

"아는 사람? 누구?"

"**미즈시마 시즈노**. 아, 이런 자리에서는 Sizu라고 말하는 편이 나으려나?"

"뭐?!"

순간 후지마키가 커다란 눈동자를 더욱 크게 떴다.

"네, 네, 네가 아는 사람이라는 게…… **시즈노 님이야?!**"

……엥? 님?

"대답해!"

다음 순간 멍한 얼굴을 한 내게 다가오더니 멱살을 잡을 기세로 달려든다.

"너처럼 딱 보기에도 학교 카스트 최하위일 것 같은 보잘

것없는 남자가 어째서 시즈노 님과 아는 사이인 거야?! 이해가 안 가! 어설픈 거짓말로 속일 생각 하지 마! 소개로 온 알바인지 뭔지는 모르겠지만 시즈노 님이 너 같은 엑스트라 B 따위를 상대해 주실 리가 없으니까!"

심한 말을 들었다. 역시 겉모습 그대로 상당히 까칠한 성격인 모양이다.

그렇지만 이러한 종류의 평가는 지금까지 몇 번이나 받아왔고, 스스로도 인정하고 있는 부분이었기 때문에 이제 와서 상처받지는 않았다.

하지만 그렇군.

'시즈노 님'이라고 부르고 있는 것을 보니 아무래도 이 녀석도 미즈시마에게 심취한 팬 중 한 명인 듯했다. 같은 업계 사람조차 매료시키다니, 새삼 그 녀석이 가진 모델로서의 저력을 실감했다.

이렇게 된 이상 나와 그 녀석의 관계를 더더욱 들켜서는 안 될 것 같았다.

"어, 어쨌든 난 소개를 받아 온 것뿐이야. 할 일을 찾아봐야 하니까 이제 가볼게."

이 녀석이랑 엮이면 귀찮아질 것 같다.

흥분하는 자칭 슈퍼모델에게서 도망치듯 나는 그 자리를 떠나기 위해 발길을 돌렸다.

"잠깐! 기다려! 아직 이야기 안 끝났어!"

하지만 돌아서려는 나를 다시 막아섰다!

"뭐, 뭐야. 할 말은 이미 다 했잖아? 난 정말로 미즈시마와 같은 학교에 다니는 동급생 이외에 아무 사이도 아니야. 대화한 것도 이번 아르바이트 건이 처음이고."

"네네, 그렇겠지. 백번 양보해서 네 이야기가 사실이라고 해도, 시즈노 님 쪽은 분명 이 현장을 소개해 준 걸 '길가에서 굶고 있는 들개에게 먹이를 던져준 일' 정도로만 생각하고 계실 거야!"

하지만, 하고 말한 후지마키가 마치 부모의 원수라도 되는 양 나를 노려보며 말했다.

"하지만 넌 어떨까? 고작 딱 한 번 시즈노 님의 변덕으로 은혜를 좀 받았다고 '혹시 날 좋아하는 거 아닐까?' 하는 멍청한 착각이라도 하고 있는 거 아냐? 이 아르바이트를 계기로 운이 좋으면 가까워질 수 있을 거라고 생각한 거 아냐? 유감이네! 언니는 너 같은 너드 따위를 일일이 기억해 줄 정도로 한가하지 않으시거든, 알아들었어?!"

자신이 할 말만 마친 자칭 슈퍼모델 씨는 "흥!" 하고 콧방귀를 뀌더니 빠른 걸음으로 어디론가 사라져 버렸다. 그녀가 사라지자마자 주위의 데시벨이 확 떨어진 느낌이었다.

폭풍 같다, 라는 표현은 저 녀석 같은 애들을 두고 말하는 거겠지.

대체 뭐였을까, 저 건방진 아가씨는……. 뭐, 됐다. 그것보다 일이다, 일.

지체된 시간을 만회하기 위해 나는 정원 안을 돌아다녔다.

그러자 성당 옆, 여러 개의 종이 상자가 놓인 인적 없는 한쪽 구석에서 카메라를 한 손에 들고 걷는 남자 직원을 발견했다.

마침 잘됐다. 저 사람한테 뭔가 일을 받자.

"저기~ 죄송합니다."

"헉?!"

그러나 어째서인지 남자 직원은 내가 말을 걸자마자 도망치듯이 부지 밖으로 나가 버렸다. 내가 할 일이 없는지 물어보려고 한 것뿐인데 노골적으로 피했어…….

"바쁜가?"

거기까지 생각한 나는 문득 아까 그 남자 직원이 직원증을 지니고 있지 않았다는 것을 깨달았다.

묵직한 카메라를 목에 걸치고 있길래 틀림없이 촬영 관계자라고만 생각했는데…… 아닌가?

"……뭐, 상관없나. 어쨌든 다른 직원을 찾아봐야겠다."

마음을 다잡고 이번에는 성당 안으로 들어가 일거리를 찾았다.

도중에 몇 번인가 유니폼을 입은 직원과 조우했지만, 공교롭게도 다들 바빠 보여서 나에게 일을 나눠줄 여유는 없어 보였다.

으음, 난감하네. 이대로 있다가는 그냥 촬영장 구경꾼이잖아.

"……뭐 하자는 거야?"

복도 저편에서 갑자기 들려온 그 목소리에 나는 무심코 귀를 기울였다.

어쩐지 귀에 익은 목소리인데…… 혹시?

나는 성큼성큼 복도를 걸어가 목소리가 들려온 방향으로 향했다.

이윽고 도착한 곳은 '모델 대기실'이라는 종이가 걸린 방이었다.

방문이 살짝 열려 있어서 복도에서도 내부 모습을 볼 수 있었다.

'저거…… 혹시 미즈시마인가?'

방 안에 서 있던 그 인물을 본 나는 순간 누구인지 알아보지 못했다.

그럴 만도 하다. 오늘의 미즈시마는 뒷부분이 새의 꼬리처럼 긴 검은색 재킷에 검은색 슬랙스, 그리고 흰 셔츠와 흰 나비넥타이까지…… 그러니까 연미복을 입고 있었다.

복장에 맞춘 것인지 앞머리까지 올린 탓에 더욱더 훈훈한 외모가 부각되었다. 정말 타카라즈카* 에 나오는 남자역 여배우 같은 분위기였다. 저게 오늘 저 녀석의 촬영 의상인 듯했다.

"……얼굴을 다칠 수도 있다는 생각은 안 했어? 아무리 그래도 너무 대책 없잖아."

---

*일본에 있는 유명한 여성 가극단.

"죄, 죄송해요! 미즈시마 선배!"

그러나 대기실 안에서는 뭔가 긴장된 공기가 감돌고 있었다.

여기서는 잘 보이지 않지만, 평소보다 더 험악한 얼굴을 한 미즈시마가 대기실에 있던 다른 모델로 보이는 소녀에게 무언가 말하고 있었다.

도저히 말을 걸 만한 분위기는 아니다. 나는 나도 모르게 숨을 죽였다.

"잘 들어. 물론 패션지에 실린다고 해도 우리는 일개 학생 모델이야. 어떻게 보면 아르바이트랑 그렇게 큰 차이도 없을지도 몰라."

어깨를 흠칫 떠는 동료 모델을 향해 미즈시마는 다소 누그러진 얼굴로 타이른다.

"하지만 이렇게 돈을 받고 일을 하는 이상 우리는 프로야. 우리 얼굴이나 피부는 말하자면 모델로서의 장사 도구인 거지. 그게 손상되지 않도록 세심한 주의를 기울이는 건 '프로'로서 당연한 일이야. 무슨 말인지 알지?"

"네, 네…… 죄송해요. 제가 너무 경솔했어요……."

고개를 푹 떨구는 동료 모델 아이. 그런 모습을 보고 미즈시마는 지금까지의 험악한 분위기를 풀더니 부드럽게 미소 지으며 그녀의 머리를 쓰다듬었다.

"응. 이해했으면 됐어. 뭐, 좀 엄한 소릴 하긴 했지만 무엇보다도 네 얼굴에 상처가 나지 않아서 정말 다행이야. 프로니 뭐니 하는 이야기를 떠나서 이렇게 귀여운 얼굴을 갖고 있으니까 소중히 해야지, 안 그래?”

“네, 네! 가, 감사해요. 미즈시마 선배님!”

“후후, 착하다.”

희미하게 볼을 물들이는 동료 모델을 내려다보며 미즈시마는 인자한 표정을 지어 보였다.

저 공간만 보면 진짜 그런 순정만화의 한 장면 같다.

어쨌든 상황은 대충 수습된 모양새였다.

‘그건 그렇고…… 뜻하지 않게 희귀한 장면을 목격해 버렸네.’

평소엔 능청스럽고 마이페이스 성향이 강한 녀석이지만, 이제 보니 후배 앞에서는 의외로 제대로 된 선배 노릇을 하고 있는 것 같았다.

게다가 그 녀석이 일에 대해 그 정도의 프로 의식을 갖고 있다는 것도 의외였다. 대충하는 것처럼 보였는데 모델이라는 일에는 나름대로 진지하게 임하고 있는 것일까.

“그럼 난 이만 가볼게. 너희들도 준비 잘하고 있어.”

앗, 망했다! 미즈시마가 이쪽으로 오고 있어!

나는 황급히 문에서 떨어져 주위를 살폈지만, 공교롭게도 복도에는 숨을 만한 그늘이 없었다.

“어?”

“아, 안녕…….”

결국 대기실에서 나온 미즈시마와 딱 마주치고 말았다.

"오~ 벌써 왔구나?"

"아, 어어. 아까. 그것보다 너…….."

내가 그렇게 말하자 미즈시마는 그것을 손으로 멈추고 대기실을 돌아본다.

"여기는 좀 그러니까 장소를 옮길까?"

"……그래."

확실히, 모델과 평범한 임시 알바생 둘이서 이야기하고 있으면 다른 모델이나 직원에게 의심을 받을지도 모른다. 미즈시마가 무슨 말을 하고 있는지 짐작한 나는 고개를 끄덕였다.

최대한 남의 눈을 피해 성당을 나온 우리들은 인적 없는 안뜰까지 나왔다.

"그, 아까는 좀 안 좋은 모습을 보였네."

안뜰 구석에서 멈춰선 미즈시마는 난처한 미소를 지으며 그렇게 중얼거렸다.

내가 아까 이야기를 엿듣고 있었다는 사실을 이미 알아차린 모양이었다.

"내가 늘 그렇게 후배들을 혼내는 건 아냐. 오히려 좀 실수해도 괜찮다고 다독여주는 상냥한 선배에 더 가까워."

그건 뭐, 어느 정도 이해가 갔다. 그 후배 아이가 그렇게 잘 따르는 모습을 보면 말이다.

"하지만 오늘은 도저히 지나칠 수 없는 일이라. 저 애는 일도 성실하게 잘하고 나쁜 아이는 아닌데 아직 신인이라 조금 위태롭거든. 아까도 친구랑 하는 통화에 몰두하느라 전원이 켜진 고데기가 이마에 닿을 뻔한 것도 전혀 눈치채지 못했어. 그래서 화상이라도 입었다간 어쩔 뻔했냐고 혼내고 있었던 거야."

"그렇군. 그건 확실히 위험했네."

"그렇지? 말하면 제대로 이해하는 아이니까 이제는 괜찮을 거야."

"흐음, 네가 그렇게 남을 잘 챙기는 성격일 줄은 몰랐는데 말야. 따르는 녀석들이 많을 수밖에 없겠네."

언제나 모두에게 상냥하고, 그럼에도 따끔하게 말해야 하는 부분은 따끔하게 말한다. 그야말로 이상적인 선배 아닌가.

뛰어난 미모나 카리스마를 뺀다 하더라도 본래부터 후배들에게 인기가 많은 성격일지도 모른다. 예를 들면 아까 본 자칭 슈퍼모델 씨라든가.

"뭐, 그렇지. 하지만…… 그렇기 때문에 가끔씩은 누군가에게 마음껏 응석을 부리고 싶은 마음도 있어."

말이 끝나기가 무섭게 미즈시마가 휙 몸을 돌려 나에게 달라붙으려고 했다.

하마터면 서로 붙을 뻔한 순간, 나는 빠르게 뒤로 물러나며 몸을 피했다.

"뭐야, 왜 도망가? 일하기 전에 소타늄을 보충하려고 한 건데."

“바보야. 누가 보면 어쩌려고. 그리고 소타늄 같은 건 없어!”

“부우~, 소타 쪼잔해~.”

노골적으로 불만스러운 표정으로 볼을 부풀리는 미즈시마.

이거 봐, 아까 프로가 어쩌고 했던 카리스마 모델 맞아?

완전히 평소와 같은 상태로 돌아온 미즈시마의 모습에 나는 한숨을 내쉬며 어깨를 으쓱했다.

“뭐, 됐어. 그것보다 소타, 벌써부터 알바 열심히 하고 있는 것 같네? 직원용 유니폼도 잘 어울려.”

“그거 고맙네. 단순한 검은색 티셔츠랑 청바지지만.”

“후후. 도망치지 않고 제대로 와 준 건 칭찬해 줄게.”

미즈시마가 씨익 도발적인 미소를 지었다. 흥, 여유 부리기는.

“……그건 그렇고.”

시선을 미즈시마의 얼굴에서 복장으로 옮긴 나는 고개를 갸우뚱했다.

“응? 왜?”

“아니, 오늘은 분명 웨딩드레스를 입는 일이라고 하지 않았나?”

“맞아. 어젯밤 채팅으로도 보냈지만 오늘은 브라이덜 모델 촬영이야.”

“그런데 넌 왜 연미복이야? 분명 드레스를 입을 거라 생각했는데.”

내가 그렇게 묻자, 미즈시마가 이번에는 소악마 같은 미소를 지었다.

"응? 뭐야~? 혹시 소타, 내 웨딩드레스 입은 모습 보고 싶었어?"

"뭐, 뭐?! 바보야, 그런 거 아니거든!"

아니, 물론 이 녀석 정도의 미인이 웨딩드레스 같은 옷을 입으면 어떤 느낌일지 아주 조금 궁금하긴 했지만…….

"딱히 부끄러워할 필요 없는데? 소타가 원한다면 언제든지 보여줄게."

"필요 없어! ……그래서, 결국 왜 연미복인데?"

이 이상 미즈시마에게 놀림받는 것도 열받아서, 나는 억지로 화제를 돌렸다.

어쩔 수 없다는 얼굴로 어깨를 으쓱해 보인 미즈시마는 그 후 담담히 일의 경위를 알려주었다.

"그게 말이지, 건강 상태가 안 좋아서 못 오게 된 사람이 신랑역을 맡은 남자 모델이었거든. 근데 오늘 우리 사무소에 있는 남자 모델들은 모두 다른 일로 나가 있다고 해서."

"……그렇군. 그래서 급히 네가 지명된 건가."

"맞아. 남자역으로 촬영한 적도 지금까지 몇 번 있었으니까."

첫 데이트 때의 사복은 그렇다 쳐도, 잘 생각해 보니 미즈시마가 제대로 남장을 한 모습을 보는 건 지금이 처음이다.

남장 미인, 미남 집사, 왕자님…… 온갖 어울릴 만한 수식

어를 찾자면 끝이 없다. 남자인 나도 살짝 질투가 날 수준
이다.

이러니 여자애들이 가만히 놔둘 리가 있나. 에나가 고민
없이 갈아탄 것도, 지금이라면 그 심정을 조금은 알 것 같
았다.

내가 여자라도 이런 별 볼 일 없는 음침한 오타쿠 남자보
단, 단연코 이쪽의 꽃미남 미소녀와 사귀고 싶을 테니까.

"확실히 별로 위화감은 없네."

"그렇지? 뭐, 그래도 테일 코트를 입는 건 처음이라 좀 불
편하긴 하지만. 가슴도 많이 압박돼서 조금 답답하고."

그 말에 내 시선이 자연스럽게 미즈시마의 가슴으로 향한
것은, 건전한 남자 고등학생의 본능이라고 생각하고 용서
해 주길 바란다.

지금은 거의 평평한 상태가 되어 있지만. 저 아래에 그렇
게 엄청난 **것**이 숨어 있다는 건가…… 으음, 엄청나네.

"아, 소타, 지금 내 수영복 입은 모습 떠올렸지?"

"흐헤?!"

정확히 정곡을 찔러버린 나는 변명할 새도 없이 동요하고
말았다.

이 녀석, 혹시 에스퍼인가? 에스퍼냐고?!

"전혀 아니야. 소타가 알기 쉬운 것뿐이지."

"아무렇지도 않게 속마음 읽는 짓 좀 하지 말아줄래……?"

"궁금하면 보여줄까? 셔츠 속."

"필요 없어! ……하여간, 그만 좀 해. 너랑 이렇게 장난치는 모습을 보였다간 또 그 자칭 슈퍼모델 씨한테 무슨 말을 들을지."

두통과 함께 그 땍땍거리는 목소리가 다시 떠올라 나는 무심코 미간에 손가락을 가져갔다.

어쨌든 내가 미즈시마와 아는 사이라는 것만으로도 그 난리를 피워댔으니.

하물며 이런 식으로 장난치는 장면을 목격하는 날엔 작업 중 사고를 가장해서 나를 저승으로 보내려 한다 해도 이상하지 않을 것 같았다.

"어? 소타, 리노랑 만났어?"

"응? 아아, 아까. 그 녀석도 네 후배냐?"

"맞아. 사실 나 작년까지는 그 애랑 같은 중학교에 다녔거든. 세인트 엘사 여학교라고 하는데. 소타도 이름 정도는 들어본 적 있지 않아?"

"허어, 너 엘사 학생이었냐?"

미즈시마의 말대로 세인트 엘사 여학교라고 하면 시내 제일의 편차치를 자랑하는 여학교로 유명하다. 이 근방 학생 중에 모르는 녀석은 거의 없는, 뭐 소위 말하는 '아가씨 학교'라 불리는 곳이다.

"그때부터 리노는 나를 잘 따랐거든. 그래서 내가 고등학교는 다른 학교에 진학한다고 말했을 때 엄청 아쉬워했지. 여학교에도 고등부는 있는데 왜 가냐면서."

당시를 떠올린 것인지 미즈시마가 쓴웃음을 지었다.

"물론 그 후에는 곧바로 '같이 모델 일을 하고 싶다'면서 우리 사무소에 지원하긴 했지만."

"정말이지 엄청난 행동력이네. 근데 그런 동기로 용케 붙었네."

"저 애, 우리 사무소랑도 친한 대형 출판사 사장님의 딸이래. 그래서 사장님도 무시할 수 없었나 봐. 뭐, 리노 자체는 모델로서 더할 나위 없는 외모를 가졌으니까 의외로 쉽게 허락받은 모양이야."

그렇군, 대기업 아가씨였군. 그래서 그렇게 성격이 제멋대로였구나…….

그 녀석, 본인 입으로 슈퍼모델이니 뭐니 했으면서 아직 신참이나 다름없었잖아. 쓸데없이 거물처럼 보이는 분위기 탓에 완전히 속아버렸다.

"뭐, 확실히 좀 개성 강한 아이이긴 하지만, 너무 미워하진 말아줘."

"……노력은 해 볼게."

굳이 따지자면 그쪽이 날 눈엣가시로 여기고 있지만.

"그건 그렇고."

내가 어깨를 으쓱하고 있는데, 갑자기 미즈시마가 나와의 거리를 좁혀왔다.

"**여친** 앞에서 다른 여자아이 화제를 꺼내는 건, 별로 달갑지 않은데."

그렇게 말하며 검지손가락을 뻗어온 미즈시마는, 왠지 조금 불만스러워 보였다.

"뭐? 아니, 딱히 난……."

"그래도 괜찮아. 소타가 아무리 리노랑 친해진다 해도, 난 절대로 지지 않을 거니까."

"사람 말 좀 들어."

"무엇보다, 적어도 가슴 크기로는 단연코 내가 위니까. 소타가 거유를 좋아한다는 건 지금까지의 데이트로 파악이 끝났어. 그러니 내가 질 리 없어."

"중학생을 상대로 뭘 겨루고 있는 거야……."

흐흥, 하고 웃으며 수수께끼의 자부심을 드러내는 미즈시마. 이상한 곳에서 어린애 같은 녀석이라니까.

"게, 다, 가."

한동안 그렇게 장난을 친 미즈시마는 다음 순간, 남자인 나조차도 심장이 두근거릴 정도로 근사한 목소리로 속삭였다.

"지금부터는 분명—— 나밖에 볼 수 없게 될 테니까."

※

『나밖에 볼 수 없게 될 테니까.』

미즈시마가 자신만만하게 선언한 그 대사의 의미를, 나는 실제로 브라이덜 모델 촬영이 시작되는 단계가 되어서야 확실히 깨달을 수 있었다.

정원 일에서 성당 안의 일을 맡게 된 나는 촬영 직원들 사이를 이리저리 돌아다니며 잡일을 소화했다. 필연적으로 성당 안에서 진행되고 있는 촬영 현장을 가까이서 볼 기회는 아주 많았다.

오늘은 신작 웨딩드레스를 몇 벌 소개하기 위한 촬영인지 제각각 다른 드레스를 입은 몇몇 모델들이 차례대로 카메라 앞에 섰다.

그리고 그런 모델들 옆에서 신랑 역으로 피사체가 되어준 사람은 물론 연미복을 멋지게 차려입은 미즈시마였다.

"좋아, 그럼 다음은 팔짱을 좀 껴볼까."

"네."

"그래, 좋아~. Sizu 씨, 몇 밀리만 오른쪽으로 돌려볼까?"

"이렇게요?"

"응, 딱 좋아! 이대로 몇 장 찍을게~."

모델 일을 하는 미즈시마의 모습을 처음 본 나는, 뭐라고 해야 좋을까. 가벼운 감동을 느끼고 말았다.

저 녀석이 고등학생이자 인기 모델이라는 것은 충분히 알고 있다고 생각했는데, 실제로 두 눈으로 본 Sizu는 내 상상을 아득히 뛰어넘었다.

자신의 부모뻘만큼 나이 많은 어른들에게 둘러싸여 있는데도 결코 위축되지 않는 저 배짱.

촬영 직원에게서 날아오는 밀리미터 단위의 포즈 지시에

도 한 번에 완벽하게 대응하는 능력.

얼굴만 좋은 것이 아니다. 몸매만 좋은 것이 아니다.

미즈시마가 모델로서 확실한 실력과 센스를 갖고 있다는 것을, 아마추어인 내 눈으로도 확실히 알 수 있었다.

솔직히 '멋있다'고 생각해 버렸다.

"……신부역이 완전히 조연이 돼버렸잖아."

성당의 스테인드글라스를 배경으로 진행되고 있는 촬영은 이미 남장한 미즈시마가 메인인 느낌의 촬영회가 되어 있었다.

웨딩드레스를 입은 다른 모델들조차 아까부터 카메라보다 미즈시마 쪽을 더 많이 보고 있을 정도다.

"하아…… 언니가 너무 근사해서 옆에 선 저 자신이 부끄러워요. 저 같은 게 언니의 신부역이라니, 어울리지 않는 것 같아요……."

"그렇지 않아. 리노가 드레스 입은 모습도 예뻐. 그러니까 자, 웃어, 웃어."

"흐엣?! 제가 예, 예, 예쁘다니…… 푸쉬익~."

아까 봤던 자칭 슈퍼모델 씨는 미즈시마의 천연 매력 발산에 제대로 맞아 계속 동요의 연속이었다. 머리에서 연기가 뿜어져 나올 것 같은 기세로 얼굴을 새빨갛게 물들이고 있다.

"……하하. 저 녀석, 굉장하네."

직원 무리에 섞여 미즈시마의 일거수일투족을 지켜보던

나는, 어느새 빈정거림이나 비난이 아닌 솔직하게 그렇게 중얼거리며 웃고 말았다.

그리고 미즈시마의 반 독무대가 되긴 했지만 촬영은 순조롭게 진행되었다.

"오, 수고가 많아, 소타."

드디어 마지막 촬영이 종료되고 모델들은 탈의실로 철수. 성당 내 직원들도 뒷정리에 들어가려는 타이밍.

촬영을 마친 직후라 여전히 연미복 차림을 한 미즈시마가 쓰레기를 줍는 나에게 말을 걸어왔다.

"알바는 좀 어땠어?"

"아아, 뭐, 꽤 귀중한 경험이었어. 일 자체도 그렇게 어려운 건 없었고. 그보다 너야말로 수고했다."

"고마워. 누가 뭐래도 오늘은 소타가 와줬잖아. 그래서 평소보다 더 힘이 들어갔나 봐."

그렇게 말한 미즈시마가 상쾌한 미남의 얼굴로 천진난만한 브이자를 그려보였다.

흠, 확실히 이 모습은 여자가 본다면 엄청난 파괴력일지도 모르겠다.

"어제 히어로 쇼에서는 소타가 멋진 모습을 보여줬으니까. 그래서 오늘은 내 멋진 모습을 소타에게 보여주고 싶었어."

손을 뒤로 모은 미즈시마가 나를 올려다보며 물어왔다.

"있지, 오늘 나 어땠어?"

“……글쎄.”

딱히 대단한 감상은 없다.

애초에 모델의 대단함 같은 건 잘 모르겠다.

뭐, 적어도 비주얼이 좋았다는 점만큼은 인정한다.

마음만 먹으면, 그런 비아냥이나 부정적인 말을 하는 것은 쉬웠다.

아무리 인기 모델이라고 해도, 꽃미남 미소녀라고 해도, 이 녀석이 내게서 에나를 빼앗아 간 숙적이라는 사실은 지금도 변함이 없다.

그런 상대를 칭찬하다니 웃을 일이 아닐지도 모른다. 아니, 지금도 물론 그렇게 생각하긴 한다.

하지만.

“그래, 오늘의 넌 진짜 멋있었어.”

이때만큼은, 내 솔직한 마음을 속이는 게 반대로 지는 거라는 생각이 들었다. 깨닫고 보니 나는 나조차도 깜짝 놀랄 만큼 담백하게 그런 말을 하고 있었다.

그리고 깜짝 놀란 것은 미즈시마도 마찬가지였던 모양이다. 분명 평소와 같은 얼굴로 능청스러운 태도를 보일 거라 생각했는데, 순간 넋이 나간 표정을 지어 보인다.

하지만 금방 다시 평소의 얼굴로 돌아와서는 약간 멋쩍은 미소를 지으며 수줍음을 드러냈다.

“그래. 그렇다면 다행이다.”

……쯧, 그렇게 기쁘다는 눈빛으로 이쪽 보지 말라고.

널 기쁘게 해 주려고 한 말 아니거든? 정말, 분위기 이상하게…….

"자, 자아! 언제까지고 여기서 잡담을 나눌 순 없잖아. 난 이만 정리하러 갈 테니까 너도 빨리 옷 갈아입고 와."

묘하게 말랑해진 공기를 견디지 못한 나는 둘러대듯 그렇게 말하며 쓰레기 줍는 일을 재개했다.

"저기, 미즈시마 씨. 잠깐 괜찮을까요?"

그때 마침 안경에 정장을 입은 작은 여성이 찾아와 미즈시마에게 말을 걸었다.

"아, 요시다 씨. 오늘 수고했어요. 무슨 일이에요?"

아하, 이 사람이 매니저인 요시다 씨인가.

미즈시마를 담당하고 있다는 얘길 듣고 더 깐깐하고 베테랑 같은 분위기를 가진 사람을 상상했는데, 상당히 젊고 성격도 겉으로 보기엔 소극적인 느낌이었다.

이 모습을 보니 그동안 미즈시마의 고집을 거절하지 못한 이유를 알 것도 같았다.

"저, 실은 직원들 쪽에서…….""

요시다 씨가 미즈시마에게 작게 귓속말을 전했다.

고개를 끄덕이며 그 말을 듣던 미즈시마는 잠시 무언가 고민하는 얼굴을 하더니.

"……응, 알았어요. 그럼 준비하고 올게요."

"죄송해요, 갑작스럽게…….""

"괜찮아요. 그 대신 요시다 씨는……쪽을 부탁해요."

요시다 씨와 두 마디, 세 마디 무어라 속닥거리더니 이번에는 옆에 있던 나에게 질문이 날아왔다.

"있지, 소타. 마지막으로 나도 부탁할 게 있어. 일."

"일? 뭔데? 음료수라도 사다줄까?"

그런 농담을 던진 내 귀에, 미즈시마가 **일**의 내용을 살짝 귀띔해 주었다.

"……뭐? 누가? 내가?!"

"응. 해 줄 거지?"

지, 진심입니까…… 미즈시마 씨……?

※

"이 엑스트라남! 기어이 일을 쳤구나!"

브라이덜 모델 촬영이 종료되고 10분 후.

넓은 성당 안에 귀를 울리는 날카로운 욕설이 울려 퍼졌다.

"자, 잠깐. 일단 진정해, SM 중학생."

"누가 SM 중학생이야! 이상하게 말 줄이지 마! 슈퍼모델이라고, 슈퍼모델!"

이미 의상에서 사복으로 갈아입은 후지마키가 날뛰는 투우처럼 서슬 퍼런 기세로 나에게 달려들었다.

"이 상황에서 어떻게 침착할 수 있겠어?! 뭐가 어떻게 되면 일이 이렇게 되는 거야! 제대로 납득할 수 있는 설명을 해! 절대 납득할 수 없겠지만!"

"그럼 어쩌라는 거야……."

뭐, 이 녀석이 이렇게까지 흥분하는 것도 무리는 아니다. 어쨌든 나조차 아직 마음의 준비가 되지 않았을 정도니까.

"그, 저기, 후지마키 씨. 그 부분은 제가 설명할 테니……."

발을 탕탕 구르며 분노하는 후지마키의 모습에 옆에 서 있던 요시다 매니저가 쩔쩔매며 그녀를 타일렀다.

들어 보니 요시다 씨는 미즈시마 외에도 후지마키의 매니저도 겸임하고 있다고 했다. 개성 강한 모델을 두 명이나 담당하고 있다니, 이 사람도 상당히 고생이 많겠네.

"음…… 우선, 당초 예정했던 촬영은 일단 모두 종료했어요."

"네. 알고 있어요."

"네, 네에. 근데 사실 아까 촬영 직원이 '이왕 이렇게 된 거 마지막으로 Sizu의 드레스 차림 컷도 몇 장 찍어보면 어떨까'라는 제안을 했고요."

"네, 그것도 아까 언니한테 들었어요."

"그래서…… 그 마지막 몇 장을 찍을 때 이쪽에 계신 사쿠하라 씨가 도와주기로 하신 거예요."

"거기야! 내가 납득할 수 없는 건 거기라고요!"

후지마키가 쾅, 성당의 벽을 내리치자 요시다 씨가 "힉" 하고 작게 비명을 지른다.

"생각지도 못하게 언니의 웨딩드레스 차림을 볼 수 있게 된 건 너무 기뻐요. 하지만, 하지만…… 어째서 신랑역이 이 엑스트라남인 건데요?!"

그랬다. 미즈시마가 마지막으로 나한테 부탁한 '일'이란, 웨딩드레스를 입고 촬영하는 자신의 옆에서 신랑역의 피사체가 되어달라는 것이었다.

그렇게 돼서, 현재 촬영 준비를 진행하고 있는 직원들 사이에서 나는 익숙하지 않은 검은 턱시도를 입고 대기하고 있었다.

설마 나까지 덩달아 모델을 하게 될 줄이야……. 미즈시마 녀석, 마지막 순간 말도 안 되는 폭탄을 터뜨리다니.

"신랑역을 세울 거면 다른 프로 남자 모델한테 시키면 되잖아요!"

당연히 그 사실을 알게 된 자칭 슈퍼모델 씨는 아까부터 펄펄 날뛰고 있었다.

이를 악물며 적의를 대놓고 드러낸 후지마키는 요시다 씨가 중간에 나서주지 않았다면 내가 입고 있는 턱시도를 당장이라도 다 찢어버리지 않았을까 싶을 정도로 맹렬히 포효했다. 맹수인가, 이 녀석.

"그, 그렇긴 한데, 그 남자 모델들이 오늘 전부 다 일정이 있어서 미즈시마가 신랑역을 하고 있었던 거고……."

"그렇다면 직원들 중 한 명으로 해요! 업계의 'ㅇ'자도 모르는 이런 엑스트라남보단 나을 거 아니에요!"

"그게, 오늘 현장에 있는 남자 직원은 다 미즈시마랑 부모자식뻘 정도로 나이차가 나서…… 동년배 남자는 사쿠하라 씨 외엔 없었어요.”

요시다 씨의 눈물겨운 설명에 후지마키가 부득부득 이를 갈았다.

적어도 현역 모델이 보여서는 안 될 수준으로 분노한 얼굴이었다.

완전 살벌하다. 꽃다운 여중생이 드러낼 만한 살기가 아니다.

“그럼 차라리 내가 남장을 할게요!”

“마, 말도 안 되는 소리 마세요…….”

아아, 정말. 어떻게 수습해야 하는 거야, 이 상황.

역시 지금이라도 신랑역을 그만두는 게 좋을까…….

“뭔가 소란스럽네.”

문득 성당 안에 울려 퍼진 맑은 목소리에, 나는 뒤를 쳐다보았다.

그와 동시에, 순간적으로 말하는 법을 잊고 말았다.

“흐앗?! 어…… 언니…… 너무, 멋져…… 털썩.”

“후, 후지마키 씨?! 저, 정신 차리세요~!”

심지어 후지마키는 지금까지의 살기가 거짓말처럼 싹 사라졌다. 사라진 걸 넘어 알 수 없는 헛소리를 중얼거리며 행복한 얼굴로 기절해 버렸다.

“기다렸지, **사쿠하라 군.**”

뒤돌아선 곳에 있던 사람은, 당연히 미즈시마였다. 하지만 지금의 그녀는 검은색 연미복에서 순백의 웨딩드레스로 갈아입어 분위기가 완전히 달라져 있었다.

이른바 오프숄더 스타일이었다. 대담하게 어깨와 가슴 부분을 드러낸 디자인이 어른스러운 그녀의 아름다움을 더욱 강조했다. 반면 긴 스커트 부분은 계단식의 프릴이 덧대어져 귀여운 분위기를 연출했다.

조금 전까지는 올리고 있던 머리도 지금은 풀어서 부드럽게 웨이브를 넣었고, 입술에는 약간의 립스틱을 발랐다.

남장 여인에서 완전히 변신해, 그야말로 '신부'라는 표현이 딱 어울리는 정통파 미소녀 모드의 미즈시마가 그곳에 있었다.

"어때? 잘 어울려?"

그렇게 말하며 여신 같은 미소를 지어 보이는 미즈시마를, 나는 한동안 말없이 바라볼 수밖에 없었다.

"그럼 바로 촬영 시작할까? 소타도 준비됐어?"

"아, 응⋯⋯."

"아하하, 너무 긴장했다. 좀 더 어깨 힘 빼."

"⋯⋯어려운 소리 하지 마."

그 후의 촬영에 대해 말하자면, 솔직히 잘 기억나지 않았다.

어쨌든 인생 첫 모델 도전, 심지어 그 옆에 있는 것은 웨딩드레스를 차려입은 미즈시마다.

메인은 어디까지나 미즈시마였기에 내 얼굴이 찍히지는 않았지만, 긴장으로 머리도 제대로 돌아가지 않는 상태에서 시키는 대로 포즈를 취했고, 뒤늦게 정신을 차렸을 땐 모든 촬영이 끝나 있었다.

도중에 미즈시마에게 "이러니까 정말 결혼하는 것 같다"라는 둥의 헛소리를 들은 것 같기도 하지만, 아마 그때도 나는 건성으로 대답하는 것이 고작이었을 것이다.

"다들 수고했습니다~."

슬슬 철수 작업도 마무리되고 모델과 직원도 해산할 무렵.

드레스에서 사복으로 갈아입은 미즈시마가 마찬가지로 사복으로 갈아입은 나에게 다가왔다.

"사쿠하라 군, 돌아갈 때 버스 타지? 난 전철이긴 한데 역까지는 같이 가겠네."

"어, 어어. 그래, 미즈시마."

어디까지나 평범한 동급생이라는 걸 강조하면서도 은근슬쩍 나랑 같이 돌아가려고 하는 미즈시마. 역시 빈틈이 없다.

"수, 수고했어요, 미즈시마 씨. 오늘 갑자기 대역을 부탁해서 죄송해요."

배웅하러 온 요시다 씨가 미즈시마에게 깊이 고개를 숙였다.

"됐어요, 저도 생각 외로 재밌었으니까. 그래도 이번만 특별히 온 거예요. 5월 동안은 일 안 하겠다고 한 번 더 사장님한테 전해 줘요."

"네, 네! 전해 둘게요."

그럼 갈까, 하고 미즈시마가 걸음을 옮겼다.

나도 요시다 씨에게 가볍게 머리를 숙여 인사를 건네고 서둘러 성당을 떠났다.

바깥은 이미 석양빛이 물들어 오렌지색으로 변해 있었다. 어디선가 까악까악 하는 까마귀 울음소리가 들려왔다. 어느새 완전히 저녁이 되어 있었다.

"후후. 소타, 피곤해?"

성당을 뒤로하고 역으로 향하는 길에 미즈시마가 내 얼굴을 들여다보았다.

어느새 이름도 다시 소타로 바뀌어 있었다.

"뭐, 그렇지. 잡일을 하는 건 그 정도까지는 아니었는데, 마지막 촬영에서 한 번에 피로가 몰려왔어."

"그래? 나는 즐거웠는데. 촬영이라고는 해도 진짜 소타의 신부가 된 것 같은 기분이었어."

"……그거 알아? 미혼 여성이 웨딩드레스를 입으면 결혼 시기가 늦어진다는 얘기."

"에이. 또 그렇게 찬물 끼얹는 소릴 한다니까, 소타는."

보란 듯이 뺨을 부풀리며 투덜댄 미즈시마가 다시 웃는 얼굴로 돌아와 묻는다.

"그래서, 어땠어? 오늘 하루 Sizu…… 모델로서의 날 보니까."

그 말에 나는 오늘 하루 있었던 일을 되돌아보았다.

연미복을 멋지게 소화해낸 미즈시마. 카메라 앞에서 당당하게 포즈를 취하던 미즈시마.

그리고—— 화려한 순백의 드레스를 입고, 모두가 넋을 잃고 바라볼 정도로 눈부신 미소를 짓던 미즈시마.

평소의 능청스러운 마이페이스에 무슨 생각을 하고 있는지 알 수 없는 이 녀석과 동일인물이라는 것이 믿기지 않을 만큼, 오늘의 미즈시마는 완벽한 '프로'였다.

솔직히 쓸데없이 변명하는 게 바보처럼 느껴질 정도로 오늘의 나는 미즈시마의 모습에서 눈을 뗄 수 없었다.

"후우…… 좋아, 인정할게. 오늘의 넌 확실히 멋있고 예뻤어. 적어도 이번만큼은 너한테 완전히 졌어."

그래서 나는 도망치지 않고, 얼버무리지 않고, 솔직한 감상을 털어놓았다.

미즈시마는 순간 허를 찔린 듯한 표정을 짓는가 싶더니, 곧바로 짓궂은 미소를 지어 보였다.

"뭐야, 솔직하네."

"시, 시끄러워! 말해 두겠는데 착각하지 마라? 어디까지나 '이번만큼은'이니까. 게다가 인정한 건 모델로서의 네 실력이지, 연인이 되는 건 또 다른 문제야."

"아, 나왔다. 츤데레 소타."

"그러니까 수줍어한 적 없다고!"

쳇, 역시 칭찬하는 게 아니었다. 미즈시마의 놀림에 나는 무심코 고개를 휙 돌려버렸다.

그러는 사이 어느새 역 앞 광장에 도착했다.

나는 여기서 버스를 타고 집에서 가장 가까운 역까지 돌아가고, 미즈시마는 전철을 타고 돌아간다.

"아아, 벌써 다 왔네. 소타랑 좀 더 이야기하고 싶었는데."

미즈시마는 아쉬운 얼굴로 그렇게 말했지만, 이제 저녁 7시가 다 되어가는 시계를 보고 "역시 너무 늦었네"라며 어깨를 으쓱였다.

"차 정도는 마시고 가고 싶었는데…… 뭐, 그건 내일 오후로 미뤄둘까."

"뭐? 내일 오후라니, 수업 중에 무슨 짓을 하려고?"

기어이 이젠 수업까지 빼먹고 데이트를 하려는 건가 싶어 눈살을 찌푸렸다.

하지만 미즈시마는 '무슨 소리야?'라는 얼굴로 키득키득 웃었다.

"아니, 그게 아니라 소타, 잊었어? 내일은 '신입생 환영 스포츠 대회'잖아?"

"아."

그랬다. 주말 동안 너무 많은 일이 있어서 완전히 잊고 있었는데, 그러고 보니 내일이었다.

확실히 스포츠 대회가 열리는 내일은 정규 수업이 없다.

그리고 고등부 대회는 오전 중에 끝나기 때문에 오후엔 그대로 남아 중등부 대회를 구경해도 되고 옷을 갈아입고 먼저 돌아가도 상관없었다.

"그러니까 내일 오후에는 쭉 나랑 있어줘야 해?"

“으엑……”

아직 전날인데 벌써부터 ‘돌아가고 싶다’는 마음이 밀려들었다.

“그럼 슬슬 전철 올 시간이니까 이제 가볼게. 오늘은 현장에 와줘서 고마웠어.”

하루 종일 일했을 텐데, 피로가 조금도 느껴지지 않는 가벼운 발걸음으로 미즈시마는 “내일 봐”라고 인사하고 역 안쪽으로 걸어 들어갔다. 몇 시간 넘게 계속 서 있었으면서 대단하네.

자아, 내일도 내일대로 여러모로 피곤할 것 같으니 나도 빨리 돌아가서 오늘은 일찍 잘까.

미즈시마의 뒷모습을 바라보고 있던 나는, 그 순간 역 앞 광장의 인파 속에서 낯익은 얼굴을 발견했다.

“응? 저 녀석은…….”

눈을 가늘게 뜨고 자세히 살펴보자, 낮에 내가 성당 한구석에서 본 그 이상한 남자였다.

처음에 내가 말을 걸었을 때는 당황하며 어디론가 가버렸지만, 그는 그 후에도 가끔 성당 부지 안에서 모습을 드러냈다.

남의 눈을 피해 어슬렁거리는 모습이 아무래도 수상해서 다른 직원에게 그 이야기를 전하니 나온 대답은 이것이었다.

『아…… 그 아저씨인가? 나도 가끔 현장에서 보거든.』

『아마 Sizu 씨를 노리는 팬일 거야. 분명 오늘도 그래서 온 거겠지.』

『멋대로 현장에 난입하는 일도 몇 번 있어서 그때마다 쫓아내긴 했는데.』

아무래도 촬영 직원들 사이에서는 블랙리스트에 올라 있는 인물 같았다.

단순한 팬이라면 몰라도, 늘 촬영 현장을 알아내 나타나거나 미즈시마를 몰래 촬영하다가 들키는 등 골칫거리 같은 인물이라고 했다.

요컨대 미즈시마를 노린 스토커였다.

실제로 역 앞 광장에 있던 그 남자는 미즈시마의 뒤를 쫓듯이 역 안으로 들어갔다.

왠지 불길한 예감밖에 안 드는데, 혹시…….

"……아냐, 설마. 내 생각이 지나친 거겠지."

불길한 상상이 뇌리를 스쳤지만, 나는 '그럴 리가 없지' 하며 고개를 저었다.

지금까지도 미즈시마가 촬영장에서 혼자 집으로 돌아가는 일은 자주 있었을 것이다.

어쩌면 그 남자가 그녀의 뒤를 미행한 적도 한두 번이 아닐 수도 있다.

그런데도 지금까지 아무 일도 일어나지 않은 걸 보면 저 남자는 미즈시마에게 뭔가 직접적으로 해를 끼칠 정도의 위험인물은 아니라는 뜻이 아닐까?

물론 거동이 좀 수상하긴 하지만, 그 정도의 스토커라면 미즈시마 주위에 몇 명이나 있을 것이다. 저 녀석도 분명 그런 무리에 대한 예방책 정도는 마련해 두었을 것이다.

그러니까 내가 그렇게까지 신경 쓸 필요는 없다. 나 같은 게 참견할 일이 아니다.

나는 휙 등을 돌려 역을 등진 채 버스 정류장으로 향했다.

정류장 앞 로터리에 마침 목적지로 가는 시내버스가 들어왔다.

'……애초에, 애초에. 잊은 건 아니겠지?'

미즈시마는 내 '숙적'이다.

내가 좋아하는 여자친구를 눈앞에서 가로채 간, 뻔뻔한 여자다.

이제 와서 그 일에 대해 그 녀석을 탓할 생각은 없지만, 그렇다고 해서 용서할 생각도 없었다.

저 녀석과의 '승부' 때문에 최근에는 조금 묘한 분위기가 되어버렸지만, 본래라면 저런 녀석과는 말도 섞지 않는 것이 정상이었다.

하물며 저 녀석의 몸을 걱정해 줄 이유 같은 건, 나한테는…….

『8번 노선 '혼모쿠 차고지'행입니다──.』

푸쉭, 하는 소리와 함께 내 눈앞에 버스가 정차했다.

접이식 승차문이 열리고, 첫 번째 계단에 오른발을 올렸다.

〈──역시 넌 내 히어로야.〉

하지만 거기서 갑자기 돌이라도 된 것처럼 발이 딱딱하게 굳어버렸다.

'젠장…… 왜 지금 그 대사가 떠오르는 거야?'

뭐가 히어로야, 이 멍청아. 그 녀석은 뭔가 단단히 착각하고 있다.

물론 지금까지 그 녀석을 몇 번 정도 도와준 적이 있다는 것은 사실이다.

하지만 그건 딱히 그 녀석을 도와주고 싶어서 그런 것도 아니었고, 하물며 내가 히어로라서 그런 것도 전혀 아니었다. 상황이 상황이라 어쩔 수 없었을 뿐이다.

그딴 녀석, 외면하려고 하면 쉽게 외면할 수 있다.

그래도 넌…… 나를 '히어로'라고, 그렇게 말할 수 있어?

"손님? 안 타세요?"

멈춰선 나를 향해 운전사 아저씨가 의아한 얼굴로 물어보았다.

재촉이 담긴 그 물음에 나는 여전히 버스 정류장에 남겨둔 왼발을 들어 올리려다가.

"……그냥 다음 편 탈게요."

하지만 결국 계단에 올려둔 오른발을 떨어뜨리고, 버스를 등지고 달려나갔다.

젠장…… 진짜로. 정말이지, 완전, 짜증 나게!

"매번…… 다 꿰뚫어 보는 것 같은 말이나 하고!"

분명 내 기우일 뿐이다. 그러니까 이것은 어디까지나 만일을 위한 것이다.

마지막까지 미즈시마가 제대로 집에 도착하는지 지켜보는 것뿐이다. 굳이 나서서 그 스토커남을 어떻게 할 생각은 없었다.

'아무 일도 없으면 그냥 조용히 돌아가면 돼.'

역 앞 광장의 혼잡함 속을 빠져나가 역의 플랫폼으로 내려선 나는 조금 전 미즈시마와 그녀의 뒤를 따라간 스토커남이 탄 차량에 뛰어올랐다.

※

미즈시마의 뒤를 따르는 스토커남과 그 스토커남의 뒤를 따라 전철에 올라탄 내가 도착한 곳은 시내의 서구와 중구에 걸쳐 있는 항만 구역, 미나토미라이 지구였다.

거대한 워터프론트인 도시 위에는 다양한 상업시설과 관광시설이 어우러져 있었고, 고개를 들고 올려다봐야 할 정도로 높은 타워맨션도 빼곡하게 늘어서 있었다.

"저 녀석, 역시 좋은 곳에 사는구나."

이곳으로 왔다는 건 미즈시마도 분명 저 타워 맨션 중 한 곳에 살고 있다는 거겠지. 에나만큼은 아닐지 몰라도 저 녀석 집안도 꽤 부유한 모양이다.

"……아니, 그런 건 아무래도 상관없어."

미나토미라이역에서 내린 미즈시마를 뒤쫓아가자 아니나 다를까 스토커남도 전철에서 내렸다.

그들을 놓치지 않기 위해 나도 그 뒤를 따랐다. 지금은 재개발 지역 특유의 질서정연한 거리의 풍경 속에서 두 사람을 미행하고 있는 중이었다.

이미 시각은 저녁 7시 반. 이 근처는 밤에도 빌딩이나 가로등 불빛으로 밝지만 그래도 중심부에서 벗어나면 어두운 길도 꽤 있다.

미즈시마도 역을 나와 한동안은 사람의 왕래가 있는 밝은 길을 걸어갔지만, 점점 상업 구역에서 떨어진 어둡고 조용한 길로 나아갔다.

이 앞은 이미 인공만과 맞닿은 맨션 거리다. 이대로 아무 일도 없이 미즈시마가 집으로 돌아간다면 내 미행도 거기서 종료. 이번에야말로 마음 놓고 집으로 가면 된다.

그렇게 가로수길 그늘에서 두 사람을 감시하면서 그런 생각을 했을 때였다.

불행하게도, 내 '기우'는 현실이 되고 말았다.

"저, 저기, 잠깐 괜찮을까?"

마침내 사람의 기척이 모두 사라지고, 더 이상 뒤를 밟는 것도 어렵다고 생각한 것일까.

스토커남이 마침내 미즈시마에게 다가가 말을 걸었다.

그러나 정작 미즈시마는 전혀 눈치채지 못하고 그대로 걸어가 버린다.

어두워서 잘 보이지는 않았지만, 부주의하게도 미즈시마는 이어폰을 끼고 있는 것 같았다.

“자, 잠깐! 기다려, Sizu!”

불러 세워도 눈치채지 못하자 기어이 화가 났는지, 스토커남이 미즈시마의 어깨를 꽉 잡았다.

그 순간 흠칫 몸을 튕긴 미즈시마가 반사적으로 몇 미터의 거리를 벌리고 뒤를 돌아보았다.

“어……? 뭐야? 누구세요?”

“이, 이제야 눈치챘구나. 정말 너무해, Sizu. 몇 번이나 말을 걸었는데.”

그제서야 스토커남의 존재를 알아차린 미즈시마가 혼란과 공포가 뒤섞인 표정을 지었다.

그와 동시에 어깨에 걸치고 있던 가방 안으로 오른손을 미끄러트렸다. 뭔가 꽤 익숙한 손놀림이네. 저 녀석, 역시 호신용품이라도 갖고 다니는 건가?

“저어…… 혹시 제 팬이신가요?”

자세를 취한 상태에서 미즈시마가 그렇게 묻자, 스토커남은 기쁜 얼굴로 고개를 끄덕였다.

“마, 맞아! 난 네 열렬한 팬이야. 잡지도 전부 사서 읽고 있고, 인스타 게시물에도 매번 댓글을 달고 있어! 촬영장도 늘 보러 다니고! 오늘도, 아아, 네 연미복 차림과 드레스 차림, 정말 아름답더라.”

“아뇨, 저기, 응원은 감사하지만…… 촬영장까지 찾아오시는 건 솔직히 민폐예요. 하지 말아주세요.”

비록 사적인 시간이라도 팬들을 만나면 싫은 내색 하나

없이 대꾸해 주던 녀석이지만, 이번만큼은 어쩔 수 없었다. 누구라도 저런 반응을 보이는 게 정상이었다.

"왜 그런 말을 해. 오늘 나, 팬으로서 부탁할 게 있어서 온 거야."

"무슨 소릴……."

"아니, 들어봐, 난 지금까지 팬으로서 쭉 널 응원해 왔잖아? 그러니까 가끔은, 그에 대한 '보상'을 좀 받고 싶어."

기분 나쁜 미소를 띤 채 조금씩 미즈시마와의 거리를 좁혀오는 스토커남.

그리고 마침내 안색이 창백하게 질려버린 미즈시마를 향해, 남자는 충격적인 말을 내뱉었다.

"있지, Sizu. 오늘 하룻밤만이라도 좋으니까…… 널 살 수 있을까?"

미즈시마의 입에서 소리가 되지 못한 작은 비명이 새어 나왔다.

"적당히 하세요. 아까부터 혼자 멋대로…… 그런 불손한 목적으로 응원받아도 하나도 기쁘지 않아요. 앞으로는 따라다니지 마세요."

"그렇게 매정하게 굴지 말고. '팬서비스' 좀 해 줘."

여전히 끈질기게 물고 늘어지는 스토커남의 모습에, 미즈시마 역시 참을 수 없는 지점에 도달한 것 같았다.

"하, 하지 마…… 오지 마!"

미즈시마가 가방 속에 넣어두었던 오른손을 빼냈다. 그

손에 쥐어져 있던 것은, 역시 호신용으로 지니고 있는 전기 충격기였다.

"그 이상, 가까이 오면……!"

전기충격기를 양손으로 들고 위협하는 미즈시마.

그러나 스토커남은 조금도 겁먹은 기색 없이 무작정 미즈 시마에게 달려들었다.

공포로 몸을 한껏 웅크리고, 입술을 떨며, 마침내—— 미 즈시마가, 소리쳤다.

"——소타 군!"

비통함 섞인 목소리가 울려 퍼진 순간.

히어로 쇼에서 미즈시마가 무대에서 떨어지기 직전처럼, 내 머리가 새하얘졌다.

훅 하고 몸이 달아오름과 동시에 어떤 한 가지 '생각' 말고 는 아무 생각도 할 수 없게 되는 감각.

아니…… 아니다. 그보다 더 이전에도, 나는 이 감각을 경 험한 적이 있는 것 같았다.

그것이 언제적 일이었는지는 기억나지 않지만…… 어쨌 든 지금은 그런 건 아무래도 상관없었다.

'……젠장!'

좌우명은, 쓸데없이 참견하지 않는다.

정의의 히어로가 누군가를 구하는 일은 어차피 픽션 속의 이야기라는 것을 잘 알고 있다.

그것이 나 사쿠하라 소타라고 하는 인간이다.

나에게서 에나를 빼앗아 놓고, 무슨 생각인지 이번에는 그녀의 전 남친인 나와 연인이 되고 싶다며 뻔뻔하게 다가오는, 내가 누구보다 미워하는 숙적.

그게 바로 저 녀석, 미즈시마 시즈노라는 인간인데.

미즈시마가 두려워하고 있다는, 단지 그 이유만으로.

그저 '도와줘야겠다'라는 생각에 떠밀려, 정신을 차리고 보니 또다시 나는 뛰쳐나가고 있었다.

"——거기까지다, 이 스토커 자식아."

다음 순간, 막 미즈시마에게 닿으려던 스토커남의 왼팔을 잡아 올렸다.

"뭐야?!"

"어……?"

미즈시마와 스토커남이 동시에 놀란 목소리를 내며 이쪽을 돌아보았다.

"거짓, 말…… 어떻게……?"

"뭐, 뭐야?! 누구야, 넌!"

"지나가는 엑스트라남 A다."

"뭐?! 무슨 말도 안 되는…… 상관없는 녀석은 꺼져!"

격분한 스토커남이 내 손을 뿌리치는가 싶더니 그대로 내 얼굴에 오른쪽 주먹을 휘둘렀다.

"윽?! 소타!"

미즈시마가 소리치는 것과 동시에 스토커남의 주먹이 내 얼굴에 직격……하기 전에, 내가 먼저 휘두른 오른쪽 손등 펀치가 녀석의 콧대를 가격했다.

"흐겍?!"

스토커남이 버티지 못하고 몸을 뒤로 젖혔다. 그렇게 드러난 명치를 향해 이번에는 왼쪽 주먹을 때려박았다.

"크헉?!"

두 걸음, 세 걸음 뒤로 물러난 스토커남이 배를 누르고 웅크렸다.

"윽, 우엑…… 무, 무슨 짓을……!"

당장이라도 토할 것처럼 꺽꺽대며 분노에 찬 표정으로 나를 노려보는 스토커남.

그것에 대꾸하지 않고, 나는 말없이 미즈시마를 감싸듯이 가로막고 서서 자세를 유지했다.

"우, 웃기지 마, 애송이 주제에…… 방해하지 말라고!"

이마에 핏대를 세운 스토커는 질리지도 않는지 이번에는 오른팔을 크게 휘두르며 돌진해 왔다.

하지만 역시 그 공격이 내게 닿는 것보다 먼저, 한 걸음 앞으로 뛰어나가 정중앙 앞차기를 날렸다.

또다시 명치를 공격당한 스토커남이 고통 섞인 얼굴로 몸을 웅크렸고.

"——핫!"

"크학?!"

또 한 번 내지른 내 뒤돌려차기가 깔끔하게 녀석의 관자놀이에 명중했다. 팽이처럼 몸을 회전시키던 스토커남은 이윽고 천천히 뒤로 쓰러졌다.

"스읍…… 후우……."

쓰러진 스토커남을 내려다보면서 나는 자세를 풀고 심호흡을 했다.

'……의외로 오래 남아 있네, 몸의 기억이라는 건.'

새하얗게 변해 있던 머릿속이 서서히 냉정을 되찾아 갔다.

이런. 순간적이라고는 해도 조금 과했나…….

"……헉! 맞다, 미즈시마는……?"

나는 황급히 뒤를 돌아보고 그녀가 무사한지 확인했다.

등 뒤에서 서 있던 미즈시마는 그저 멍한 얼굴로 나를 바라보고 있었다.

"소, 타? 어째서, 여기에……?"

여전히 굳은 표정으로, 미즈시마가 믿을 수 없다는 듯 중얼거렸다.

어쩌지. 기세에 떠밀려 나오긴 했지만, 이 상황을 어떻게 설명할지 조금도 생각해 두지 못했다.

"음, 이건 말이지……."

"……?! 소타, 뒤에!"

순간 눈을 부릅뜬 미즈시마의 모습에 흠칫 놀라 반사적으로 뒤를 돌아보았다.

등 뒤에서는 쓰러졌던 스토커남이 비틀거리며 일어서고

있었다.

"뭐야! 이 녀석, 아직도……!"

"……이, 빌어먹을 애송이가아아!"

아무래도 마무리가 허술했던 모양이다.

스토커남은 몸의 고통에 제대로 움직이지는 못했지만, 간신히 의식만은 유지하고 있었다.

"……?! 미즈시마, 도망가! 이 자식…… 눈이 맛이 갔어!"

스토커남의 핏발 선 눈빛에서 심상치 않은 분위기를 감지한 나는 미즈시마를 향해 소리쳤다.

아니나 다를까, 남자가 주머니 속에 손을 넣고 무언가를 꺼내 들었다.

그 손바닥 안에 쥐어져 있던 것은── 길이 10센티미터 정도의 만능 나이프였다.

가로등 불빛을 받아 드러난 날카로운 칼날이 은빛으로 반짝였다.

"내 Sizu한테서 떨어져!"

입에서 침을 튀기며 스토커남이 칼을 치켜들었다.

완전히 방심하고 있던 탓에 불행하게도 대응이 늦어지고 말았다.

이거, 위험한──.

"소타!"

그러나…… 스토커남이 칼을 휘두르기 직전, 미즈시마가 나를 감싸듯이 앞으로 나섰다.

"윽?!"

휘둘러진 칼끝이 미즈시마의 얼굴을 그었다.

고통에 얼굴을 누르며 쓰러지는 미즈시마.

바로 뒤에 서 있던 나는 순간 그녀의 몸을 지탱하듯 껴안았다.

"미, 미즈시마?! 야, 괜찮아?!"

장소가 장소였던 만큼 혹시 눈이라도 다친 건가 싶어 순간적으로 온몸에 피가 빠져나가는 기분이었다.

서둘러 상처의 위치를 확인했지만, 다행히 칼은 이마와 머리카락 부근의 피부를 얇게 그었을 뿐이었다. 희미하게 피가 배어 나오긴 하지만 길고양이에게 긁힌 수준의 상처다. 아직 몸에 대미지가 남아 있어서 스토커남 역시 제대로 조준하지 못한 모양이었다.

그럼에도 의도치 않게 미즈시마에게 상처를 입혔다는 사실에 급격히 겁을 먹은 것일까.

경악한 표정으로 피 묻은 나이프를 떨어뜨린 스토커남은, 다음 순간 "아, 아니야! 내 잘못이 아니야!"라고 소리치며 비틀거리는 발걸음으로 쏜살같이 도망쳐 버렸다.

"앗! 야, 기다려! ……큭."

나는 황급히 쫓아가려다가, 지금은 미즈시마의 상처를 치료하는 것이 우선이라고 생각해 판단을 바꿨다.

상처는 얕지만 빨리 소독하고 지혈해 둬서 나쁠 것은 없었다.

남은 건, 그래. 경찰 같은 곳에 전화해 두는 편이 좋겠다.

"미즈시마, 괜찮아? 설 수 있겠어?"

"으, 응…… 아무렇지도 않아. 별거 아냐."

"별거 아니긴, 이 바보야!"

내가 언성을 높이자 미즈시마가 흠칫 어깨를 떨었다.

눈을 느리게 깜빡이고, 그럴 때마다 그녀의 에메랄드 같은 눈동자가 흔들거렸다.

"……소타…… 화났, 어?"

부모에게 혼난 어린아이처럼, 미즈시마가 눈치를 보며 내 얼굴을 올려다보았다.

이 이상 쓸데없이 겁먹게 하는 것도 미안해서, 나는 목소리 볼륨을 낮추고 말을 이었다.

"그래, 화났어. 무진장 화났어."

"그건…… 내가 너무 부주의해서? 이어폰도 끼고 있었고, 그 사람을 전혀 눈치채지 못해서……?"

"그것도 그렇지만, 아니야. 내가 분명 도망가라고 말했지. 그런데 대체 왜 그런 무모한 짓을 벌인 거야? 가벼운 부상으로 끝났으니 망정이지, 자칫 잘못했다간 돌이킬 수 없는 일이 생길 뻔했어."

내가 다그치자 미즈시마는 잠시 고개를 숙였다.

"……하지만."

그리고 다음 순간, 아주 진지한 눈빛으로 입을 연다.

"내가 다치는 것보다, 소타가 다치는 게 몇 배는 더 싫었어."

미즈시마의 눈은 진심이었다.

늘 짜증 날 정도로 능청스럽고, 안개처럼 종잡을 수 없고, 이쪽이 아무리 속을 파헤치려 해도 본심 같은 건 보여주지 않았는데.

지금 그녀의 눈에는 단 한 조각의 거짓도 느껴지지 않았다.

그래서 난 더 이상 미즈시마에게 화를 낼 수 없었다.

그 대신 가슴속에 휘몰아치는 생각은, 그저 '왜?'라는 의문뿐.

"……대체 왜."

정말로 이해가 안 된다.

너, 아까 본인 입으로 그랬잖아.

얼굴은 모델에게 장사 도구라고. 상처가 나지 않도록 주의하는 게 '프로'라고.

그렇게 중요한 얼굴에 돌이킬 수 없는 상처가 날지도 모른다는 걸 알면서도, 그런데도 주저 없이 나를 감싸려고 하다니.

"왜 너는…… 나 같은 걸 위해 그렇게까지 하는 건데."

거의 혼잣말처럼 내 입에서 그런 말이 새어 나왔다.

너에게 있어서 나는 겨우 2주 전에 만난 동급생에 불과하잖아.

지금은 '임시 연인'이라고 자칭하고 있지만, 그것도 분명 에나의 전 남친인 나를 놀리면서 즐기고 있는 것뿐일 텐데.

그런데 왜 너는…….

“그러니까. 처음부터 계속 말했잖아.”

미즈시마의 대답은 역시나 심플했다.

“당연히, 좋아하니까. 소타를.”

단순하면서도 아주 올곧은 말이었다.

생각해 보면 이 녀석은 늘 그랬다.

물론 아무렇지도 않게 거짓말을 하고, 숨 쉬듯 남을 속이는 그런 녀석이지만.

그래도 나를 ‘좋아한다’라고 말할 때만큼은, 이 녀석은 언제나 진심 어린 눈을 하고 있었다.

더 이상 남이 가볍게 ‘거짓말’이니 ‘함정’이니 하며 단정 짓기 꺼려질 정도로.

그렇다면…… 그럼 이 녀석은, 혹시 정말로 나를……?

욱신.

그동안 나에게 향해왔던 미즈시마의 맑은 눈동자에. 꾸밈 없는 그 얼굴에.

지금까지는 전혀 없다고 생각했던 ‘마음’이 가득 차 있는 것처럼 보였다.

상처 같은 건 입지 않았을 내 심장이, 희미하게 따끔거렸다.

※

그 후 응급처치와 경찰 신고까지 마친 우리는 달려온 경찰관에게 간단한 사정 청취를 받았고, 시간이 이미 늦었으니 신속하게 집으로 돌아가라는 지시를 듣게 되었다.

다행히 스토커남의 습격을 받은 현장 주변에는 CCTV가 여러 대 설치되어 있었다. 무엇보다 흉기인 칼도 제대로 증거품으로 압수했기에 녀석이 잡히는 것은 시간문제라고 했다.

큰일을 당하긴 했지만, 일단은 이것으로 얼추 마무리될 것 같았다.

"……그렇구나. 그래서 걱정이 돼서 날 쫓아온 거야?"

만일을 위해 미즈시마를 맨션까지 바래다주게 된 나는 그 길에 간단히 설명을 마쳤다.

낮에 그 스토커남이 몇 번씩 현장을 드나들었다는 것. 직원 사이에서도 요주의 인물로 찍힌 녀석이었다는 것. 그런 남자가 집으로 돌아가는 미즈시마를 미행하는 것을 목격했다는 것.

"별거 아니고…… 그냥 좀 신경이 쓰여서 상황을 보러온 것뿐이야."

"아니, 이제 와서 얼버무리기엔 늦지 않았어? 소타, 아까 엄청 필사적이었잖아."

"시, 시끄러워! 아까 일은 이제 잊어버려!"

완전히 평소 상태로 돌아온 미즈시마에 의해, 아니나 다를까 나는 훌륭한 장난감이 되고 말았다.

아니, 나도 안다. 지금 다시 냉정하게 돌아보면 내가 생각해도 정말 바보 같은 짓을 했구나 싶었다.

아무리 미즈시마가 위기 상황이었다고는 해도, 덩치 큰 어른을 상대로, 심지어 칼까지 갖고 있던 녀석한테 맨손으로 맞서다니, 정말로 미련한 바보가 따로 없었다. 큰일이 벌어지지 않은 것은 기적이라 해도 될 정도다.

그것뿐이라면 모르겠지만…….

"그건 그렇고, 아까 소타 정말 멋있었어. 날렵하게 등장해서는 '거기까지다'라고 당당히 선언하다니."

"아! 아아! 안 들려! 난 그런 부끄러운 대사는 하지 않았어!"

이젠 그냥 죽고 싶다.

뭐야, 그 픽션 속에서 튀어나온 것 같은 대사는. 왜 많고 많은 말 중에 그런 말을 한 거냐고, 나는. 이게 다 영화나 만화를 너무 많이 본 탓이다.

"그때는 나도 모르게 여기 배 주변이 두근거렸어. 또 한 번 반해 버렸어."

"시끄러워! 진짜로 지금 당장 기억에서 지워! 아니, 지워 주세요!"

"후후, 안 돼. 안 잊을 거야."

간절히 애원하는 나를 실컷 놀려대는 미즈시마.

"……있지, 소타."

그리고 그 후, 갑자기 양쪽 손가락을 모으더니 갑자기 온순한 표정을 지어 보인다.

가로등 불빛에 희미하게 비춰진 그 옆모습은 희미하게 붉어져 있었다.

"사실은, 그…… 엄청 센 거지?"

"……무슨 말이야."

"아니, 그치만 아까 그 스토커를 손쉽게 제압했잖아? 나도 그렇게까지 잘 아는 건 아니지만, 그거 가라테 기술이지? 어디서 배웠어?"

"……하아."

뭐, 그 모습을 보면 내가 아마추어가 아니라는 것 정도는 누구나 알겠지.

굳이 남에게 소문낼 일도 아니라 조용히 있었지만, 어쩔 수 없겠다.

"……나, 어렸을 땐 진심으로 히어로를 동경했어. 누구에게나 구원의 손길을 내밀어주는 상냥함과 그걸 관철할 수 있는 강함을 가진, 그런 멋진 정의의 히어로를."

돌이켜보면 웃음이 나는 과거지만, 그때의 나는 진심으로 히어로가 되고 싶다는 마음을 품고 있었다.

한창 히어로 증후군을 앓고 있던 당시의 사쿠하라 소년은, 곧바로 부모님께 부탁해 근처에 있던 가라테 도장에 보내 달라고 졸랐다. 강함=격투기라니, 지금 생각해도 참 단순한 사고방식이었던 것 같다.

어쨌든 그런 유치한 동기로 가라테를 시작했지만, 아무래도 나에게는 어느 정도 소질이 있었던 모양이었다. 초등학교 5학년 때는 전국 대회에서 입상하기도 하고, 나름대로의 성적을 거두기도 했다.

"뭐, 결국 중학교 수험이니 뭐니 이런저런 일이 있어서 호미나토에 입학할 때쯤엔 완전히 그만뒀지만."

즉, 현시점에서 나에게는 약 3년이나 되는 공백이 있는 셈이었다.

그런데도 아까 그렇게 움직일 수 있었던 것은 스스로 생각해도 놀라웠다. 지금의 내 생각 이상으로 초등학생 시절의 나는 상당히 진지하게 연습에 임했던 것 같다.

"……그, 그렇구나. 역시 그랬어."

납득한 얼굴로 고개를 끄덕인 미즈시마는 여전히 온순한 태도로 물끄러미 나를 바라보았다.

"뭐, 뭐야? 하고 싶은 말이 있으면 확실히 해."

"아아, 응. 소타는 역시 상냥하구나 싶어서."

"뭐야, 그게? 왜 갑자기 그런 말이 나와. 난 딱히 상냥한 게 아니라……."

"아니, 상냥해. 왜냐면 소타, 진심을 다하면 **나 정도는 쉽게 이길 수 있었을 거 아냐?**"

함축적인 그 말을 들은 나는 미즈시마가 말하고자 하는 것을 깨닫고 말문이 막혀버렸다.

확실히 미즈시마는 지금까지 몇 번인가 물리적인 승부를 걸어온 적이 있었다.

그때마다 나는 아슬아슬하게 그것을 막아왔지만…… 솔직히 말해 미즈시마가 다치지 않도록 꽤 힘을 조절하긴 했었다.

"하아~. 정말이지."

과장스럽게 곤란하다는 표정으로 어깨를 으쓱한 미즈시마가, 다음 순간 평소와 같은 장난기 넘치는 미소로 내 얼굴을 바라보았다.

"——반하게 만들어야 하는 건 내 쪽인데 말이야."

속이 울렁거릴 정도로 달콤한 그 속삭임에 나도 모르게 얼굴이 붉어졌다.

이 녀석은 또…… 어떻게 이런 부끄러운 대사를 술술 내뱉는 걸까.

"아, 부끄러워한다. 지금 건 제대로 먹혔나 보네?"

"아, 안 먹혔거든? 절대 안 먹혔거든?"

젠장. 역시 이 녀석, 단순히 나를 놀리면서 즐기는 거 아냐?

"아, 다 왔네."

그런 대화를 하고 있는 사이 미즈시마가 사는 맨션까지 도착했다.

가볍게 30층 이상은 되어 보이는 타워 맨션의 입구는 마치 고급 호텔 같은 분위기를 내고 있었다. 조명이 켜진 대리석 벽을 타고 물이 흘러내렸다.

"데려다줘서 고마워, 소타. 괜찮다면 들어올래? 홍차 정도는 대접할 수 있는데."

"됐어, 이제 진짜로 피곤하니까 빨리 집에 가서 잘래."

이 이상 아까의 내 추태를 들춰내는 것도 사양이다.

"그렇구나. 아쉽다. 조금이라도 보답하고 싶었는데."

"보답이라니…… 무슨 보답?"

"그야 물론 아까 날 도와준 보답이지. 위기의 순간 도와주러 와주다니…… 역시 소타는 내 히어로야."

천진난만하게 웃는 미즈시마. 어쩐지 진심으로 히어로를 동경하던 옛날의 내 모습을 보는 것 같았다.

하지만 그 이야기를 하자면…… 온몸을 던져 나를 지키려고 했던 이 녀석이야말로 나보다 훨씬 더 히어로다웠다.

보답이라고 하면 오히려…….

"하지만 억지로 초대하는 건 미안하니까. 오늘은 참을게."

어깨를 으쓱한 미즈시마는 "그럼 내일 봐"라는 말을 남기고 현관으로 걸어갔다.

대리석 바닥을 통통 울리면서 자동문으로 걸음을 옮기는 그녀의 등을 바라보다가.

"미즈시마. 저기…… 내일, 말인데."

깨달은 순간, 나는 그녀에게 말을 걸고 있었다.

최종장 징크스 따윈 믿지 않아

차라리 세상의 종말 같은 폭우라도 쏟아졌으면 좋겠다.

그런 희미한 기대를 가슴에 품고 맞이한 월요일. 신입생 환영 스포츠 대회 당일이다.

다행인지 불행인지 그날 요코하마시에는 청명할 정도로 맑은 하늘이 펼쳐져 있었다.

"야아, 날씨가 맑아서 다행이다. 오늘은 운동하기 딱 좋은 날씨네."

고등부 개회식도 무사히 끝나고, 이미 다양한 학급이 경기에 몰두하고 있는 교정의 한쪽.

내 옆에서 환한 표정을 짓고 있던 히구치가 하늘을 올려다보며 그렇게 중얼거렸다.

"……그러네. 맑아서 다행이네."

"응응, 마음에도 없는 말 안 해도 돼. 하여간 소타는 이런 이벤트는 진짜 싫어한다니까. 초등학생 때는 누구보다 의욕에 넘치는 녀석이었으면서."

"당연하지. 반 대항 스포츠 대회 같은 '인싸' 이벤트에, 나 같은 '아싸'가 뭐 좋다고 참여해야 하는데. 하고 싶은 놈들끼리 알아서 하라지."

나무 그늘에서 투덜거리는 나에게 히구치는 그저 어깨를 으쓱해 보일 뿐이었다.

호미나토 학교에서 무수히 열리는 행사 중에서도 봄의 스포츠 대회와 겨울의 마라톤 대회는 내가 싫어하는 체육계 이벤트의 양대산맥이었다.

정식 학교 행사만 아니었으면 진작에 빼먹었을 것이다. 진심으로 사라졌으면 하는 문화 중 하나다, 진심으로.

"소타 넌 딱히 운동 신경이 안 좋은 것도 아니잖아? 가라테까지 배웠으면서. 뭐가 그렇게 싫은 거야?"

"뭘 모르는구나, 히구치여. 이 세상에서는 '할 수 있다'와 '하고 싶다'가 일치하는 경우가 더 드문 법이라고. 운동 신경이 좋든 나쁘든 나는 밖에서 뛰어다니느니 차라리 집에서 영화를 보고 싶어."

"또 이상한 변명 시작한다…… 자자, 소타. 다음은 우리 팀이야."

"좋았어. 오른쪽 사이드 벤치는 나한테 맡겨."

"소타는 미드필더잖아! 말도 안 되는 소리 말고 가자!"

"이, 이 자식! 이거 놔!"

슬프게도, 줄줄이 흘러나오는 내 불평과는 반대로 대회는 변함없이 진행되었다.

남자 첫 종목은 그라운드의 절반을 사용한 반 대항 축구 시합이다.

"4조 남자 B팀, 반드시 이긴다~!"

"오오!"

캡틴을 맡은 반 친구의 구호에 (나를 제외한) 팀 일동이 우렁찬 함성을 내질렀다.

이런 분위기, 정말 싫다. 비유하자면 그거다. 영업 중이라는 글자 앞에 '활력'이라는 단어가 추가된 열정 넘치는 라멘 가게 같은 공기가 느껴졌다.

이럴 줄 알았으면 어젯밤에 비 오라고 기도라도 해 두는 건데…….

※

축구부터 시작해서 그 후에도 농구나 줄다리기 같은 다양한 경기에 끌려다닌 나는 폐회식을 맞이할 무렵에는 완전히 녹초가 되어 있었다.

확실히 난 운동 신경은 나쁘지 않은 편일지도 모른다. 하지만 그것과 체력 등의 파라미터는 또 다른 이야기다. 평소의 운동 부족까지 겹쳐지니 내 HP 게이지는 이미 바닥이었다.

"이거, 내일이면 무조건 근육통 오겠다……."

체육복에서 교복으로 갈아입은 나는 곧바로 교실을 뒤로 했다.

스포츠 대회의 고등부는 오전 중에 종료되므로 이후에는 어떻게 보내든 학생의 자유다.

우리 4반에서는 다 같이 뒤풀이를 하러 가자는 이야기가 나왔지만, 당연하게도 나는 불참이었다. 그런 자리는 불편

했고, 애초에 나에게까지 권유가 들어온 적도 없었다.

히구치는 또 어이없다는 표정을 짓겠지만, 그런 이유로 결석한다고 해도 아무 문제는 없었다.

게다가 오늘 오후는…… 그 녀석과의 예정도 있으니까.

"앗. 수고했어, 소타."

"그래."

학교에서 가장 가까운 역 근처. 평소 가는 지름길 중간에서 미즈시마가 나를 기다리고 있었다.

하지만 그 녀석의 기습은 아니었다.

오늘은 내가 이곳을 약속 장소로 지정했다.

"우와~ 소타, 뭔가 엄청 힘들어 보여. 스포츠 대회 많이 힘들었어?"

"'집에 가고 싶다'는 감정 빼고 다 죽었어."

"아하하, 뭐야 그게? 나는 외부 진학생이라 첫 참가였는데, 꽤 즐겁던데?"

"……그렇겠지."

오늘 대회는 남자가 그라운드에서 경기를 하는 동안 여자는 체육관에서 경기를 진행했다.

그만큼 기합을 넣어 임한 첫 번째 축구 경기였지만, 우리가 속한 4조 B팀은 첫 경기에서 허무하게 패배. 그래서 나는 히구치의 권유로 남은 시간에는 여자들의 경기를 보러 갔다.

"그야 그렇게 연전연승이면 즐거울 수밖에."

"오~ 소타, 내 시합 보러 와줬어?"

체육관에서 열렸던 여자 배구 시합에서 미즈시마를 포함한 특진반 A팀은 파죽지세로 승리를 이어갔다.

대전 상대 중에는 2학년 반이나 배구부원이 있는 팀도 있었는데, 아마추어인 미즈시마는 타고난 신체 능력을 가감 없이 발휘해 그 모든 팀들을 차례차례 쓰러뜨려 나갔다.

"최종적으로는 결승에서 졌지만. 아아, 이왕이면 우승하고 싶었는데."

"아니, 결승 상대는 과반수가 배구부였고, 심지어 에이스인 선배까지 있었잖아? 그런 상대와 좋은 승부를 펼쳤다는 것만으로도 충분히 대단해."

참고로 실전에서 미즈시마와 다른 팀이 된 에나는 아무래도 나와 똑같이 첫 경기에서 패배한 모양이었다. 우리가 체육관에 왔을 때는 이미 미즈시마 팀에 서서 응원에 매진하고 있었다.

미즈시마의 팔색조 같은 활약도 물론 볼 만했지만, 나로서는 체육복 차림으로 치어리더 폼폼을 들고 "힘내라, 힘내라" 하며 열심히 응원하는 에나를 볼 수 있었던 것이 무엇보다 큰 즐거움이었다.

뭐야, 저거. 완전 귀엽잖아. 저런 응원을 받으면 얼마든지 열심히 할 수 있을 것 같다, 진짜로. 축구든 농구든 전부 다 쓰러뜨려 주겠어. 해 주겠다 이거야.

내가 그런 생각을 하며 미소 짓고 있는데, 미즈시마가 "하지만" 하고 말하며 내 얼굴을 들여다보았다.

"스포츠 대회도 즐거웠지만, 오히려 오늘의 메인은 지금 부터잖아."

"……그래, 그렇지."

"후후, 기대된다. 자, 소타, 빨리 가자."

"아, 알았으니까 당기지 말라고. 아무 데도 안 도망가니 까…… 적어도 오늘은."

그래. 오늘의 나는, 미즈시마와의 '승부', 아니, 데이트에 전력으로 임할 생각이었다.

도대체 무슨 바람이 불었나, 라고 생각할지도 모르지만, 딱히 진심으로 미즈시마와의 데이트를 즐기려는 것은 아니다.

다만 평소처럼 마지못해 끌려다니거나 연인으로서 최소한의 일밖에 하지 않았던 소극적인 태도를 바꿔서, 오늘만큼은 당당하게 미즈시마의 '남자친구'로서 행동하기로 마음먹었다.

왜냐하면 어제 내가 이 녀석에게 큰 빚을 졌기 때문이다.

어젯밤, 만약 미즈시마가 감싸주지 않았더라면 나는 그 스토커남에게 큰 부상을 입었을지도 모른다. 적어도 밥 한 끼 사주는 정도로는 갚을 수 없을 만큼 큰 빚이었다.

비록 상대가 숙적이라고 해도, 그 빚을 갚지 않은 채 '승부'를 계속하는 것은 너무 불공평하다는 생각이 들었다.

그런 은혜를 모르는 인간이 되면서까지 승리를 우선시할

만큼 나도 비열한 인간은 아니다.

그래서 오늘은 '승부'를 위한 데이트가 아니었다.

미즈시마에게 빚을 갚기 위한, 말하자면 보은을 위한 데이트였다.

"그러고 보니…… 저기, 소타. 나 아직 **못 들었는데?**"

"윽? 무, 무슨 이야기였더라?"

"앗, 뭐야. 시치미 떼지 말고. 오늘 하루는 진심으로 남친 역할을 수행하겠다고 소타 입으로 말했잖아? 그러니까 얼른, 얼른."

"자, 잠깐, 아직 마음의 준비가…… 거기 도착한 뒤에 하면 안 돼?"

"안 돼. 지금 여기서 말해 줘."

"큭…… 아, 알았어! 말할게! 말하면 되잖아!"

갑자기 얼굴이 뜨거워지는 것을 느끼며, 나는 미즈시마를 향해 몸을 돌렸다.

눈앞에서 기대에 찬 눈빛을 반짝반짝 빛내며 나를 바라보는 미즈시마. 이렇게 새삼 정면에서 마주하니 역시 이 녀석, 정말 얼굴만큼은 예쁘다.

"스으읍…………하아아……."

나는 최소한의 정신 통일을 위해 심호흡을 한 뒤, 이윽고 마음을 다잡고 중얼거렸다.

"오늘 하루 즐겁게 보내자—— **시즈노.**"

으아아아아아아아아아아아악! 쪽팔려 죽을 것 같아아아아아아악!

물론 오늘은 보은을 위해 제대로 된 남자친구가 되어준다고 하긴 했지만!

그래도 역시 이름을 부르는 건 너무 힘들다고요, 미즈시마 씨!

"으, 응. 좋은 추억 많이 만들자…… 소타?"

뭐야, 하지 마! 넌 답지 않게 왜 부끄러워하는 거냐고!

본인이 불러달라고 해 놓고 부끄러워하지 마! 더 부끄러워지잖아!

"음, 저기…… 그럼 갈까?"

"어, 어어…….”

옆에서 보면 지금의 우리는 대체 어떻게 보일까.

아직 사귄 지 얼마 안 되어 서로의 이름을 부르는 것조차 어색해하는 풋풋한 커플로 보인다면 정말 싫을 것 같다.

사이좋게 얼굴을 붉힌 우리는 서둘러 역으로 걸음을 옮겼다.

※

학교 근처 역에서 전철을 탄 우리들은 마침내 미즈시마가 사는 맨션이 있는 미나토미라이 지구에 도착했다.

오늘의 목적지는 항만의 상업 구역에 있는 놀이공원 '요코하마 코스모월드'였다.

"오~ 가까이서 보니 역시 크네."

"그야 뭐, 이 부근의 상징이나 다름없으니까."

실제 길이 110미터가 넘는 거대 관람차를 올려다보며 미즈시마가 감탄을 내뱉었다.

항만 구역의 운하를 가로지르는 형태로 펼쳐진 입체적인 이 놀이공원은 미나토미라이 지구를 대표하는 관광명소였다. 나도 어릴 적에는 가족끼리 자주 놀러 왔던 곳이기도 하다.

다시 말해, 이곳이 오늘의 '보은 데이트' 무대였다.

"나 사실 사적으로 온 건 처음이야. 촬영으로는 몇 번 왔지만."

"정말? 이 근방에 사는 아이라면 거의 무조건 한 번쯤은 와봤을 거라 생각했는데."

"뭐, 우리 집은 옛날부터 부모님이 다 바쁘셨으니까. 언제나 집 창문 밖으로 내려다보기만 했어."

미즈시마는 조금 쓸쓸한 얼굴로 그렇게 말하더니, 곧 만면의 웃음을 짓는다.

"그래서 오늘 너무 기대돼. 어트랙션 완전 정복할 기세로 신나게 놀아보자, 소타!"

"그래그래. 오늘은 최대한 너한테 다 맞춰줄게."

"에이, '너'가 아니지. 제대로 이름으로 불러줘."

"윽…… 최대한, 맞춰줄게…… 시즈노한테."

"우후후~ ♪ 좋아!"

불만스럽게 볼을 부풀렸던 미즈시마는 내가 이름으로 부르자마자 기쁜 얼굴로 환하게 미소 지었다.

성가신 여자친구인가, 이 녀석은…… 아니, 성가신 여자친구 맞구나, 이 녀석.

"그래서, 이제 뭐 할까? 평일이라 좀 한가할 테니까 어디부터 돌아봐도 괜찮을 것 같은데."

"음~, 어디 보자."

미즈시마가 고민스러운 얼굴로 턱에 손을 댄 순간, 바로 근처에 있던 어트랙션에서 "꺄아아!" 하는 비명 소리가 들려왔다. 이어서 울려 퍼지는 물보라 소리.

저건 분명히 이 놀이공원의 명물 중 하나인 '다이빙코스터'다.

입체적인 코스를 종횡무진 누비다가 마지막 순간에는 레일 아래의 수영장 한가운데에 뚫린 터널로 돌진하는, 그야말로 화려한 롤러코스터다.

"소타, 저거. 저거 타자."

"오케이. 참고로 마지막에 물 맞을 수도 있으니까 조심해."

"그런가? 지금 셔츠 한 장인데 젖으면 비치려나?"

"가방 같은 걸로 가리면 어느 정도는 괜찮겠지."

"응, 그럴게. 아, 참고로 오늘 난 하늘색이야."

"굳이 보고하지 않아도 돼, 그런 건!"

"아얏."

내가 가볍게 머리를 톡 때리차 미즈시마는 "너무해, 소타

～”라고 말하면서도 눈을 가늘게 뜨며 웃었다. 왜 맞았는데 기뻐하는 거야, 이 녀석은.

“있지, 소타, 다음에는 저거 타보고 싶어.”

“저건 무슨 건물이지? 소타, 들어가 보자.”

“지금 그 어트랙션 최고였어. 한 번 더 타자, 소타.”

그 후에도 나는 미즈시마가 이끄는 대로 놀이공원을 돌아다녔다.

롤러코스터나 프리폴 같은 스릴 계열에 귀신의 집 같은 공포 계열.

뭘 하든 미즈시마가 어린애처럼 꺅꺅대는 통에, 난 남자 친구라기보단 친척 아이를 돌봐주는 사촌이 된 기분이었다.

내가 말하는 것도 좀 그렇지만, 이걸로 괜찮은 거냐, 미즈시마? 뭐, 즐기고 있다면 다행이지만.

그리고 드디어 태양이 서쪽 하늘로 저물기 시작하고, 슬슬 노는 것에도 지쳐 돌아가자는 이야기가 나올 무렵.

“저기, 소타. 마지막으로 가고 싶은 곳이 있어.”

“어쩐지 예상은 되지만…… 뭐, 좋아. 말해 봐.”

“후후, 아마 그 예상이 맞을 거야.”

그렇게 말한 미즈시마가 시선을 향한 곳은, 이곳에 오자마자 처음으로 우리를 맞이해 준 초거대 관람차였다.

이 놀이공원의 가장 큰 명물임에도 미즈시마가 지금까지 타겠다는 소릴 하지 않아서, 어쩐지 이렇게 될 것 같다는 예상은 하고 있었다.

뭐, 놀이공원 데이트의 마무리라고 하면 역시 관람차라는 느낌이지.

저녁놀이 물든 관람차 안에 단둘뿐이라니, 이 얼마나 연인다운 상황인가. 그런 생각을 하니 새삼 민망함이 밀려왔다.

하지만 오늘의 난 최선을 다해 미즈시마의 '남자친구'로서 행동하기로 마음먹었다. 이 녀석이 그걸 원한다면 함께해주는 게 내 나름의 '보은'이다.

"좋아. 타자, 관람차."

"……! 헤헤, 신난다."

오늘 중 가장 기쁜 표정을 지은 미즈시마와 함께 우리는 관람차 아래쪽으로 향했다.

승강장 줄에는 우리 외에도 커플로 보이는 남녀 몇 쌍이 행복한 얼굴로 웃으며 줄을 서고 있었다.

아무것도 모르는 사람들이 보기엔 지금의 우리들도 분명 저렇게 보이지 않을까.

"──오래 기다리셨습니다~. 다음 손님들 오세요~."

마침내 우리 차례가 왔고, 직원 누나의 안내에 따라 곤돌라에 올라탔다.

"봐, 소타. 이 곤돌라, 천장도 바닥도 다 투명해."

미즈시마의 말대로 우리가 탄 곤돌라는 다른 것들과는 달리 전면이 투명하게 되어 있었다. 총 60개 정도 되는 곤돌라 중에서 딱 4대밖에 없는 특별 사양 곤돌라였다.

"그러고 보니 들어본 적이 있어. 코스모월드 관람차에는

커플이 타면 평생의 사랑을 약속할 수 있는 '행복의 곤돌라'
가 있다는 징크스. 혹시 이게 그건가?"

"글쎄, 나도 그 소문은 들어보긴 했는데 어차피 다 징크스
잖아. 파국 직전의 권태기 커플을 네 쌍 정도 모아서 전부
태운 다음 실제로 돌아왔을 때 모두 사랑이 다시 불타오른
다면 믿겠지만."

"뭐야, 그 실험은? 소타도 참, 또 그런 낭만 없는 소리 한
다~."

어이없다는 얼굴로 쓴웃음을 지은 미즈시마를 힐끔 바라
본 나는 서서히 멀어져 가는 눈 아래의 항구도시를 내려다
보았다.

'행복의 곤돌라라……'

만일.

만일 내가 에나와 이 곤돌라를 탔더라면.

어쩌면 나와 에나는 지금도 사이좋은 연인으로 지낼 수
있었을까.

저물어 가는 미나토미라이의 저녁 노을에 취한 것인지,
나는 있지도 않은 '만약의 일'을 생각해 버리고 말았다.

정말 평생의 사랑이 보장된다면, 에나가 미즈시마에게 끌
리는 일도 없었을까?

……아니, 그건 상관없나. 에나가 나에게 애정이 식었다
면 늦든 빠르든 머지않아 차였을 것이다.

다른 누군가로 갈아타는 이런 최악의 결말은 아니라고 해

도, 분명 언젠가 에나의 마음은 멀어져 갔을 것이다.

그것은 징크스 따위로는 어쩔 수 없는 사람의 감정 문제다.

"……소타, 지금 무슨 생각 하고 있어?"

물끄러미 경치를 바라본 채 입을 다문 나에게 미즈시마가 가만히 물어왔다.

"별거 아냐. 시시한 생각이야."

"정말 거짓말을 못 한다니까, 소타는. 어차피 에나 생각이었겠지."

마주 보고 앉은 미즈시마가 등받이에 몸을 기대고 팔과 다리를 꼬았다.

그리고 잠시 입을 다무는가 싶더니, 마침내 미즈시마가 결심한 얼굴로 중얼거렸다.

"……소타는, 아직도 에나를 못 잊겠어?"

단도직입적으로 물어오는 그 질문에, 나는 시선을 미즈시마에게 되돌렸다.

나를 바라보는 맑은 비취색의 눈동자가, 어쩐지 흔들리고 있는 것 같았다.

"……못 잊어. 잊을 수 있을 리가 없잖아."

왜냐하면 에나는, 그녀와의 만남은 내 인생에서 일어난 혁명이었으니까.

흑백에 사일런트였던 '사쿠하라 소타의 청춘'이라는 영화에, 에나는 돌연 소리와 색을 던져주었다. 과장처럼 들릴 수도 있지만, 정말 세계가 완전히 뒤바뀐 기분이었다.

극적인 만남도, 자극적인 이벤트도, 흔히 말하는 청춘 로맨스 드라마나 로맨틱 코미디 소설 같은 일은 없었을지도 모른다.

하지만 잊을 수 없었다.

에나와 보낸 몇 달 동안의 시간을, 나는 분명 죽을 때까지 잊지 못할 것이다.

"지금 연인인 너한테 이런 소릴 하는 것도 이상하지만……

난 아직 좋아해, 에나를."

"그럼 말야."

내 말을 가로막듯이 미즈시마가 끼어들었다.

은연중에 '그 이상은 듣고 싶지 않다'라고 말하고 싶은 것처럼.

"지난 2주는 어땠어?"

"뭐?"

"나랑 소타가 '임시'로 사귀게 되고, 오늘로 대략 절반 정도 지났지? 계약 기간 중에. 나랑 보낸 2주는 에나와 보낸 4개월과 비교해서, 어땠어?"

도발적으로, 하지만 어딘가 불안한 표정으로 미즈시마가 고개를 숙이며 물어왔다.

"그건……."

그런 질문을 받은 나는 이 2주간의 시간을 되돌아보았다.

아까의 영화를 비유로 들어 다시 말해 보자면, 미즈시마와의 만남은 극적이라는 말로도 한참은 부족했다.

어쨌든 우리의 첫 만남은 '여친을 빼앗긴 소년'과 '소년의 여친을 빼앗은 소녀'라는 말도 안 되는 구도였다. 이런 로맨스가 대체 어디에 있을까? 적어도 나는 그렇게 시작하는 청춘 영화는 본 적도 없다.

그것도 부족해서 이 여자는, 에나를 빼앗아 놓고서 정작 자신은 나를 좋아했다며 고백까지 해 왔다. 관계가 꼬여도 한참은 꼬여버렸다. 이게 만일 정말 영화라면, 이 시점에서 극장을 떠나는 관객이 있어도 전혀 이상하지 않았다.

그리고 실제로 '임시'로 사귀기 시작한 뒤에도 계속 이 녀석에게 휘둘리는 나날의 연속이었다.

이렇게 농밀한 2주를 보낸 것은, 사쿠하라 소타로 살아온 15년의 인생에서 처음 있는 일이었다.

그런 의미에서 말하자면.

"……바보야. 이렇게 많은 일이 있었던 2주인데? 잊어버리고 싶어도 쉽게 잊을 수 없을걸."

나는 한껏 지친 얼굴로 그렇게 말해 주었다.

그 순간, 미즈시마의 얼굴에서 거짓말처럼 불안의 빛이 사라졌다.

그 대신 떠오른 것은, 무엇이 그리 기쁜지 곤돌라를 비추는 석양보다도 더 눈부신 미소였다.

"……그렇구나."

"그래."

"있지, 소타. 하나 더 물어봐도 돼?"

"뭐야, 갑자기."

"오늘 데이트는…… 즐거웠어?"

평소 이상으로 더 간질거리는 말투로 그런 말을 듣자 쿵, 하고 심장이 뛰었다.

그것은, 지금까지 몇 번이나 들어왔던 물음이었다.

미즈시마와의 데이트는 어디까지나 '승부'를 위한 것. 미즈시마와 함께 어디에 가서 무엇을 하든 그 사실은 변하지 않았다. 미즈시마와 보내는 시간에는 특별히 아무것도 느껴지지 않았고, 그래서 매번 내가 그 질문에 고개를 끄덕이는 일은 없었다.

하지만…… 하지만 오늘은.

어디까지나 '보은'을 위해서라고는 하지만, 처음으로 미즈시마와 '임시'가 아닌 진짜 연인처럼 지내보고…… 인정하고 싶지는 않지만, 확실히 있었다.

'미즈시마와의 시간도 나쁘지 않다'라고…… 그렇게 생각한 내가.

'……모르겠어.'

이 녀석은 내 숙적이다. 이렇게 데이트를 하고 있는 것도 결국은 이 녀석의 고백을 거절하고 깔끔하게 이 녀석과의 인연을 끊어내기 위함이었다.

그런데 왜, 나는 마음 한구석으로 '즐겁다'고 생각하고 있는 거지?

그런 감정이 싹틀 만한 여지는, 내 마음속에 조금도 없었는데.

분명, 없었는데.

"나는…….."

마치 끝이 보이지 않는 미궁에 빠져버린 기분에, 쉽게 대답을 내놓지 못했다.

말이 나오지 않음에도 어떻게든 얼버무리기 위해 입을 열었다.

그러나 그 순간의 갈등이 나에게는 완전히 치명적이었다.

"소타."

"어? ……으읍?!"

불현듯 비강을 가득 채우는 달콤한 금목서 향기.

다음 순간, 바보 같이 벌어졌던 내 입이 무언가 부드럽고 따뜻한 것에 의해 막혀버렸다.

그것이 미즈시마의 입술이라는 것을 알아차린 것은, 천천히 얼굴을 떨어뜨린 미즈시마가 석양을 반사해 반짝이는 입술을 부드럽게 손으로 닦고 난 후의 일이었다.

"성공이네. 이번에는 제대로 노린 곳에 했다."

"너…… 지금…… 키……?!"

민망함과 경악으로 제대로 말조차 잇지 못하는 나에게, 미즈시마는 살짝 볼을 물들이며 웃어 보였다.

"이거 말이지, 내 첫 키스야."

"무, 무슨, 어째서……?"

"이거라면 잊을 수 없겠지? 오늘의 데이트도."

어느새 우리가 탄 곤돌라는 관람차의 정점에 다다라 있었다.

바닥도 천장도 투명한 탓에 마치 미나토미라이 상공에 우리 둘만 떠 있는 것 같은 착각이 들었다.

"오늘 같은 날이 앞으로도 계속 이어질 수 있도록, 소타를 꼭 공략해 보일 거야."

수평선 너머로 가라앉은 석양이 우리들의 모습을 주황색으로 물들였다.

모든 것이, 세상의 모든 것이, 마치 하나의 색으로 다 변해 버린 것만 같았다.

"각오해. ——내가 제일 좋아하는 **소타 군?**"

미즈시마의 불덩어리 같은 직설적인 사랑 고백.

이 녀석은 처음부터 그랬다. 처음부터 아무것도 변하지 않았다.

그러니까, 지금까지는 단순히 헛소리고 거짓말이고 나를 함정에 빠뜨리기 위한 속임수에 지나지 않는다고 생각했던 그 말에, 어째서인지 갑자기 두근거림을 느낀 것은.

내 쪽이, 내 안의 무언가가, 변해 버린 탓일지도 모른다.

에나를 좋아한다는 그 마음은 지금도 변함이 없었다.

하지만…….

'뭐야, 그 눈빛은.'

바로 눈앞에, 이 세상 누구보다 사랑스럽다는 표정으로 나를 바라보는 미즈시마가 있었다.

그런 그녀의 표정에, 나는 싫든 좋든 자각할 수밖에 없었다.

내 안에서, 미즈시마에게 붙여두었던 '숙적'이라는 꼬리표가, 조금씩, 그러나 확실하게 벗겨지고 있다는 사실을.

진심으로 나를 좋아하는 것일지도 모르는 특이한 여자아이.

그녀를 그렇게 생각하기 시작하는 자신이 있다는 사실을.

이건…… 좋지 않아. 상당히 좋지 않다.

아주 좋지 않은 흐름에 올라타 버린 기분이다.

왜냐하면 나는, 어이없게도, 이렇게 생각해 버리고 말았기 때문이다.

'나 정말로, **미즈시마 시즈노를 이길 수 있는 건가?!**'

에필로그

신입생 환영 스포츠 대회가 끝난 호미나토 학교의 다음 이벤트는 5월 말에 있을 중간고사다.

진학교를 자칭하는 만큼 우리 학교는 수업의 수준도 꽤 높다. 따라서 시험공부 역시 상당히 높은 열기를 띤다.

그러니 성실한 녀석들은 이미 시험을 대비해 착실하게 준비를 이어나가고 있을 것이고, 실제로 그런 학생이 대부분일 것이다. 역시 목표가 확실한 학생이 많은 학교라 그런지 그런 부분도 남다르다.

다만 그중에서는 당연하게도 시험공부 따위는 전혀 하지 않는 불성실한 학생도 있다.

예를 들면 그래, 지금 이 점심시간에 본교 건물 옥상에서 벤치에 앉아 멍하니 하늘을 올려다보고 있는 남학생. 이 녀석이 딱 좋은 예가 아닐까.

……아, 이 모놀로그도 슬슬 질렸다. 왜냐하면 어차피 다 나니까.

"후우……."

화요일의 낮 시간.

도서위원 일도 없었고, 그렇다고 소란스러운 식당에서 밥을 먹을 기분도 아니었기에, 나는 매점에서 산 빵과 우유를 한 손에 들고 본교 건물 옥상에 와 있었다.

오늘도 어제에 이어서 햇살이 강한 탓인지 옥상에는 나 말고는 아무도 없었다.

피부에 달라붙는 습한 초여름 공기로 인해 이마에서 서서히 땀이 배어 나왔다.

"……각오라."

빵과 우유를 다 먹어치우고 벤치에 누운 나는 어제의 놀이공원 데이트를 떠올리고 있었다.

확실히 미즈시마의 말이 맞을지도 모른다. 어제의 데이트는 여러 가지 의미에서 쉽게 잊을 수 없을 것 같은 추억이 되어버렸다.

어제 일뿐만이 아니다. 분명 나는 그 녀석과 보냈던 이 2주 동안의 일을 잊지는 못할 것이다.

이 짧은 기간 사이에 나는 미즈시마의 여러 일면들을 알게 되었다.

쿨뷰티에 꽃미남 미소녀에 카리스마 여고생 모델인 미즈시마.

늘 남을 손바닥 위에서 갖고 노는 능글맞은 여우 같은 미즈시마.

그러면서 평소에는 상상도 할 수 없는 '사랑에 빠진 소녀' 같은 모습을 보여주는, 나이에 걸맞은 미즈시마.

그리고 때로는 자신의 몸을 던져 누군가를 도와주려 하는, 그야말로 히어로 같은 미즈시마.

처음에는 '내 여자친구를 빼앗은 최악의 여자'일 뿐이었는데, 알고 보니 어느새 그것뿐만은 아니게 되었다.

『소타를 좋아하니까.』

이 2주간 끈질길 정도로 그 녀석이 입에 담았던 그 말을, 나는 더 이상 '바보 같다'라든가 '시시하다'라는 말로 치부할 수 없었다.

왜냐하면, 자신이 죽을지도 모른다는 것을 알면서도 나를 도우려고 했으니까.

만약 그 행동조차 에나에게 차이고 상심한 나를 놀리기 위한 포석이었다고 한다면. 내가 진심으로 미즈시마에게 마음을 열었을 때, '몰카 대성공'이라는 간판을 들고 나와 진심으로 나를 비웃기 위한 연기였다고 한다면. 그녀는 정말이지 여배우나 사기꾼이 되는 편이 나을 것이다.

하지만 아마, 그렇지 않겠지. 그때의 미즈시마는 완전한 진심이었다.

진심으로 나를 감싸려고 했다.

그 이유가 만약…… 정말로, 정말로 나를 좋아하기 때문, 이라면?

그 녀석이 그렇게까지 나를 좋아하는 이유는 여전히 짐작조차 할 수 없지만.

예전에 미즈시마가 말했던 것처럼, 만약 그 녀석이 처음부터 진심이었다면.

나는 이제 어떤 얼굴을 하고 그 녀석과의 '승부'에 임해야 하는 거지?

"……모르겠어~!"

하늘을 올려다본 나는 나도 모르게 그렇게 소리쳤다.

미즈시마가 진짜로 나를 어떻게 생각하고 있는지.

우리의 이 '승부' 끝에는 어떤 결말이 기다리고 있는지.

바로 얼마 전까지는 확실히 알고 있었다…… 아니, 알고 있다고 생각했던 답인데, 지금으로서는 전혀 알 수 없었다.

하지만, 확실히 알고 있는 것도 있었다.

내가 아직 에나를 좋아한다는 것. 에나를 잊지 못한다는 것이다.

그렇다면 내가 할 일은 변하지 않았다.

처음의 예정대로 나는 미즈시마와의 '승부'를 정면으로 받아들이고, 그런 다음 녀석의 두 번째 고백을 거절한다. 그것뿐이고, 그거면 된다.

왜냐하면, 미즈시마가 에나와 사귀고 있는 이상 그 미즈시마와 내가 사귄다는 건 누가 어떻게 봐도 완벽한 '바람'이다. 이렇게 셋이서 같은 학교에 다니고 있는 한 언제까지고 숨길 수는 없다. 만약 들킨다면 에나가 얼마나 슬퍼할까.

그것만은 싫었다. 이제 와서 남자친구처럼 굴 생각은 없지만, 나는 에나를 슬프게 하고 싶지는 않았다.

그리고 무엇보다── 나는 미즈시마를 좋아하지 않으니까.

"미즈시마, 같은 건……."

나도 모르게 그렇게 중얼거린 순간.

어째서인지 뇌리에 떠오른 것은, 그 석양 속 곤돌라에서 본, 보석처럼 빛나고 있던 미즈시마의 웃는 얼굴이었다.

'……그만해, 그만그만! 더는 생각하지 마!'

계속 그 미소를 떠올리면 뭔가 평생 머릿속에 박혀 떨어지지 않을 것 같은 느낌이 들어서, 나는 반사적으로 눈을 가리듯이 오른팔로 시야를 가려버렸다.

"내가 좋아하는 건…… 에나, 야……."

배도 부르고 생각을 너무 해서 피곤했는지, 금세 수마가 몰려왔다.

안 돼, 지금 잠들면 무조건 5교시 지각인데…… 하지만 이대로 자고 싶다…….

벤치에 드러누운 나는 마침내 반쯤 꿈속으로 빠져들기 시작했다.

──철컥.

하지만 그때, 누군가 옥상 문을 여는 소리가 귀에 들려왔다.

'뭐야…… 전세 타임은 끝인가.'

그렇지만 다시 일어나는 것도 귀찮았던 나는 개의치 않고 낮잠을 청하려 했다.

"……소타, 군?"

'으음?!'

하지만 갑자기 들려온 그 목소리에 가슴 밖으로 튀어나오지 않을까 싶을 정도로 심장이 거세게 뛰었다.

이, 이 목소리는 설마…… 에나?!

너무나도 예상 외의 방문객에 동요한 나는 완전히 일어날 타이밍을 놓치고 말았다.

왜, 왜 에나가 이런 곳에 온 거지? 아니, 물론 에나가 학교 안 어디에 있든 그녀의 자유겠지만. 그렇다고 해도 대체 무슨 볼일이 있어서 옥상에 온 거지?

"……소타 군? 자, 자고 있나요……?"

영문도 모른 채 일단 자는 척을 해 버린 나에게 에나는 계속 말을 거는가 싶더니, 무슨 영문인지 그대로 가까이 다가온다.

'히익~?! 뭐, 뭐야?! 왜 다가오는 거야, 에나?!'

마음속의 동요를 들키지 않기 위해 나는 필사적으로 자는 척을 이어갔다.

그건 그렇고 에나, 아까부터 날 '소타 군'이라고…….

"자, 자고 있는 거죠? 괜찮은, 거죠?"

내 연기가 먹힐지 어떨지 상당히 불안했지만, 에나는 어찌어찌 내가 잔다고 생각해 준 모양이었다.

내가 확실하게 잠이 든 것을 몇 번이고 확인하듯이 중얼거리더니, 그 후 한동안 에나는 입을 다물었다.

오른팔로 시야를 가리고 있어서 에나의 모습은 보이지 않았지만, 내가 누워 있는 벤치 바로 옆에서 그녀의 기척을 느낄 수 있었다.

뭐, 뭐지? 에나, 왜 잠든 나를 말없이 바라보고 있는 거야?

나한테 볼일이 있는 건가? 하지만 깨우는 건 미안하니까 자연스럽게 일어나길 기다리고 있는 건가?

그런 거라면 이대로 자는 연기를 계속 하고 있을 수도 없다. 선생님의 부탁을 받고 온 급한 용무일지도 모르니까.

'좀 어색하지만, 어쩔 수 없나……'

그렇게 생각한 내가 아주 자연스럽게 잠에서 깨서 일어나는 모습을 연기해야겠다 마음먹은, 그때였다.

──쪽.

'……허?'

잠든 척 숨소리를 내고 있던 내 입에, 무언가가 살포시 닿았다.

눈 감짝할 정도로 짧고, 새끼손가락으로 아기의 뺨을 찌르는 것처럼 조심스럽지만, 확실한 따뜻함과 부드러움, 그리고 약간의 습기를 띤 이 감촉은…… 서, 설마……?!

여전히 필사적으로 자는 연기를 이어가면서도 아플 정도로 심장이 요동치는 나를 향해.

바로 전, 내 입술에 '무언가'를 맞댄 에나가, 상냥하면서도 어딘가 결연한 목소리로 속삭였다.

"소타. 저, 저는── **믿고 있어요.**"

그 말만을 남긴 채, 에나가 빠르게 학교 건물로 돌아가는 소리가 들린다.

이윽고 철컹, 하고 옥상의 둔탁한 철문이 닫히는 소리가 들려온 순간.

나는 더 이상 참지 못했다.

마치 벼락에라도 맞은 사람처럼 벌떡 몸을 일으켜 벤치에서 일어났다. 그다음 순간에는 부서질 듯한 기세로 옥상 펜스에 달라붙어 삶은 문어처럼 얼굴은 새빨갛게 물들인 채로.

서서히 장마의 발소리가 들려오는 5월 중순의 맑은 하늘을 향해.

"——대체 뭐냐고요오오오오오오오오오오오?!?!"

그렇게 외치지 않을 수 없었다.

후기

처음 뵙겠습니다, 후쿠다 슈토입니다. 《내 여친을 빼앗아 간 꽃미남 미소녀가 어째서인지 나까지 노리고 있다》를 손에 들어주셔서 정말 감사합니다.

이 작품은 제8회 카쿠요무 콘테스트 러브코미디 부문 특별상을 수상하는 행운을 얻어 이렇게 서적으로 세상에 나올 수 있었습니다.

선정에 참여해 주신 심사위원님과 편집부 여러분, 그리고 무엇보다 작품을 응원해 주신 독자 여러분, 정말 감사합니다.

이대로 감사의 말을 다 나열한다면 전 세계의 나무를 다 베어도 종이가 모자랄 것 같으니 일단 이 작품의 탄생 비화 이야기를 좀 해 보겠습니다.

이 작품은 여자친구를 빼앗긴 남자아이와 그 여자친구를 빼앗은 장본인인 여자아이라는 좀 기묘한 상황에서 시작되는 소년소녀들의 이야기입니다. 필자가 처음으로 웹소설용으로 쓴 작품이기도 합니다.

『보이시한 여자애는…… 좋지.』

솔직히 그런 필자의 취미만을 잔뜩 집어넣고 달리기 시작한 폭주기관차가 바로 이 작품입니다. 그저 제 망상을 적은 이런 이야기가 과연 받아들여질 수 있을까 처음엔 불안했습니다.

하지만 웬걸, 뚜껑을 열어보니 예상과는 전혀 다르게 많은 승객들이 '상관없으니까 해', '멈추지 마'라고 말하며 뛰어올라주신 덕분에 이렇게 '서적화'라는 큰 목적지 중 한 곳에 도달할 수 있었습니다. 역시 여러분도 다 좋아하시는 거 맞죠!

이렇게 된 이상 더는 두려울 게 없습니다. 히로인의 귀여움과 이야기의 재미만큼은 가슴을 펴고 '최고다'라고 말할 수 있는 글을 썼다고 생각합니다. 이 작품을 읽고 아주 조금이라도 여러분의 마음에 와 닿는 부분이 있었다면 더없이 기쁠 겁니다.

필자에게 있어 이상적인 히로인이지만 여러분에게 있어서도 이상적인 히로인이 될 수 있도록 앞으로도 최선을 다하겠습니다. 앞으로도 '꽃미남 미소녀'를 잘 부탁드립니다.

그럼 지금부터는 다시 감사 인사로 돌아와서.

우선 이 작품이 세상에 나오는 계기를 마련해 주신 카쿠요 무님, 거듭 감사합니다. 그리고 앞으로도 잘 부탁드립니다.

담당 편집자 S님, 수많은 작품 중에서 제 작품을 찾아주시고, 아무것도 모르는 출판까지의 여정을 친절하고 정중하게 알려주셔서 진심으로 감사합니다. 무수한 조언과 제안에 항상 많은 도움을 받고 있습니다.

일러스트를 담당해 주신 사나다 케이스이 님, 필자의 머릿속에만 있던 캐릭터들을 상상 이상으로 멋진 일러스트로 완성해 주셔서 감사합니다. 캐릭터 디자이너나 러프 일러스트를 받을 때마다 아이처럼 크게 흥분했습니다.

그밖에 이 책의 출판에 관여해 주신 모든 분에게 감사를 전합니다. 정말 고맙습니다.

이 기관차가 최종적으로 어떤 장소까지 도착할지는 모르겠지만, 가능한 한 오래 그리고 멀리 계속 달릴 수 있기를 바라며.

Excelsior!

2023년 11월 후쿠다 슈토

KANOJO O UBATTA IKEMEN BISHOJO GA NAZEKA
ORE MADE NERATTEKURU Vol.1
©Shuuto Fukuda 2024
Edited by 전격문고
First published in Japan in 2024 by KADOKAWA CORPORATION, Tokyo.
Korean translation rights arranged with KADOKAWA CORPORATION, Tokyo

여친을 빼앗은 꽃미남 미소녀가 어째선지 나까지 노리고 있다 1

2025년 4월 15일 1판 1쇄 발행

저   자 후쿠다 슈토
일 러 스 트 사나다 케이스이
옮 긴 이 이소정
발 행 인 유재옥
담 당 편 집 박치우
이   사 조병권
출판본부장 박광운
편 집 1 팀 박광운
편 집 2 팀 정영길 박치우 조찬희
편 집 3 팀 오준영 권진영 이소의 정지원
디 자 인 랩 팀 김보라
디지털사업팀 김경태 김지연 윤희진
콘텐츠기획팀 박상섭 강선화
라이츠사업팀 김정미 유아현
영업마케팅팀 최원석 윤아림
물 류 팀 허석용 백철기
경 영 지 원 팀 최정연
인 쇄 제 작 처 ㈜코리아피엔피
발 행 처 ㈜소미미디어
등   록 제2015-000008호
주   소 서울시 마포구 토정로222, 502호 (신수동, 한국출판콘텐츠센터)
판매 및 마케팅 (070) 8822-2301

ISBN 979-11-384-8621-7
ISBN 979-11-384-8620-0 (세트)